カフカらしくないカフカ

明星聖子

KAFKA UNKAFKAESK

KIYOKO MYOJO

慶應義塾大学出版会

カフカらしくないカフカ　目次

第3章　結婚と詐欺

ビジネスへの関心
プロートの理解
経営者カフカ
ビジネスマンの親戚たち
『商人』の世界
『観察』と『ある戦いの記録』
『詐欺師の正体を暴く』
〈性〉の「実存」
結婚と打算
「資産家の娘」
『独身者の不幸』
妹たちの結婚
日曜日の事件
語りの視点
『判決』
欺くことと文学
『失踪者』

プロローグ

小さな疑問から出発したい。

カフカは、なぜ『判決』をフェリス[*1]に献げたのだろうか。

『判決』は、カフカに大きな転機をもたらした作品である。

一九一二年九月二二日から二三日の晩、それを彼は一晩で一気に書ききった。

この『判決』という物語を、二二日から二三日の晩、夜一〇時から朝六時にかけて、一気に書いた。

座りっぱなしでこわばってしまった足は、机の下から引き出すこともできなかった。[*2]

翌日の日記からは、極度に集中して創作にあたっていたことがうかがわれる。

『判決』はふだん彼が日記を書くのに使っていたノートに書き下ろされた。よって、ノート上、右で
引用した日記の箇所の直前に、その小説は記されている。[*3]

九月二三日の日記にはこんなくだりもある。「ただこのようにしてのみ、書かれうる。身体と魂を完全に開放して、こういう連関でのみ」[*4]。ようするに、彼はその晩、自分の方法をつかんだ。

これで書ける――。この確信が彼を駆り立てたにちがいない。二日後、九月二五日の日記の次からは、「一七歳のカール・ロスマンが[*5]［……］」と始まる物語が長々と書き続けられている。

カフカ二九歳のこの一九一二年九月下旬からの約二ヶ月半は、彼の生涯でもっとも多産な時期といえる。

長編小説の執筆は、それから順調に進んでいく。約一ヶ月半後の一一月一一日にフェリスに宛てた手紙で、こう報告されている。「私の書いている小説は［……］『失踪者』という題で［……］さしあたって五章ができていて、第六章もほとんどできているといったところです」[*6]。

約一週間後、『失踪者』は中断されて、『変身』が着手される。詳しくはのちに見るが、一一月一八日に日付が変わる夜中に始められたそれは二週間後の一二月六日に書き終えられる。

この二ヶ月半の間に次々書かれた作品――じつはそれらは、カフカが生前に本にしたものの約半分にあたる。

カフカが自ら世に送り出した作品は、彼の巨大な名声に比して驚くほど少ない。

本という形にまで仕上げられたのは、以下の七冊。一九〇四年から一九一二年夏までに書かれた短いスケッチ風の作品を集めた小品集『観察』、先述の一九一二年九月に一晩で書かれた短編『判決――ある物語』、その数日後から始められた長編（『失踪者』）の第一章を独立させた『火夫――ある断片』、そして約二ヶ月後に出来上がった『変身』、二年後の一九一四年に書かれた同程度の長さの『流刑地にて』、その後一九一七年までの三年間で書かれた短編を集めた『田舎医者——小さな物語集』、そして一九二二年から二四年に出来た短い作品を集めた『断食芸人——四つの物語』。このうち最後の『断食芸人——四つの物語』は、死の間際まで校正刷を見ていたものの出版は没後なので、厳密には生前刊行本は六冊といっていいかもしれない。

繰り返すが、これら六冊のうちの半分にあたる原稿は、二九歳の秋から冬のたった二ヶ月半の間に書かれたものなのである。

『判決』の成立がフェリスとの出会いに関連が深いことはよく知られている。

カフカがフェリスに初めて会ったのが、一九一二年八月一三日。彼はその晩、出版予定の小品集の配列を相談するため、友人のマックス・ブロート宅を訪れた。そのときそこに、ブロート家の遠縁にあたる女性が、ベルリンからの旅の途中で立ち寄っていた。彼女がのちにカフカと二度婚約し、二度婚約破棄することになる当時二四歳のフェリス・バウアーである。

翌々日八月一五日のカフカの日記にはこう書かれている。「何度も——名前を書こうとして、なんと戸惑うことだろう——フェリス・バウアーのことを考えた[*7]」。

明らかに彼女に強い印象を受けている。一目惚れ。いまの箇所だけを見れば、そういえるかもしれない。

が、おそらくそうではない。五日後、八月二〇日の日記。

フェリス・バウアー嬢。八月一三日にブロートのところに行ったとき、彼女はテーブルに着席していたが、僕には女中のように見えた。誰なのかまったく興味をそそられなかったけれど、すぐになんとか我慢はできた。骨張った、空っぽさを明らかに見せているしまりのない顔。何も付けていない首元。肩に引っかけたブラウス。まったく所帯じみた服装に見えたけど、あとからわかったことによれば、彼女はちっともそうではなかった。［……］ほとんど折れ曲がった鼻。ブロンドの、少しごわごわした魅力のない髪。がっしりしたあご[*8]。

〈惚れた〉女性についての言葉ではないだろう。外見をめぐるあまりにも冷静な、いや冷酷な表現が並んでいる。

では、なぜ彼はそれほど彼女が気になったのか。手がかりは、右の日記の箇所に続く次の文章にある。

「席に着きながら、初めてまじまじと彼女を見た。座ったとき、僕はもう確固たる判断を下していた。どう——（Wie sich）[*9]」。

つまり、「判断」した。感情というより理性を働かせて、判断を下した。その判断は、判決といいかえてもいいかもしれない。なぜなら、この判断の原語 Urteil こそ、あの『判決』のタイトルの原語なのだから。

いったいどんな判断＝判決なのか。ところが、そこで彼のペンは止まっている。

『判決』が書けたことへのフェリスの影響が語られるとき、少し詳しく次の事実もよく指摘される。出会いから約五週間後の九月二〇日、カフカはベルリンに住む彼女に初めて手紙を書いた。あの転機の晩は、その二日後である。

この事実は繰り返し指摘されながらも、しかしもう一歩そこに踏み込むことはなされてこなかった。おそらくは誰もがみなこう納得していたからだろう。カフカは恋に落ちた、だから書けた。が、おそらくそれは恋ではない。いま見た日記の箇所はそれを示唆している。じつはカフカ自身、のちに明瞭にそのことを振り返っている。

出会いから二年後の一九一四年六月に二人は婚約し、そして七月に婚約破棄する。それから半年後、二人はある保養地のホテルで落ち合う。その日、一九一五年一月二四日の日記に、彼はこう書いている。

僕たちは、一緒にいてまだ一度もいい時間をもったことはない。僕は自由に呼吸ができる瞬間もなかった。ツックマンテルとリーヴァでのようなあの愛する女との甘い気持ちは、Fには手紙以外で感じたことがない。あったのは、かぎりない賛嘆、恭順、同情、絶望、そして、自己嫌悪。[*10]

ツックマンテルとリーヴァは、カフカがむかし夏の休暇を過ごした場所の地名である。それぞれのサナトリウムで、彼は刹那的な恋に落ちた。そのとき味わった甘美さを、元婚約者との間では感じたことがなかった。

一年半後、二人は温泉地で一緒に一〇日間をすごし、二度めの婚約に向けて大きく一歩を踏み出す。

この滞在中、カフカは再び同じことを確認している。一九一六年七月一二日の日記の一節。

　僕はまだツックマンテル以外では、女性と親密になったことはない。それからリーヴァでスイス人の女の子と。最初は大人の女性で、僕は何も知らなかった。二度めはほんの子供で、僕はすっかりうろたえた。Fとはたんに手紙のなかでだけ親しかった。人間としては、ようやく二日前から。[*11]

出会って四年後の言葉である。フェリスとの間にあったのは、やはり〈恋〉ではない。とすれば、それはいったい何だったのか。

　明らかにそれはあの出会いの晩の「判断＝判決」に関係している。

常識のようにいわれている『判決』の成立とフェリスとの出会いの関連。が、そこにはまだ謎がある。

なぜ、彼女と出会って、突然書けるようになったのか。あの「判断＝判決」は、その影響のもとに書かれた『判決』とどう結びつくのか。カフカの生涯において、もっとも多産な時期が、その物語が書けた晩から始まっているのはなぜなのか。

　ここで確認しておくが、カフカが日々大量に小説を書き続けていたその二ヶ月半、同時に彼はフェリスに宛てて大量の手紙も書いていた。ほぼ毎日、ときには一日に数通、相当な長さの手紙を書きながら、傍らで小説も書いていた。昼間は役所で役人として働きながら、夜になると猛烈な勢いでペンを動かし、手紙と一緒に、『失踪者』を『変身』を生み出していった。

その時期彼を駆り立てていたのが、恋ではないのだとしたら、いったいそれは何のエネルギーだったのだろう。いや、もしかしたら、それも恋なのか。カフカにおいては、それもまた恋といえるのか。カフカをカフカにしたその運命の二ヶ月半。それは、なぜそのときだったのか。

＊

献辞の問題に戻ろう。
フェリスに『判決』を献げることを決めたのは、書き上げた直後のことである。

おそくとも春には、ライプチヒのローヴォルト社からある『文学年報』が出版されます。マックスが編集しています。その中に、私が書いた小さな物語が掲載されるでしょう。『判決』という作品です。それには、「フェリス・B嬢に」という献辞が添えられることになっています。このことは、あなたの権利をあまりに尊大に扱ったことになるでしょうか？　とくに、この献辞はもう一ヶ月も前に物語の上に掲げられていて、しかも、その原稿はもはや私の手を離れてしまっているのだとしたら？[*12]

これは一九一二年一〇月二四日付のフェリスに宛てた手紙の一節である。
この日の手紙では、さらにその『判決』に出てくる女の子の名前と、彼女の名前の間に関連があることも伝えられている。女の子の名前は、フリーダ・ブランデンフェルト（Frieda Brandenfeld）で、フェリス・バウアー（Felice Bauer）と同じイニシャルである。そこでは明らかにされないものの、その女の子は、小説のなかでは、主人公ゲオルク・ベンデマンの婚約者として紹介される。

後世から見ている私たちは、二人が婚約したことを知っている。だから、フェリスの名前と関連の深い名前の娘が婚約者として〈すでに〉その小説で描かれていることにさして疑問を抱かない。だが、当時、『判決』が書かれた時点に戻ってみれば、別だろう。

右のような手紙をもらったフェリスはどう思っただろうか。手紙の日付は一〇月二四日、つまり、彼が彼女に最初の手紙を書いてから、まだ一ヶ月しかたっていない。

たった一度、ほんの小一時間、他の人々も交えて共にすごしただけの男から、小説を献げられる。その小説には、自分と同じイニシャルをもつ女性が登場するのだという。しかも、その小説が公表されるとき、自分の名前の入った献辞が掲げられることは一ヶ月も前から決まっていたのだという。その一ヶ月前の時点では、自分からはまだ一通も手紙を返していない。

この献辞は、カフカにいわせれば、「君への愛の印」なのだそうである。

雑誌掲載のための校正刷が出たとき、一九一三年二月一三日から一四日にかけての手紙で、カフカは彼女にこう報告している。「昨日、君の小さな物語の校正刷を受け取ったよ。タイトルのところで僕たちの名前が、なんとすてきにくっついて並べられているんだろう」*13。

「君の小さな物語」。『判決』がこう呼ばれていることは重要である。また、名前が「くっついている」のを喜んでいることも。実際、出版されたその誌面には、著者名フランツ・カフカのすぐ下の行に、彼女の名前が並んでいる。[*14]

ちなみに、この献辞をカフカはのちに書き換えた。三年後（一九一六年）に単行本にするとき、その「フェリス・B嬢に」（Für Felice B.）は大幅に省略されて、たんなる「Fに」（Für F.）になった。つまり、誰だかまったくわからない、男だか女だかもわからないイニシャル一文字に変えられた。その本が出された時期が一度めの婚約破棄後という点を考えると、その変更の理由は、ひとつには彼女のプライバシーへの配慮というのがいえるだろう。

が、もしそうだとすれば、逆に次の点が不思議に思えてくる。最初雑誌でそれを出版したとき、なぜ彼は彼女のプライバシーをまったく考慮しなかったのか。彼女と交際すら、いや文通すら始まっていない段階で、カフカは、公の場できわめておおっぴらに彼女に作品を献げた。カフカの周囲の人間たち、またフェリスの家族も友人たちも、苗字しか省略されていないその献辞を見るや、それが誰にプレゼントされたものかすぐにわかっただろう。

『判決』はフェリスのもの、彼女の物語だ。

カフカはこのメッセージと共に、それが読まれることを望んだ。繰り返すが、当時、彼らの身近な人々であれば、それがあのフェリスへのプレゼントだと容易に推測できた。また、二人を直接には何も知らない人であっても、その献辞のFrl.（フロイライン）という未婚女性につける敬称から、誰しもそれが未婚の女性に贈られたとわかったはずである。

女性へのプレゼントとしての『判決』。

しかし、これほど女性への贈り物にふさわしくない物語はないだろう。最初こそ穏やかで落ち着いた雰囲気で始まるものの、途中からその物語は突然、その安心感を裏切るかのように、不気味で荒々しく猛スピードで展開していく。

だから、後悔しないでほしい、とカフカは自らフェリスに伝えている。その同じ一九一三年二月の手紙で、彼は図々しくも——といってしまっていいだろう——こう述べている。「この物語を読んでも、君の名前（といってももちろん、フェリス・Bとだけ）を挙げることに同意したのを後悔しないでほしい。なぜなら、この物語は、誰に見せようとも、きっと誰も気に入らないから[*15]」。

図々しいだけでなく、かなり不可解な物言いといえるだろう。フェリスは同意などしていないのだから。先に引用したあの一〇月の手紙には、こんなくだりがあった。「この献辞はもう一ヶ月も前に物語の上に掲げられていて、しかも、その原稿はもはや私の手を離れてしまっているのだとしたら？」すなわち、その時点で、献辞はもはや撤回できないのだと示唆されていた。

その矛盾をまるで隠すかのように、カフカはその二月の手紙で続けている。「君の慰め」は、たとえ君が禁じたとしても、僕が君の名前を掲げたことにある、と。「その献辞は、なるほどちっぽけで、あやしげだけど、でも疑いなく、君への僕の愛の印だ。そして、この愛は許可ではなく、強制で生きているんだ[*16]」。

「ちっぽけであやしい」印で示す僕の愛は、「強制」である。そうはっきり語られている。それは、言葉を換えれば圧力であり、もっといってしまえば暴力とさえいえるだろう。許可でなく、強制で息づく彼の愛において、彼女の意志は最初からまるで考慮されていない。

暴力のような愛の印、とすればこれがあの『判決』の献辞の意味である。

これがカフカの愛である。

慎ましく、控えめなカフカ、孤独な求道者のようなカフカ。このようなこれまでのカフカのイメージと、暴力のようなその愛――いや、そもそもそれは愛と呼べるのか――を押しつける男のイメージはあまりにもそぐわない。

が、もし、そのような男がカフカなのだとしたら。彼がそんな男なのだとしたら、作品はどう〈変わる〉のだろう。

作品は作品だ、そうかもしれない。作品は作者と切り離して読まれなければならない、正論としてよく耳にする。が、本当にそうだろうか。少なくともカフカの作品は、本当にそれだけ、作品だけで読まれてきたのだろうか。

カフカらしくないカフカが『判決』や『変身』を書いていたのだとしたら――。

そのとき私たちの〈判断〉が〈変わる〉のだとしたら、私たちは何を読んでいたのだろう。

第1章

手紙と嘘

手紙とタイプライター

手紙が書けたことがきっかけだった。まずはここから考えていこう。

どんな手紙だったのか。

前にもふれたように、『判決』は彼が日記を書くのに使っていたノートに書き下ろされている。ノート上、その物語の直前に、「二〇」という日付（九月二〇日）を表す数字に続けて書かれているのは、次の一文である。「きのうレヴィとタウシヒ嬢へ、今日はバウアー嬢とマックスへ手紙[*1]」。つまり、カフカは立て続けに四通手紙を書いていた。

人名について簡単に説明しておく。レヴィというのはカフカが当時親しくしていたイディッシュ劇団の俳優イツハク・レヴィ、タウシヒ嬢とは当時のブロートの交際相手でありのちに妻となる女性エルザ・タウシヒ、マックスは、いうまでもなくカフカの一番身近な友人マックス・ブロート、自身作家で、またカフカの遺稿の最初の編集者として知られる人物である。そして、バウアー嬢は、むろんフェリス・バウアーを指す。

フェリス宛ての件《くだん》の手紙を見る前に、先に書かれた二通（レヴィ宛てのものは失われてしまっている）の内容を、少し確認しておこう。

まず、エルザ宛ての手紙は、一言でいえばお礼状である。その時期ブロートは友人と旅行中であり、その旅日記をカフカに渡すように伝言をつけてエルザに送っていた。その日記を受け取ったお礼が、そこには書かれている。その短い手紙に、次の箇所があることに着目したい。

いつ、どこでお目にかかれるか一言書いてください。そうすれば、喜んで参ります。［……］あの大叔父さまのところに、一緒に行くというのは、どうですか。僕たちは、マックスに置いてきぼりにされたのだから、一緒にやりましょう。[*2]

明るい言葉でカフカは、友人の彼女を、その友人が留守のあいだに遊びに誘っている。カフカを形容するときによく使われる暗い、孤独といった言葉にはあまりそぐわない姿が垣間見られるといえるだろう。この明るいイメージは、翌々日のブロートに宛てた手紙からも読み取れる。

君の彼女はいい子だね。僕にすぐに送ってくれたよ。［……］僕もすぐお礼をいって、それから正直にいえば、すぐデートを申し込んだんだ。君のおじさんの家を訪ねようという話で、君も喜んでくれると思ってね[*3]［……］。

社交的で、人づきあいのいい人物像が浮かんでくるだろう。この手紙の次の書き出しからは、いささか不真面目な印象すら受ける。

執務時間中に君たちに手紙を書いているのだが、これはまったく神経のぴりぴりする楽しみだ。タイプライターなしで手紙が書けるのだったら、こんなことはしないけどね。でも、この気晴らしはすごい。気分が乗らなくても、指先は動かせる。こんなに急いで書けるのだから、君たちもやりたくなると思うよ。[*4]

カフカは勤務時間中にこの手紙を書いている。それも職場のタイプライターを使って。便箋には、勤務先のボヘミア王国労働者災害保険局のレターヘッドも付いている。前日のエルザ宛ての手紙も、同じく保険局の便箋に、タイプライターで書かれていた。いま引用した箇所の「神経のぴりぴりする楽しみ」という文言は、上司や同僚たちの目を盗んでいることを意味している。つまり、カフカはそのスリルを楽しみながら、手紙を書いているのである。

＊

フェリスへの手紙は、同じ日、おそらくこのあとに書かれた。その手紙でも、同様に役所の公用便箋とタイプライターが使用されている。そこでは自己紹介のあと、すぐにある約束についてこう語られている。「私はフランツ・カフカといい［……］いまタイプライターを打っているこの手に、あなたのお手をとって、来年パレスチナ旅行をしようという約束を、あなたのその手で保証していただいた人間です」[*5]。

半分近くまで読むかぎり、この手紙は、その約束を履行してもらおうという目的のために書かれたものと理解される。ところが突然、その目的にはかなりそぐわない――と自分でも次のように自覚している――「告白」がなされる。

どんなにまずく聞こえようとも、またいまいったことにどんなにそぐわなくても、告白しなければなりません。私は筆まめではないのです。タイプライターがなかったらもっとひどいことになっていたでしょう。タイプライターなら手紙を書くまでの気持ちになれなくても、書くための指先だけはとにかくここにあるわけですから。[*6]

つまり、旅行のために連絡をとりあおうといいながら、自分は手紙がうまく書けないというのである。しかも、こうも付け加えている。「そのかわり、けっして私は手紙がきちんとやってくることも期待していません」[*7]。

後世の時点でこれを読む私たちは、〈いま〉では明らかになっている事実に照らして、この手紙の〈嘘〉が指摘できる。筆まめではないといいながら、実際にはカフカほど手紙を書いた人間はいない。現存しているだけでも、ゆうに一五〇〇通を超える手紙がのこされている。また先の文章は、タイプライターでいつも書いているように受け取れるが、現存する手紙のほぼすべては手書きである。

ただこのタイプライターの箇所は、正確に読めば、それでなければ書けないというより、タイプライターが手元にあったから書けたという意味である。タイプライターなら、気分が乗らなくても、指先さえあればいい——ようするに、そこではそう述べられている。

タイプライターだから気分が乗らなくても書けた——。

どこかで聞き覚えのある言葉ではないだろうか。このフレーズは、まさに、同じ日、この手紙の前にブロートに宛てて書いた手紙のなかにあった。タイプライターだと気楽に書けるから、試してごらんよ、と男友だちに勧めていた。

とすれば、カフカはこの手紙を——言葉の表面が伝える堅苦しいイメージとは逆に——気楽なふざけた気分で書いたのだろうか。

続く箇所は、そちらの意味のほうの妥当性を伝えている。

新たに紙をタイプライターに入れながら、ひょっとしたら自分を本当よりずっと気むずかしく見せていると気づきました。そんな間違いをしているとしたら、自分ではもっともなようにも思います。なぜなら六時間オフィスで勤務したあとで、あまり慣れていないタイプライターで書いているのだから。[*8]

この手紙が自分をもし気むずかしく見せているのだとしたら、それは「間違い」だと彼はいう。そして、間違いの原因は、仕事で疲れていることと、慣れないタイプライターを使っていることだと弁解する。

つまり、タイプライターのおかげで書けたといったばかりにもかかわらず、自分が間違えたのはタイプライターのせいだとすぐに裏切っている。タイプライターにいわば罪をかぶせている。

タイプライターは、じつはカフカにとって、特別な機械であった。このことは三ヶ月後にフェリスに宛てた手紙からうかがわれる。

一二月二〇日から二一日にかけて書かれた手紙でカフカは、自分は「タイプライターに惹きつけられる」[*9]と述べている。なぜなら、自分は「責任を蛇のように嫌う人間」だから——。

カフカは、機械で書かれた文字は「匿名的」だという。つまり、手書きの文字であれば表現される個性も身体性も、タイプライターで印字された文字には無縁だという点を示唆している。

おそらく、カフカは、タイプライターがそれこそ、一種の騙しの道具であることを見抜いていたのだろう。タイプライターで書かれたテクストは、〈本当〉は誰が書いたかが見た目ではわからない。だから、それを使えば、他人になりきって書くことができる。あるいは思ってもいないこと、心と裏腹なことが書ける。

この点をあらためて認識して、悪ふざけの手紙を書くのに使えると思ったのが、おそらくその日である。そして、友人たちに、タイプライターで、すらすら気楽に手紙を書くことを勧めた。そのあと、ずっと書けなかったあの手紙も、ふざけた気分でようやく書くことができた。

この理解でもって、あのきっかけの約束の箇所を読み直すとおそろしいことがほのめかされていることに気づく。彼女と会った晩、一緒にパレスチナに行こうと約束の握手を交わしたその握手は、「タイプライターを打っているこの手」でなされた。つまりは、悪ふざけの機械を操っているその手で、約束は交わされたのである。

カフカはこの手紙の締めくくりにも、再度タイプライターという言葉を登場させている。

> とはいえ、それでも、それでも――こうもうろうろしてしまうのはタイプライターで書く唯一の欠点なのですが――もしも私を旅の同伴者、案内人、お荷物、暴君として［……］連れて行くことにご心配があるのでしたら［……］文通相手としての私なら、さしあたってそれが問題でしょうから［……］試していただけるでしょう。[*10]

こんな風になるのはタイプライターのせいだ、とまたもやタイプライターに罪を押しつけながら、カフカは、まわりくどく、しかし、たしかに彼女を文通に誘っている。

不信な手紙

フェリスに宛てた二通めの手紙も続けて見ておこう。

自分は、まめに手紙が書けないし、タイプライターでなければなかなか書けない。だから、返事も期待していない。こう「告白」したことを、まったく忘れてしまったかのように、二通めの手紙で、カフカは早くも一通めとはまるで異なる自分の姿を見せている。

フェリスからの返事が彼のもとに届いたのは、一通めの手紙を書いてから一〇日後である。それを受け取った九月二八日、ただちにこう返事を書く。「タイプライターで書かないことをお許しください。しかし、おそろしくたくさんあなたに書くことがあって、タイプライターは向こうの廊下にあるのです」[*11]。すなわち、今度は、タイプライターを使っていないことが強調されている。

この手紙も、職場で公用便箋を使って書かれている。ただし、休日であるので、勤務時間中ではない(「今日はボヘミアの祭日で［……］あなたの手紙を受け取るために［……］少し歌いながらオフィスにきました」)。

この手紙でまず話題にされているのは、彼女の住所である。

あなたの住所を、どうやって手に入れたのか。それを尋ねてはいけません。あなたが尋ねるとしてですが。あなたの住所を私は物乞いするようにして入手したのです[*12]。

明らかに自慢げに、自分がいかにフェリスの住所を手に入れたかが語られている。最初はどこかの株式会社の名前を教えられたのだが、「それは気に入らなかった」ので、もっと尋ねて、ようやく自宅の住所を聞き出した。この手紙を読むかぎりでは誰から聞き出したかはわからないが、おそらく彼女の親戚にあたるブロートからだろう。

補足しておけば、その「株式会社」というのは、彼女の勤務先、カルル・リントシュトレーム株式会社を指している。ベルリン在住の二四歳のフェリスは、当時まだ珍しいいわゆるキャリアウーマンだった。しかも、若くして、そのドイツ最大の最先端メディア機器（口述用フォノグラフおよびグラモフォン）メーカーの重役に登り詰めていた。

この驚くべき事実をカフカが知ったのは、最初に会った晩である。前に引用した第一印象を記した文章に、所帯じみて見えたが、本当はそうではなかったという一節があったのは、おそらくそのことを示唆している。

二通めの手紙では、住所の話題のあと、あの一通めの手紙を書くまでの日々がこう振り返られている。「神経症の苛立ちの雨が、やむことなく降り続けました」。カフカは、その「惨めな手紙」が書かれるまで、いかに悩んだかを次のようにかなり誇張気味に（自ら誇張は避けたいといいながらも）表現している。「どんなにか頻繁に――誇張しないように、一〇晩にしておきます――眠る前にあの一通めの手紙を考えてまとめたことでしょう」[*13]。

自身の繊細さを訴えるカフカの文章は、ところが、言葉を重ねていくうち、次第に別のニュアンスを帯びてくる。


あの手紙が私にとってもたらしている重要さがどこからくるのか、どうか知ってください。それは、あなたがあの手紙に対してこの手紙で――私のそばにあって、私を滑稽なほど喜ばせ、それの上に手を載せてそれを所有していることを感じているこの手紙で答えてくださったことにあるのです。[14]

フェリスの手紙を手に入れて彼は非常に喜んでいる。自分の手の下に彼女の手紙を置いて彼が感じているその喜びの種類とは、「所有」の喜びである。

このあと堰を切ったかのように、おそらくは本音の言葉が次々と発せられていく。

すぐにまたお便りください。難しく考えて疲れないで。手紙を書くのはごらんのように大変です。小さな日記を私のために書いてください。［……］だって、私はまったくあなたのことを知らないのだから。いつあなたはオフィスにいくのか。朝食はなんだったのか。オフィスの窓から何が見えるか、どんな仕事なのか、あなたの友人、女ともだちはなんという人か[15]［……］

明らかに彼は豹変している。一通めの手紙で、たしか彼は返事は期待しませんと書いていた。ところがこの手紙では返事の手紙を堂々と要求している。しかも、たんなる手紙ではない。「小さな日記」のような手紙である。生活の細かなこと、職場の様子、人間関係まですべて教えてほしい――。

またもや不信の念を抱いて、最初の箇所を振り返れば気づくことがある。カフカはなぜ、彼女に自分の自宅の住所を教えていないのだろうか。休日にも関わらず、職場に彼女の手紙を取りにきたのは、一通めの手紙で伝えた住所が、自宅のではなく、職場のものだったからである。

たしかにその一通めの手紙の末尾には、勤務先の労働者災害保険局の住所（Poříč 7）が書かれている。

しかも、最初は自宅の住所（Niklasstrasse 36）がタイピングされていたのが、あとから手書きで職場の住所に書き直されている。[*16]つまり、何らかの意図をもって、彼女に職場のほうの住所を伝えている。

もし彼が当時手紙を全部職場で受け取っていたというのなら、気にする必要もないのかもしれない。が、少なくとも同時期、出版社の社長エルンスト・ローボルトに宛てた手紙には、自宅の住所が書かれている。[*17]とすれば、両親や妹に女性からの手紙が届くのを見られたくないという気持ちが働いたのか。しかしだとしたら、ベルリンで家族と住んでいる彼女に対しても、同じような気遣いをしてもいいだろう。彼女にも職場があるのだから、そちらで手紙を受け取らせることは可能である。また、むしろ最初はそちらの住所を教えてもらっていた。

彼女の自宅住所を手に入れた満足感をあれほどあからさまに語っているのに、彼はなぜか自分の自宅の住所は教えていない。

＊

ここで、その『判決』を少し見ておこう。物語はこう始まる。

この上なく美しい春の、日曜日の午前だった。若い商人のゲオルク・ベンデマンは二階の自分の部屋に座っていた。［……］外国にいる幼なじみに手紙を書き終えたところで、もてあそびながらゆっくり封を閉じて、肘を机について、河や橋、うっすらとした緑の対岸の丘を、窓から眺めていた。[*18]

〈いま〉手紙を書き終えたゲオルク・ベンデマンは、「もてあそびながら」手紙の封を閉じ、窓から外を眺めている。

この小説は、手紙を書き終えた男の物語である。すなわち、物語の世界は、現実の世界と明らかにシンクロしている。物語で書かれた手紙は、ただし、女性ではなく、男性に宛てた手紙である。

続く一文も見ておこう。「この友人が生家での暮らしに満足できなくて、数年前ロシアへ文字どおり逃れていったことを、彼はゆっくり考えていた[*19]」。

ここから、物語はゲオルクの思考を伝えていく。友人は、ペテルブルクで店を始めたものの、近頃経営は思わしくないようだ。帰郷したときの顔の様子からは、病気も疑われる。話を聞くと、向こうでは友だちもいないらしく、一生独身の心積もりらしい。「明らかに道を誤った人間、同情はしても助けてやることができない人間に、何を書けばよかったのか[*20]」。

このあと、彼は書こうと思っても書けなかった手紙の内容を振り返る。故郷に帰ってくるよう、忠告すべきかもしれない。が、それは彼を余計に傷つけることにならないか。そうやって苦しめてしまったとしても、帰ってきてくれるのならいいが、そもそも彼は帰らないのではないか。そうだとしたら、忠告されたことで、故郷の友人と疎遠になったうえ、ひとり異国にとどまることになる。もし、忠告に従って帰ってきたとしても、昔の友人たちにとけこめず、かといって彼らの助けを得るしかなく、みじめな思いをするだけではないか。

物語のテクストは、苦境の友人を思うゲオルクの気持ちを伝えている。次の一文はふつうに読めば、思いやりに満ちたものに読める。

　こうした理由から、手紙のやりとりは絶やすまいと思っても、一番疎遠な知人にでも躊躇なく書ける程度さえ、彼に率直に書くのは難しかった。*21

が、そうだろうか。

　この一文が伝えていることは、ようするに、ゲオルクは、手紙をまったく正直には書いていないということである。もっとも遠い知人にすら平気で書ける内容でさえ書いてこなかった。そう彼は振り返っている。つまり、本当のことは、これまでまったく手紙に書いてこなかった――。

『判決』の物語が一貫して主人公の視点で語られているというのは、よく知られている。視点を主人公に集中させて語る語り方が、カフカに特徴的なものであるということ、さらにその手法を彼がこの『判決』で確立したことも確認されている。この視点の問題は詳しくはのちに見るが、ここで認識しておくべきは、物語で語られる友人の姿は、すべて主人公の主観に映るものだという点である。友人は孤独に落ちぶれている、だから、彼には正直な手紙が書けない。一見もっともに聞こえるこの話は、とすれば、はたしてすべて鵜呑みにしてしまっていいものなのだろうか。

　もしかしたら、この主人公は、うさんくさい人物、信用のおけない人物かもしれない。少なくとも、彼が幼なじみに書いている手紙は真実を伝えるものではないといえるだろう。彼は、おそらく友人にいつも嘘の手紙を書いている。

嘘のうまい男

あの人は嘘がつけない人なんです――ミレナ・イェセンスカはこう力説した。

ミレナはカフカより一三歳年下のジャーナリストで、彼の作品の翻訳がきっかけで二人は出会った。その一九二〇年、当時三六歳のカフカは、フェリスとの二度の婚約破棄のあと、別の女性ユーリエ・ヴォホリゼクと三度めの婚約中だった。その婚約は、既婚の女性ミレナと彼が出会った数ヶ月後に解消された。

先の言葉は一九二〇年八月に、ミレナがブロートに宛てた手紙のなかで発せられたものである。ウィーンでのデートを、カフカが「嘘をつけない」ことを理由に断ったことを、彼女はブロートを相手にこう嘆いた。

あの人は休暇を願い出ることができなかったのです。私に会いに行くと局長さんにいえなかったんです。他に何か口実を、というとまた驚愕したような手紙がきます。なんだって？　嘘だって？　局長さんに嘘をつけだって？　絶対無理だ。[*22]

ミレナのその手紙によれば、カフカは、「タイプがとても早く打てるから」という理由で、勤務先の上司である「局長さん」を尊敬していたのだという。また、彼女の夫が「一年に百回も浮気をする」と聞いて「畏敬の念で顔を輝かした」という。実務に長けた役人や女たらしの夫とは彼は違う、そんな俗な男たちを彼が尊敬しているのは、そのように生きのびる能力が彼にはないからだ。これが、ミレナが力説していることである。

私たちが、見かけはなんとか生きていられるのは、いつかは嘘に逃げ込んだからです。盲目、熱狂、楽天主義、確信、悲観主義、あるいはその種の何かに――。でもフランク［ミレナはカフカをこう呼んでいた］はどんな避難所であれ、身を守ってくれる避難所に逃れたことは一度もありませんでした。酔っ払うことができないのと同じように、嘘をつくことも絶対にできないのです。*23

彼は絶対に嘘がつけない。言い逃れやごまかしといった処世術にはまったく無縁の人だったとミレナは繰り返している。

この手紙を何の先入観もなく読むと、彼女のいうとおりに説得されてしまうかもしれない。しかし、私たちはすでに少し気づきはじめている。カフカはそれほど純粋ではない。少なくとも、彼はタイプライターがどんな機械かをよく理解していた。とすれば「タイプが早く打てるから」と彼が「局長さん」を尊敬していたのは、もしかしたら言葉どおりにとるべきではないか。

ミレナも、おそらくわかっていただろう。思い出してみれば、ミレナは結婚していて、カフカは婚約中である。嘘もごまかしもできない人間たちの間で、はたして結べた関係だったのだろうか。

とすればミレナが嘘をついているのか。

彼は自分に会いにこなかった。なぜなら、それは彼が嘘をつけなかったから。彼がそう嘘をついていると知っていながら、彼は嘘をつけないと嘘をついているのだろうか。

しかし、彼の嘘を嘘だと認めてしまうことは、いったい何を意味するのか。こう思考をめぐらせていくと、そもそも嘘とは何かがまったくわからなくなってくる。

嘘でなければ伝えられないことを伝えるための嘘は、本当に嘘なのだろうか。

いずれにせよ、カフカは、この件についてたしかに嘘をついている。休みを取って会いに行かなかったことを、彼は一九二〇年七月三一日にミレナに書いた手紙でこう弁明している。

行けなかったのは、役所で嘘がつけないからだ。もちろん、役所でも嘘はつける。が、それは二つの理由からだけだ。不安の念からか(これはもうオフィスにはつきもので、だから僕はとっさにすらすらインスピレーションのままに嘘がつける)、あるいは本当に緊急の場合か(だから「エルゼ病気」だ――でもエルゼ、エルゼであって、君、ミレナじゃない。君は病気になってはならない。もしそうなったら、それは緊急の緊急であって、論外だ)、つまり緊急のときは嘘がつける、そのときは電報も要らない。緊急というのは、役所にも負けないいんだ。だから、許可があろうがなかろうが僕は出かける。でも、僕が嘘をつくあらゆる理由のうちで、幸せが、幸せが緊急に必要というのが主な理由のとき、このときは嘘がつけない。僕が二〇キロのバーベルを差し上げられないのと同じぐらい不可能だ。[*24]

自分が嘘がつけるのは、「不安」なときか「緊急」のときの二つの場合のみ。しかし、「幸せ」が理由のときは嘘がつけない。なんとうまい嘘だろう。

右の箇所からは、二人の間で、すでに嘘が了解事項となっていたことが読みとれる。「エルゼ病気」というのは、二人が申し合わせていた嘘の電報の文言である。この嘘を理由に、休暇を取るというのが二人の間の約束だった。

＊

カフカは、嘘がうまかった。とくに上司に、「局長さん」に嘘をつくのがうまかった。『判決』を一晩で書いた翌朝、こんな手紙を当時の上司オイゲン・プフォールに届けている。

今朝方、ちょっとした失神の発作があり、少し熱もありました。そのためまだ家にいます。でもたいしたことはないのはたしかですので、あとで必ず出勤します。ひょっとしたら、一二時すぎごろになるかもしれませんが。*25

前述のように、カフカは徹夜で、『判決』を集中して一気に書き上げた。だから、もしかしたら、〈本当〉に多少の失神の発作があったかもしれない。もしかしたら多少の熱も出たかもしれない。が、仕事に行けないほどに体調が悪かったということはないだろう。冒頭で引用した翌日の日記には、その朝さっそく妹たちに、書いたばかりの小説を読み上げたことが記されている（「妹たちの部屋へおそるおそるはいっていく。朗読」）。[*26]

上司に宛てたその短い手紙は、手紙というより正確にいえばメモ書きである。それは便箋ではなく、自分の名刺の裏に書かれていた。現存するその名刺には、実際の出勤は翌日だったという旨の職場の者による日付と署名入りのメモが添えられている（名刺は少し大きめの台紙に、裏がめくれて読めるように貼られて保管されていて、その台紙にメモが記されている）。[*27] つまり、結局「あとで必ず出勤します」という言葉は嘘になった。

カフカが仮病で仕事を休んだのは、おそらくこのときだけではない。もしかしたら、カフカは仮病の常習犯だったかもしれない。

カフカについては、神経質で病弱な男というイメージがあるだろう。たしかに、彼は肺結核で四〇歳で夭折している。その点でいえば、丈夫で頑健だったとはとうていいえない。また、ノイローゼ気味で不眠症だったことも、日記や手紙から確認できる。前のフェリスに宛てた手紙からも、それはうかがわれた。

だから、次の休暇願（一九一二年六月一七日付）もなるほど事実を伝えるものなのだろう。

恭順なる署名者は、先日来、病的な神経衰弱状態にあり、とりわけほぼたえまない消化障害と不眠の症状に苦しんでいます。署名者はそのため、いずれかのサナトリウムで、適切な治療を受けることを余儀なくされており、委員会各位に、一週間の療養休暇をお認めいただけますようお願いいたします。署名者はこの一週間を保養休暇と合算して、サナトリウムでの治療にあてる所存です。
　同封の診断書をもって、上記誓願の証明といたします。[*28]

最後に記されているように、この手紙には、医師の診断書が添付されている。ジークムント・コーン医学博士という署名のなされたその診断書には、カフカが訴えているとおりの病状が記されている。[*29] つまり、彼が病気であることは、公的に証明されている。

しかし、だとしても、疑惑の目を向けざるをえない。なぜなら、この夏の休暇（診断書で取得した療養休暇一週間と合わせて全部で一ヶ月に及んだ）で、彼はかなり元気で活動的な日々を送っているからである。少なくともこの夏の日記を読むかぎり、とても右の休暇願にあるような深刻な病状はうかがわれない。

最初の一〇日間は、ブロートと一緒に、ライプチヒ、ワイマールと旅行している。ライプチヒでは、出版社で本の出版の打ち合わせをし、ワイマールでは、ゲーテやシラーといった文豪ゆかりの地をめぐっている。ワイマール滞在中の一週間では、ゲーテ館の管理人の娘とちょっとした恋愛ごっこにも興じている。

のこりの三週間は、療養計画どおりユングボルンのサナトリウムですごしている。が、そこでも毎日のように散歩を楽しみ、体操や講演といった行事に積極的に参加している。

むろん、表面的には明るく快活に見えても（そう書いていても）、内面には苦悩を抱えていることも十分にありうるだろう。しかし、カフカが苦しみを言葉にすることを躊躇しないタイプであったことを考えれば、このとき休暇願にあった深刻な「病的な神経衰弱」を患っていたとは推測しづらいのではないか。

ついでに言及しておきたいのが、この夏の日記のみならずカフカの日記全般に見られるある特徴についてである。まず一例を挙げておこう。ユングボルンのサナトリウムでの日記（同年七月一二日）の一節。

二人の姉妹。小さな女の子たち。一人は細面で、だらしない姿勢、重なり合って動く唇、先にいくほど丸くなっている鼻、まだ開ききっていない澄んだ目。［……］彼女より女っぽい妹が僕の視線を横取りする。［……］ぼさぼさのブロンドのショートヘアー。鞭のように痩せている。スカート、ブラウス、スリップそれだけ、それとあの歩き方！[*30]

前に引用したフェリスに会った第一印象を綴った文章が思い出されるだろう。カフカは、頻繁に女性の外見を非常に細かく観察している。そして、それを巧みに言葉で表現している。

もうひとつ、サナトリウムでのダンスパーティについての日記（七月二〇日）の文章も見ておこう。

女の子に声をかけたのは僕だ。［……］外でみかけたときから、目をつけていた。花模様のパフスリーブの付いた白いブラウス。顔を愛らしく、憂わしげに傾けると、上半身が少し押されてブラウスがふくらんだ。［……］彼女がちょうどダンスフロアの階段を二段下りてきたとき、声をかけた。僕たちの胸と胸がくっつきそうになると、彼女はくるりと後ろを向いた。僕たちは踊った。[*31]

カフカが女性に強い関心——性的なものもむろん含めて——をもち、臆することなく女性たちと積極的に接していたことが十分うかがわれるといえるだろう。

＊

疑惑の休暇願はもうひとつある。

三年前にも、同じようにカフカは病気を理由に「八日間」の特別休暇を願い出ている。[*32] この休暇願（一九〇九年八月一九日付）にも、診断書が添付されていて、そこには同様に「神経症」と「頻繁な頭痛」という病状が書かれている。サインしているのも、前と同じくジークムント・コーン医学博士である。[*33] この請願に対しては早くも翌日に保険局から許可が出され、その許可書（二〇日付）には「例外として」という言葉が記されている。[*34]

今度の旅行先は、北イタリアのリーヴァである。一〇日間、ブロート兄弟（マックスと弟オットー）と三人で、ガルダ湖畔の水浴場で夏休みを過ごした。

このときの日記はのこっていないので、具体的な様子はわからない。が、そのうちの一日にかぎってはかなり詳細に知ることができる。

一九〇九年九月九日にブレシアという町で開催された航空ショーを見学したときのことを、九月二九日付の新聞で『ブレシアの飛行機』とタイトルを付けて記事にしているのである。それは、カフカの手による小説ではないノンフィクションの作品、しかも自ら公表した数少ない作品のひとつである。

このカフカらしくない作品には、興味深い点がいくつもある。ざっと紹介しておこう。

まず、最初のところでかなりのスペースを割いて、次のような事件が記されている。

前日の晩、ブレシアに到着したとき、乗合馬車に乗って、急いである小路に向かおうとした。御者は三リラだといったが、自分たちは二リラを申し出た。御者はお断りだといって、しかし彼なりの「ほんの親切心から」僕たちにその小路がいかに遠いかを語ってみせた。僕たちは恐縮して、先ほどの三リラで了承した。ところが、ほんの一分ほどでもう着いた。一番若いオットーが、一リラだ、それでも多いと息巻いた。何だって、これは詐欺だ、三リラの約束だとしばらくすったもんだしたあげく、結局一リラ五〇で落ち着いた。[*35]

ショーを見に行く道中の出来事だとしても、この件はショー自体とは関係がない。にもかかわらず、詳しく書かれていることから、カフカの受けた印象の強さが読み取れる。そのことの意味については、あとで考える。

二〇世紀初頭の当時、航空ショーは、小さな機体で飛行距離や飛行時間を競う一種のレースショーだった。「空のサーキット」とも呼ばれており、現代でいえばF1グランプリに近い華やかなエンターテインメントだったといえるだろう。

カフカは、どうやらこうした世俗の娯楽に関して、意外にもかなりの事情通だったようである。続く文章で、コックピットの軒先に飾られてあるレーサーの名前の看板を見ながら、エントリー選手を確認している様子がそれを伝えている。

おもしろいことに、カフカは、レーサー本人たちだけでなく彼らの家族のことまでよく知っていたらしい。

少し離れたところにルジェ夫人がいる。身体にぴったりした白い服を着て、小さな黒い帽子で髪をぎゅっと押さえつけている。ミニスカートから出ている足を少し開いて立って、照りつける熱気をぼーっと眺めている。小さな頭にビジネスの心配がいっぱいのビジネスウーマンだ。[*36]

カフカは、また当時の花形レーサーのブレリオの「若い夫人」もすぐに見分けて、彼女の「美しい服」を「この気温には少し暑苦しい」[*37]とも評している。

この『ブレシアの飛行機』からは、桟敷席に陣取る「イタリアの大貴族たちやパリからの華やかなご婦人方」についても、カフカが相当に細かな知識をもっていたことがうかがえる。いつの時代も、その手の命知らずの男たちによるエンターテインメントショーを見物する場は、上流階級の人間たちのひとつの社交場でもある。カフカは、王女や公女や伯爵夫人を群衆のなかから見分けて、名前を挙げながら、彼らの交流の様子を描写している。詩人のガブリエーレ・ダヌンツィオが「小柄で弱々しげ」で伯爵の前で「おずおず踊っている」ことや、作曲家のプッチーニが、あいかわらず「酒好きにおなじみの鼻」をしていることも記している。[*38]

先ほど日記で指摘した女性の外見への関心も、再度確かめられる。

上半身がゆるゆるの服が、後ろ姿をおどおどとした風に見せている。こんなご婦人方がおどおど見えるとなんと複雑で落ち着かない気持ちになることだろう。コルセットはぎゅっと締め付けられていて、ほとんど溢れんばかりになっている。ウェストが太く見えるのは全体が細くなっているからだ。ようするに、こういう女性たちは、ぎゅうっと腕の奥で抱きしめられたがっているということだ。[*39]

記事の最後では、行きの道中と同様、帰りの道中でのエピソードが、一見不要に見えるにもかかわらず添えられている。

今度は、馬車のなかで、マックス（ブロート）が、こう「適切な発言」をしたという。この種の興業をプラハでもやろうじゃないか、賞金つきでなくても、報酬をだせば、選手たちを呼ぶことは簡単だ、喜んできてくれるだろう。ベルリンにはライト兄弟がいるし、ウィーンでもブレリオが飛ぶ。彼らにプラハまで寄り道を頼もう。このマックスの意見を、弟のオットーとカフカは黙って聞いていたと続けている。「ひとつには、疲れていたし、いまひとつには異議を申し立てるべきことも何もなかったからだ[*40]」。

再度強調すれば、このような一日が、病気を理由に「例外」的な休暇をとって彼が過ごした一日であり、行きの事件と同じく、金銭のからんだ下世話に聞こえる話である。なぜ、これらの話題が語られているのかについては、あとで考えよう。

この作品は、大胆なことに、実名で、地元の新聞に公表された。

大胆な男と商売上手な娘

カフカはかなり大胆な男である。ふてぶてしいとすらいってもいいかもしれない。それは、フェリスに宛てた三通めの手紙から十分に見て取ることができる。

ありとあらゆることを書いて送ってほしいと、フェリスに二通めの手紙を送ったあと、彼女からの返信はなかなか届かない。ようやく三週間後（一〇月二三日）に受け取るや、彼はすぐさま返事を書き始める。勤務時間中に、上司の目の前で。

私の三人の上司たちがみな机のまわりに立って、私のペン先をのぞきこんでいても、すぐお返事しなければなりません。あなたのお手紙が私の元に、三週間も空しく見上げていたあの雲の上から舞い落ちたかのように、届いたのです（いま、直属の上司の要望を一件片付けました）。[*41]

彼の目の前には、〈いま〉上司が三人も立っている。彼らの相手を片手間でおこないながら、彼女に宛てて、手紙を書いている。そして、そのなかで、自分の対応ぶりを、括弧を付けた文章にしていわば実況中継している。

［……］もっとも、それにはこの三週間に書いた三通の小さな手紙もはいっていて（いま受刑者の保険について質問されています。ああ、なんて話だ！）そのうち二通はいざとなれば出せるようになった

のですが、三通め、本当はそれが最初の手紙ですが、まだ出すわけにはいきません。それではあなたの手紙はつまり紛失したわけですね（カタリーナベルクのヨーゼフ・ヴァーグナーの内閣訴願の件は何も知らないと、またいまも説明しなければなりませんでした）。とすれば、あのときの私の問いには何の返事ももらえないということですが、その紛失に私は何の罪もありません。[*42]

この一節は、彼の大胆さとともに、際立った積極性も伝えている。これによれば、カフカは手紙を待っていた三週間に、これ以外に彼女に三通も手紙を書いた（ただし、投函はしていない）ということである。自分は手紙がうまく書けないと「告白」したあの男が、である。

カフカがその三週間のうちに書いたのは、じつはそれらだけではない。フェリスからの返事を得るべく、さらに別の相手にも手紙を書いている。次の一節は、カフカが一〇月一四日に、ブロートの妹ゾフィー・フリードマンに出した手紙の書き出しである。

今晩私は偶然に、そもそも許可もないまま——だから私に対してお気を悪くはなさらないでしょうが——ご両親宛の手紙で、バウアー嬢が私と活発な文通を交わしているという言葉を読みました。このことはきわめて条件付きでのみ正しいわけですが、いっぽう私の希望にじつにかなっていることなので、どうか奥様［……］あのお言葉に対して、若干のご説明をお書きくださるようお願いします。[*43]

このくだりは、常識的に考えて、かなり異常なことがおこなわれたことを示唆しているだろう。カフカは、自分にきたわけでもない手紙、ゾフィーが彼女の両親に宛てた手紙を、「許可なく」読んでしまっているのだから。

なぜ彼は、自分宛てではないどころか、自分の両親にきたわけでもない手紙を、読むことができたのだろうか。考えられる理由は、ブロートが彼にこっそり見せたのだろうということしかない（ゾフィーの両親とは、すなわちブロートの両親である）。「偶然」だったと強調しているが、しかしたぶんそれは偶然ではなかったはずであり、それをめぐる罪の意識は、「お気を悪くはなさらないでしょうが」というくだりでほのめかされている。

この手紙で、カフカは、自分とフェリスの間の文通はまだ活発というにはほど遠く、彼女からは一通しか返事がきていないのだと訴えている。そして、ゾフィーを相手に、どうやったらまた返事がもらえるのかと嘆いている。

よく考えてみれば、もうひとつ疑問が生じる。そもそもなぜ、ゾフィーは早くも、カフカとフェリスの間で文通がおこなわれていると知っているのだろうか。まだその時点では、カフカから二通しか手紙を送っていない。いったい、誰がゾフィーに伝えたのだろうか。

おそらく、そのルートの情報漏洩者は、フェリス本人である。ゾフィーの夫マックス・フリードマンは、フェリスの従兄にあたる（だから、フェリスはあの晩、親戚のブロート宅に来訪していた）。フェリスはたぶん、すれ違うかのように一度会った男性から、突然手紙をもらったことに困惑して、その男の友人の妹で、従兄の妻にあたるゾフィーに相談したのだろう。

フェリスも、じつはカフカに負けず劣らず行動的な女性だということがここで判明する。しかも、彼女はそれだけでなく、ただちに直接ゾフィーの兄のブロートにも手紙を書いて送っている。

その事実は、カフカがフェリスに宛てた、先に言及した一〇月二三日付の手紙から読み取ることができる。その手紙のなかで、カフカは、自分の通勤鞄のなかには「二通」「あなた」からの手紙が入っていると打ち明けている。一通はもちろん自分宛にきた彼女からの返事、もう一通は「あなたがマックスに宛てた手紙」である。

ようするに、彼らの間では、互いに情報が筒抜けだったということである。カフカとフェリスの文通は、開始された当初から、互いが互いの手紙の内容を周囲の家族や友人たちに次々と漏らしていた。このささやかな裏切り行為をほんのりと揶揄するかのように、カフカは、自分がその彼女のブロート宛ての手紙をブロートから「ねだってもらった」のだといったあとでこう付け加えている。「これはなるほど、少し滑稽ですが、でもきっとお気を悪くはなさらないにちがいないと思います」[*44]。

一〇月二三日付のカフカの手紙は、フェリスの行動力について、もうひとつ別の側面も伝えている。

そして、あなたはしょっちゅう贈り物をされているんですね。これらの本やキャンディーや花でオフィスの机の上はいっぱいということですか。私の机の上にあるのは、乱雑に散らかった書類とそしてあなたのお花――この花のお礼にあなたの手にキスをしますね――それは、すぐに札入れにしまいました[*45]［……］。

つまり、フェリスは、早くもカフカに花を贈ったらしい。どんな花が、どういう経緯でかはこの手紙だけでは不可解な点が多いものの、少なくともそこからは、フェリスが人づきあいに関して如才ないタイプであることはうかがわれる。この手紙には、追伸としてこんな一行もある。「ゾフィー夫人の誕生日は、明日お知らせします」。おそらくは、仲を取り持ってくれたゾフィーにも何かお礼を、ということで彼女が誕生日を尋ねたのだろう。

＊

カフカがいかに俗世間を生きていく能力がないか。それを訴えた先のミレナの手紙では、その点を際立たせるために、引き合いにフェリスのことが言及されている。

あなたがあの人に、なぜ最初の婚約者を好きになったのかとお尋ねになったら、こう答えるでしょう。「あの娘はとても商売がうまかったんだよ」と。そういったあと、あの人の顔は畏敬の念に輝き始めるでしょう。[*46]

カフカがフェリスに〈惚れた〉理由を、ミレナはこう語ることで、彼がいかに商売下手かを強調している。彼は商売ができない、だから自分にないものをもっている彼女に憧れた。フェリスについてのそのカフカの言葉は、仮定の話として伝えられている。だから、彼が本当にそう語ったかどうかは不明である。とはいえ、ミレナとカフカの間で、おそらく、それに近いことが、いつか話題になったことがあったのだろう。

あるいは、もしかしたらカフカがふだんしゃべっていたことから、ミレナがそう心の中で納得していただけなのかもしれない。

いずれにせよ、彼女のその仮定として語った言葉には、彼について彼女から人に伝えたいひとつのイメージがこめられている。彼は商売ができない――。

本当に彼女はそう思っているのだろうか。

フェリスは、たしかに社交的で世知に長けた女性だろう。右で見た一連の行動は、それを明らかに裏付けている。男から手紙をもらっても、すぐには返事を返さない。その前に、その男の友人に、それから友人の姉にも、手紙を書き、相談している。大丈夫と判断するや、自分から花を贈る。お世話になった人の誕生日を気にする。

フェリスは、さらにすぐにカフカにチョコレートも贈ったようである。先の手紙の四日後の日付（一〇月二七日）のカフカの手紙に、次のような追伸がある。「まだ終わりにならず、なおも返答の難しい質問をひとつ。チョコレートをだめにしないで、どれくらい保存できますか？」[*47]

ちなみに、カフカはこのチョコレートを食べなかった。そのことは、一〇日後の日付（一一月七日）の手紙に次のような一文が差し込まれていることからわかる。「もちろん私は煙草を吸わず、アルコールもコーヒーも紅茶もたいてい飲みません。嘘なみに黙っていたことの償いをしますと、チョコレートも食べません[*48]」。

「嘘なみに黙っていた」という言葉が、この一行を彼がなぜ加えたかを伝えているだろう。彼は、自分がチョコレートを食べないことを、しばらくの間、わざと黙っていた。先の追伸にある「返答の難しい質問」という言葉の意味は、ここで明らかになる。そのくだりは、表向きには賞味期限を尋ねているだけだが、しかし、裏には別のメッセージが込められていた。だから、この問いは「難しい」。

カフカの手紙には、このような引っかけに類する言葉が、非常に多く見つけられる。単純な言い方をすれば、すなわち彼の言葉には裏がある。いたるところにある謎めいた言い回しは、必ず裏の意味の存在を示唆しているのである。

話を戻せば、フェリスは、別の言葉でいえば、かなり世渡り上手な女性である。ミレナの手紙にあった「商売がうまい」という言葉は、直接的な「商売」というよりもこの「世渡りがうまい」に相当するというべきだろう。

実際先ほどから「商売がうまい」と訳してきた言葉の原語、すなわち、ミレナが手紙のなかで使っているドイツ語の単語はgeschäftstüchtigである。これはGeschäftという名詞とtüchtigという形容詞が合成された語であり、tüchtigが「うまい」、Geschäftが「商売」にあたる。

従来よりその語は「商売がうまい」と訳されてきたのでここでもそれを踏襲したが、しかし思い切って「ビジネスがうまい」といってしまったほうが本来の意味は伝わりやすいかもしれない。

「商売」という言葉は、現代の感覚ではかなりあからさまに商品の売買行為を連想させるが、ドイツ語の Geschäft はもっと広く曖昧で、仕事や用事や取引あるいは店という意味も含んでいる。おそらく、それは英語の business に近いものだろう。

フェリスがビジネス上手であることは、ミレナやカフカの手紙から読みとるまでもなく、彼女が若くして大企業の重役だということを思い出せば明らかといえる。

略歴を確認しておけば、高校卒業後の一九〇八年に、速記タイピストとしてレコード会社オデオンに就職した彼女は、翌〇九年にカルル・リントシュトレーム社に転職している。それから三年ほどの間に、そのドイツ最大のグラモフォンメーカーで、ほぼトップにまで昇進している。役職としては Prokuristin（支配人）であり、取締役の業務代理権を有していた。

カフカは、だから彼女に〈惚れた〉のだろうか。いや、惚れたという言葉を使うのはおそらく適切ではない。彼はあのとき「判断」したのだから。

であるなら、彼は彼女がビジネス上手だと「判断」して、そして彼女に近づいたのだろうか。

カネッティの解釈

フェリスとの出会いとあの『判決』の執筆との関連——。

本書の最初で、この問題にはなぜか誰も踏み込んでいかないと述べた。しかし、管見ながら、より正確にいえば一人だけ、その入り口の先ぐらいまでの考察を試みた者がいる。小説家のエリアス・カネッティである。

『もうひとつの審判』と題したエッセイで、カネッティは、カフカがフェリスに宛てた手紙を数多く参照しながら、彼女との恋愛の観点からカフカの作品を読み解いた。タイトルからわかるように、そのエッセイで扱われているのは主に、長編の『審判』である。とはいえ、フェリスとの恋愛を考えるうえで、出会いから『判決』執筆の経緯は外せない部分であるので、その点をめぐる若干の考察も最初に加えられている。

結論だけを簡潔に伝えれば、ようするに、カネッティがそこで示している理解は、弱いカフカが強い彼女と出会い、書くためのエネルギーを得たというものである。

彼女の有能さと健康、それから彼の不決断と弱さのあいだにひとつの連絡、ひとつの運河が作られなければならない。プラハとベルリンのあいだ、この距離をのりこえて、彼は彼女のたくましさにしがみつきたいのである。[*49]

カネッティは、フェリスに宛てた手紙から、まずカフカの弱さを読み取っている。たしかに、それらには、愚痴や泣き言が非常に多く書かれている。私たちも一例を確認したように、カフカは彼女に、自分の不眠や神経質さを嘆き、肉体的にも痩せていることを強調している。

カネッティによれば、そんな弱いカフカは、あの出会いの晩の短い時間のうちに、彼女の強さを見抜いたのだという。その証左として挙げられているのは、一〇月二七日付の非常に長文の手紙である。そこでは次のようなあの晩の彼女の仕草や言動が思い出されている——例えば、兄弟や従兄たちから小さい頃たくさん殴られて青あざだらけだったと語りながら左腕をまくりあげたこと、あるいは、帰り際に部屋をさっと出てスリッパをとても素早く履き替えたこと（その日は雨が降っていて、濡れた靴を乾かしていた）。カフカが詳細に記憶しているそれらは、ほぼすべて彼女の強さに関わっているのだとカネッティはいう。

さらに、あの握手——パレスチナ旅行に一緒に行こうという約束の握手についても、カネッティはこう語っている。

この約束のすばやさ、彼女がその約束をしたときの確実さ。最初に彼女がもっとも大きな印象を彼に与えたのはこれであった。この握手を彼は、まるでそのすぐうしろに婚約という言葉が隠れている誓約のように感じた。そして、決断の遅い彼、向かって進みたいと思う目標が数知れぬ疑念によって近づくかわりに遠ざかるその彼を、すばやさが惹きつけずにはおかない。[*50]

つまり、カネッティは、この握手でカフカは彼女の決断力を確信し、その背後に「婚約」まで感じ取った、と解釈しているのである。

しかし、その握手——。

それは、そういう握手だっただろうか。

カネッティのこのエッセイが最初に文芸誌上で発表されたのは、一九六八年である。フェリスへの手紙が初めて公表されたのが一九六七年であるから、じつはその翌年にあたる（さらに、その次の年にはこのエッセイは書籍としても出版された）。つまり、人々がカフカのフェリスへの手紙を読み始めたごく初期に、著名な作家によるこの件に関する有力な解釈がすでに提示されていたということである。弱いカフカと強いフェリス――。カネッティが提示したこの構図は、その頃までに定着していた繊細なカフカ像と矛盾しない、ある意味受け入れられやすいものだった。したがって、以後、この構図の再検討はおこなわれず、むしろそれが出発点の基盤となって、そこから二人の関係と作品との関連をめぐる解釈は積み上げられてきたように見受けられる。

が、その基盤はたしかなものなのだろうか。

＊

「握手」から考えてみよう。

カネッティによって、カフカがフェリスの強さを確信した瞬間だと見なされていたあの握手を、私たちはすでにまったく別のものとして理解している。それは悪ふざけの機械であるタイプライターを打っている手でなされた握手であり、すなわち悪戯の延長線上でなされた握手である。

カフカは、この握手についてあの一〇月二七日付の長文の手紙で、もう一度軽くふれている。「パレスチナへの旅行の相談がなされて、あなたは私に手を差し伸べました。というよりむしろ、とっさの思いつきで僕が誘い出したのです」[*51]。この短いくだりが伝えているのは、次のことである。その旅行の握手は、たしかに、最初フェリスから手が差し出された。しかし、その手は「僕が誘い出した」。つまり、彼女は僕の誘惑にまんまとのった。そこでほのめかされているのは、彼の側のほうの勝利である。

この箇所だけでなく、その長文の手紙には他にもいくつか、カネッティとはまったく逆の方向で解せる箇所がある。表面的にはそれらは、彼女の強さを表したものと見なせる。例えば、カフカは、フェリスがブロートの長編小説を最後まで読めなかったと口にしたとき、「それは無用な、弁明のしようもない侮辱ではないか」とひやりとし、「自分のため、あなたのため、みなのために身体が硬直した」という。ところが――。

あなたは、この一見救いようもない話を、私たちみなが本の上にかがめたあなたの頭を眺めているうちに、英雄のように終わりまでもっていきました。それは侮辱ではなく、最小限の判断ですらなく、たんなる事実――あなた自身不思議に思った事実［……］だったということが明らかになったのです。［……］これ以上立派な解決のされ方はなかったでしょう[*52]［……］

彼女のコミュニケーションの巧さ、あのビジネス上手な側面が表されているといえるだろう。また例えば、ホテルまでフェリスを送っていったとき、彼女がエレベータボーイに声をかけた様子をこう思い返している。「あなたはまたボーイと、短く、とても堂々とした話を交わしました。その声の調子は――ふっと手を止めると――まだ耳のなかに響いています」[*53]。

これもそれこそ、ビジネス上手な彼女の姿を示しているといえるだろう。「堂々とした」口のきき方は、彼女が人間同士の上下関係、力関係を「声」で表すすべを身につけていることをほのめかしている。が、このような彼女の強さの表現は、裏を返せば、彼の強さの表現とも解せるのではないだろうか。なぜなら、それらの彼女の仕草や言動を観察して、評価を、判断を下しているのは、彼のほうなのだから。

彼のその一段高いところから見下すような視線は、最初の例のブロートの長編小説に関する箇所で、はっきり確認できる。彼女がその小説が最後まで読めなかったと口にしたことを、「侮蔑」に近いと感じたのはカフカ自身である。つまり、そこには、明らかに、友人の小説の出来をめぐる彼の主観的な揶揄が含まれている（あとから、彼女はそれをめぐる批判をしたわけではなかったと、彼自ら付け足している）。

考えてみれば、彼が彼女の声の調子や言い回しに感心しているということは、それらが何を意味するのか、すなわち、人間同士のコミュニケーションに関する微妙なテクニックについて、彼自身が、熟知していることを示唆している。とすれば、表面的には彼女の強さを讃えているかのように見える手紙の文章は、じつはその強さを見抜いている自分の強さを、その強い彼女よりも一段高いところに立っている自分の優位をほのめかしているとも見なすことができるだろう。

うがちすぎかもしれないが、そのうがった見方をすれば、例えば、次のような箇所を読むときも、そこにさりげなく織り交ぜられているその優越感に気づくことができる。カフカは、あの晩彼女にヘブライ語を習っているといわれて、驚いたと記したあとで、こんな一行を付け加えている。「あとであなたがテルアヴィヴを訳せなかったとき」（つまり、それが「春の丘」を意味していることがわからなかったとき）

「僕は密かに喜びました[*54]」。

また、あの晩の住所に関わるやりとりを思い出している箇所からは、そこに秘かに込められているいささかの悪意すら読み取ることができる。ブロート宅からホテルへカフカが彼女を送っていく道中、彼女は彼に、住所を尋ねたのだという。ところが、その質問をうまくはぐらかして、自宅の住所を教えなかったという。いや、正確にいい直せば、はぐらかしたとは直接的には書かれていない。彼女が、自分の住所を知りたがったのは、きっと「私の帰り道とホテルへの道が同じかどうか」を確かめたかったからだろうと推測がなされている。そのうえで、言い訳を交えてこう振り返られているのである。

不幸な馬鹿である私はしかし、私の住所が知りたいのですかときき返しました。あなたがベルリンに帰るや、炎のような熱意に駆られて、パレスチナ旅行について私に便りを書き、そのとき私の住所が手元にないという絶望的な状況に陥りたくないと考えたのだと思ったのです[*55]。

これはやはり、〈勝利〉の表現だろう。なるほど、彼は自分を「不幸な馬鹿」と呼んで、滑稽なうぬぼれを強調している。この箇所だけを取り出して読めば、むしろ後悔からの告白と読めなくもない。しかし、私たちがすでに見たように、その数通前の手紙で、彼女の自宅住所を手に入れたことを、彼はあれほど誇らしげに語っていた。とすれば、あの出会いの晩に、自分は住所を尋ねられても教えなかったのだ、とわざわざ書いたということには、そこに別の意味合いが込められていると読んでいいだろう。

あなたは、僕の住所を知らないが、僕はあなたの住所を知っている――。

カフカが彼女に自宅の住所を教えるのは、ようやく数通後の一一月六日の手紙においてである。「僕の住所はニコラス通り三六です」[*56]。

カフカは弱くない――そういってしまっていいのではないか。彼はけっして、カネッティのいうように、彼女の強さにすがりついて力を得ようとする弱い男ではない。

もっと怖い男かもしれない。

暴力のような手紙

フェリスから最初の手紙を受け取ったとき、彼はそれを自分の手の下に置いていた。掌で彼女の手紙を覆いながら、彼は所有のよろこびを感じていた。彼女は僕の手のなかにある――そんな愉悦を味わっていたといってしまったら、読み込みすぎだろうか。

生身の彼女が欲しかったわけではないというのはたしかだろう。彼は彼女に会おうとはけっしてしていない。のちにいくら彼女が会いたいと訴えてきても、さまざまな口実をもうけてそれを回避し、彼女には手紙を書くように求めた。

彼が求めたのは、つまり彼女の手紙であり、彼女の情報だった。

二通めの手紙で、さっそく日常のあらゆることを書くように要求した彼は、さらにその後も、繰り返し、手紙を、できるだけ家や職場での細かなことを詳細に綴った手紙を送るように求めている。彼がそれほど彼女の情報を欲しがるのは、おそらく妄想するためである。

彼女の住所は、彼の妄想をもっとも激しく掻き立てる重要な情報である。それは、次の一〇月一三日付の手紙に如実に表れている。二通めの手紙（この手紙で彼は住所を入手したことを自慢していた）のあと、彼女からの返信は約三週間こなかった。その彼女からの二通めの返信を待つ間、前述のように、彼は投函できない（なぜならまだ彼女から返事がきていないのだから）手紙を三通書いた。そのうちの三通め、最初の手紙から数えて実質五通めにあたるのがその手紙である。

そのなかで、彼はなぜ彼女からの手紙がこないのかについて想像をめぐらせている。自分の手紙が届かなかったからではないか、彼女は手紙を出してくれたもののどこかで紛失してしまったのではないかと書いているうち、ドイツの郵便システムに不信を抱き始めた彼は、自分で手紙を彼女の住まいまで運ぶことを夢想する。

もし私がイマヌエル・キルヒ通りの郵便配達人だったら、この手紙をあなたの住まいに運んで、びっくりしている家族にも邪魔されず、部屋という部屋を全部まっすぐ突っ切ってあなたのところへ行って、あなたの手に渡すのですが――いや、それよりももっといいのは、私自身があなたの住居の玄関の前で、長々と際限なくドアのベルを、私が満足するまで、全身がほどけるほど満足を味わいつくすまで押し続けていたいのですが[*57]――。

あなたの住まいにまで行って、中の部屋を通り抜けて、あなたに手渡ししたい。いや、あなたの住居のドアの前で、自分が満足いくまで、いつまでもいつまでもベルを押し続けたい。おそろしいことが書かれている一節である。彼は、彼女の都合など一顧だにしていない。彼女にも、また彼女の家族にも迷惑をかけることも、まったく気にしていない。彼にとって重要なのは、自分の「満足」それも「全身がほどけるほど満足」を得ることである。

フェリスへの手紙は、随所で明らかに彼の欲望の過剰さを伝えている。右の妄想もけっしてたんなる妄想に終わっていない。彼は、それの一部をさっそく実行に移している。約一ヶ月後の一一月五日付の手紙で、カフカは、彼女の住む通りについて「私はこの通りを描写できます。おききなさい」と前置きして、次のように綴っている。

アレクサンダー広場から、長い、さほど賑やかでない長い通りが延びています。プレンツロー大通りとプレンツロー並木通りです。たくさんの小路がそれらに交わっていて、そのひとつがイマヌエル・キルヒ通りです。静かで、いつもざわついているベルリンから遠く離れた感じです[*58]。

これは、ただし、カフカ本人の手によるものではない。友人イツハク・レヴィが、彼に書いて送った手紙から、一部を抜き書きしたものである。あとの箇所での説明によれば、ちょうど劇団の公演でベルリンにいたレヴィに、「理由をいわないで」イマヌエル・キルヒ通りに行って、その様子を描写して欲しいと頼んだとのことである。ようするに、カフカは自分の代わりに、自分の友人を彼女の住まいのすぐそばまで本当に行かせていた。いわば自分の代理人、自分の分身を、彼女の生活空間に侵入させていた。そして、それを自慢げにただちに彼女本人に報告した。

カフカは、自分の欲望の荒々しさをけっして隠そうとはしない。むしろ、これ見よがしに、何度もそれを強調する。

翌日六日に書かれた手紙でも、カフカは、フェリスの気持ちを無視して、彼女に手紙を押しつけることを夢想する。なぜわざわざ書留にしているかを説明しながら（それまでの手紙を彼はすべて書留で送っている）、こう綴っている。

そのとき私は、いつも、ベルリンの直立不動の郵便配達夫の伸ばした手が、あなたに手紙を、たとえあなたが拒否したとしても、必要とあらば押しつけるさまを目に浮かべます。誰かに頼らなければならないときは、助けてくれる人がどれほどたくさんでも十分ということはありません。[*59]

つまり、またもや、一方的に自分の欲望を押しつけることを妄想しているのである。そして、今回も実行者は彼の代理人、彼の分身である。

＊

自分の満足のいくまで、あなたのうちのベルを鳴らし続けたい――。

この怖い一節のある手紙を、先にもふれたように、カフカは書いた直後には送らなかった。しかしそれをとっておいて、のちに本当に送っている。一一月一六日に書いた手紙に同封したのである。その日の手紙は、きわめて感情的に次のように始められている。

最愛の人よ、こんなに苦しめないで！　こんなに苦しめないで！　君は、今日の土曜日も手紙なしで、僕を放っておいたんだ。夜のあとに昼がくるのと同じように、今日は確実にくると思っていたのに。でも、一体誰が手紙を欲しいなどといったかい。ただ二行、ひとつの挨拶、ひとつの封筒、一枚の葉書でいいんだ[*60]［……］。

彼女からの手紙が遅れていることを激しく責める手紙の最後で、カフカは、こうして待つのは最初ではない、と記している。前にも同じようなことがあった、それを証明するのがこの手紙だといって、同封しているのが、先の〈怖い〉手紙なのである。

カフカは、手紙がこないと嘆いているが、しかし、少なくとも前後の手紙から読み取れるかぎり、こなかったのはほんの一日か二日である。にもかかわらず、右のように彼女に手紙を要求した。完全に常軌を逸しているといえるだろう。内容だけでなく、彼が送りつけている手紙の量も異常である。右の手紙の前日のたった一日、一一月一五日を見るだけでも、一四日から一五日にかけての夜中に一通、一五日の昼間に職場から一通（労働者災害保険局の便箋が使われている）、それから一五日の夜中に一通、と計三通手紙を書いている。

フェリスの手紙が遅れたのは、病気だったから、らしい。なぜなら、責める手紙の翌日、一一月一七日付の手紙は次のように始まっているからである。

最愛のひと、誰よりも愛しいひと、このとんでもなくいまいましい畜生の僕は、君という健康な女性を病気にしたという名誉をもつんだね。お大事に、いいかい、お大事に。僕が引き起こしたことをどうか、君への愛のために僕に償わさせてくれ[*61]！

彼は彼女をいたわっているのだろうか。

彼は、その病気の原因が自分にあると認めている。自分を「畜生」とも罵っている。しかし、健康な彼女を病気にしたことを「名誉」だともさりげなく書いている。「お大事に」という言葉は少し空々しく響く。いずれにせよ、彼はけっして反省していない。むしろ、まったく逆に、まだ彼女から大量の手紙をもらうことを妄想している。

おとといの夜、僕は二度めの君の夢を見たよ。郵便配達夫が君の二通の書留の手紙をもってきて、しかもそれぞれの手に一通ずつもって、蒸気機関のピストン棒のように両腕をすばらしく正確に動かしながら、僕に渡したんだ。それは魔法の手紙だったね。いくらたくさん便箋を封筒から引き出しても、空にならなかった。僕は階段のまんなかに立っていて、さらに手紙を封筒から引き出そうとすれば——わるくとらないでくれ——読んだ便箋を段の上に捨てなければならなかった。上も下も階段全体が読んだ手紙でうまって、ゆるく重なった弾力性のある紙ががさがさ大きな音をたてた。それはまったく望んだとおりの夢のような夢だったよ。[*62]

彼が欲しているのは、たくさんのたくさんの手紙である。それを次から次へと「捨てながら」読むことを夢見ている。彼の代理人である郵便配達人は、機械のように正確に彼に仕えている。暴君のような欲望といえるだろう。ここでも、彼は自らの欲望の暴力性をひそかに誇示している。さらに、カフカは、この手紙の自分の冷酷さについても自覚的に言葉にしている。彼女が病気であることを知って「不幸だった」という。

でも——いま僕の本性があらわになるのだが——君が健康なのに書いてくれなかったのだったら、もっと不幸だっただろう。が、いまはまた僕たちはおたがいを取り戻したのだし、しっかり握手して、もっとお互いを健康にして、共に健康に生き続けるようにしようじゃないか。[*63]

自分のせいで病気になった女性に対する呼びかけだと思うと、たしかに「僕の本性があらわになる」ような薄情な文章だろう。

ところで、ここ数通引用しているカフカの手紙のトーンが、最初のころのものとかなり異なっている点に着目したい。急に親しく馴れ馴れしく書かれている。

ちょうどこの時期、彼らの文通に重要な転機が訪れた。正確な日付をいえば、一一月一一日、カフカはその日の手紙で彼女に初めて du で呼びかけたのである（補足しておくと、ドイツ語には、英語でいう二人称の you にあたる言葉として、敬称の Sie と親称の du がある）。一般論としていっても、ドイツ語で会話をしていて、Sie から du に切り替える瞬間というのは、非常に気を遣う緊張する瞬間である。その大事な一線を越えたのが一一月一一日、その日から一週間にわたり、彼が書いた手紙は非常に重要である。なぜなら、そこにあの作品、カフカの代名詞ともなっているあの作品の〈秘密〉があるからである。カフカが『変身』を書き始めたのは、一一月一七日の夜である。

「あなたの物語」

フェリスに初めて手紙を書いたことが、『判決』を書くことにつながった。フェリスに初めて du と親しく手紙で呼びかけたことが、『変身』を書くことにつながった。

先述のように、前者については、多くの人々によって指摘がなされている。しかし、後者に関しては、管見ではあるが、まったくといっていいほど認識されていないように思われる。よって、その観点から踏み込んだその作品の解釈もおそらくまだない。

時系列を整理しておく。

八月一四日、ブロート宅で、フェリスに初めて会う。九月二〇日、彼女に初めて手紙を書く。九月二二日から二三日にかけて、一晩で『判決』を書く。その二日後の九月二五日、長編小説『失踪者』の執筆を始める。九月二八日、フェリスからの最初の手紙が届く。すぐに彼女に返事を書く。それから約三週間、彼女からの手紙はこない。一〇月二三日に彼女からの二通めの手紙が届けられる。

そこを境に、ようやく二人の間の文通が順調に展開されていく。それから二週間のうちに、カフカは一〇通以上の手紙を書いている（そのうち、一通は前に言及した一〇月二七日付の非常に長い手紙である）。

一一月七日には、たがが外れたかのように、一日のうちに二通書いている。しかも、内容はかなり感情的である。その折、フェリスの手紙の何かが、彼を怒らせたらしい。フェリスからの手紙がのこっていないので詳しいことはわからないが、翌八日のカフカからの手紙には、憤りを示すような文言——あなたの手紙が僕を「混乱させた」、あるいは僕はあなたの手紙を「二〇回」も読んで「途方にくれた」——が見つけられる。次の九日には、ついに感情を爆発させたかのような手紙を書いている。


あなたはもう私に手紙を書いてはいけません。私ももうあなたに書かないでしょう。書いたらあなたを不幸にするかもしれないし、私の助けにもならないから。［……］あなたにすがろうと試みたのは、たしかに呪われるに値することでした。［……］はやく私という幽霊を忘れてください。そして、以前のように快活で落ち着いた生活をしてください。*64

この手紙は投函されなかったものの、カフカは実際に、翌日には言葉通り、手紙を書くのをやめている。ところが、そのさらに翌日の一一日、彼女からの手紙を三通同時に受け取ると、今度は一日のうちに三通、手紙を書いている。その一一月一一日付の二通めの手紙に、こんな一節がある。

この長編小説はあなたのものでもあります、というより、私のなかの善の観念を、どんなに長く生きてどんなに長い手紙で指し示そうとする言葉よりも、ずっと明瞭に伝えることができます。この物語――いま私が書いていて、でも、構想だと無限に続きそうなのですが――は、タイトルは、さしあたっての概念をお伝えするためにいえば、『失踪者』で、話はもっぱら北アメリカの合衆国で展開します。さしあたって、五章が出来ていて、六章もほとんど出来ているといったところです。それぞれの章題は次のとおり――1火夫、2伯父、3ニューヨーク郊外の邸宅、4ラムゼスへの道、5ホテル・オクシデンタル、6ロビンソン事件です。*65

この箇所は、手紙と小説の関係についてきわめて重要なことを伝えるものである。『失踪者』は、「あなたのもの」だ、これは、あなたにどんな手紙よりも「私のなかの善の観念」を「明瞭に伝えることができる」とそこでいわれている。『判決』も、前に一例確認したように、いくつかの手紙で「あなた（君）の物語」と呼ばれている。そもそも、『判決』は彼女に献げられている。そして、一週間後に書き始められる『変身』も、これから確認するが、同じく「あなたの物語」である。

つまり、フェリスへの手紙と連動するように書かれていたこれら三作品は、フェリスに宛てた大規模な手紙であったと見なしうるということである。

だとしたら、その大きな手紙でいったい彼は彼女に何を伝えていたのだろうか。

二通めの手紙で小説の執筆状況がふれられていたのは、これから自分は手紙を書くことではなく、小説を書くことに専念したい、「最後の一息まで私の長編小説のため、自分を使いきりたい」という思いを彼女に伝えるためである。

その日一一月一一日に、さらにもう一通書いたのは、おそらく、その気持ちをより強調したかったからだろう。三通めはこう始まっている。「いまから、私はあなたに、本当に気が狂っているかのように聞こえるお願いをします」。そのお願いとは、頻繁に手紙を書かないでくれ、というものである。

> 週に一度だけお便りをください。日曜日に僕が受け取れるように。つまり、毎日の手紙にはたえられない、たえる状態にないのです。例えば、あなたに返事を書いて、それからベッドで一見静かに寝ていますが、しかし心臓の鼓動が全身を走り、あなたのこと以外は何もわからないのです。僕がどんなに君としっかり結びついているか、他にはどう表現することもできないし、どういおうと弱すぎる。でも、だからこそ、僕は知りたくないのです、君がどんな服を着ているか、知れば僕は混乱し、生きていけないから、だから、僕は知りたくない、君が僕に好意を持っていることも[*66]「……」

じつは、この箇所でduが初めて使われているのである。「どんなに君としっかり結びついているか」

という箇所のその「君」である（Sie と du の違いが明確になるように、「あなた」と「君」と区別して訳し、文章の調子も若干違いを誇張している）。

言葉遣いとしては相手をぐっと手元に引き寄せておいて、すぐに次のように結婚の話題が持ち出されている。なぜ僕は電車に乗って君に会いに行かないで、職場や自宅に座っているのか、と問いをたてたあと、それには「ひどい、ひどい理由」があるからだ、といってこう続けているのである。

［……］僕は自分ひとり生きるのがやっとぐらいの健康で、結婚生活はもはや無理で、まして父親になるなどまったく無理だ。でも、君の手紙を読むと見通せないこと以上のことを、見通せるかもしれないと思ってしまうんだ。[*67]

いったい何を伝えたい手紙なのか。まったく意味がわからないといっていいだろう。手紙を書くな、でも、僕は君のものだ、でも、君がどんな服を着ているか知りたくない。僕を好きだというのも知りたくない。なぜ、君に会いに行かないのか。なぜなら、僕は結婚できないから。子供ももてないから。でも、君となら、これまで見ていなかった以上のことを見通せるかもしれない。

いったい、彼が彼女に伝えたいのは、「好意」なのか、それとも「拒絶」なのか。それすらもわからない文章である。そのなかで、あの一線が越えられたのである。本来なら、それを使うことで急速に親密さが増すはずの du が、初めてそこで使われた。しかし、それは一層の親しさを表わすためだったのか。

カフカは、自分がどんな類の手紙を書いているか、十分に自覚している。だから、右の一節のあと、こう続けている。

君の返事がきけさえしたら。僕は君をどんなにいやらしく苦しめるだろう。どんなに君に無理強いして、君がもらったことのないほどいやな手紙を、静かな部屋で読ませるだろう！[*68]

彼のいうとおり、「いやな手紙」である。相手を「いやらしく苦しめる」手紙である。そして、彼がこの手紙の冒頭に、自ら言葉にしていたように、「気が狂っているかのよう」である。相手を自分の手元に一気に引き寄せるかのように、親密さを出す二人称に切り替えておきながら、同じ手紙の最後で激しく拒絶する。「［……］この手紙の終わりで、もういくらか尽きかけた筆の力で、僕は君にお願いする――僕たちの命が惜しいなら、すべてをやめにしよう」[*69]。

いやらしさは、じつはこれだけにとどまらない。

カフカは、自分ではなく、ブロートに、彼女を苦しめていることのフォローを頼んでいる。ちょうどこの一一日を挟んだ前後の数日間、ブロートはベルリンに滞在していた。一一月一三日にカフカがブロートに宛てて書いた手紙には、こんな箇所がある。

ベルリンからは、ただし何もこない。何かを期待するとは、なんと馬鹿だったんだ。あそこで君は、およそ善意と、理性と、予感からいうことのできるぎりぎりのことをいってくれたよ。ただ、あのとき君のかわりにひとりの天使が電話に出ていたとしても、僕の毒のある手紙には対抗できなかっただろう。[*70]

つまり、ブロートはフェリスに電話をしていた。そして、カフカはブロートからその報告を受けて、彼女から何かすぐに反応が返されると期待していた。

ずいぶん都合のいい期待といえるだろう。なぜなら、天使であってもどうにもできないほどの「毒」を含んだ手紙を送っていることを自覚しているのだから。相手をいやな気分にさせる手紙を送りながら、いっぽうで、自分の友人に電話をさせている。

ちなみに、この手紙の主な用件は、フェリスの件ではなく、翌日友人オスカー・バウムのところで予定されている朗読を自分はキャンセルするという連絡である。読み上げるはずだった小説が、前日からうまく書けなくなったことが理由である。その小説とは執筆中の『失踪者』であり、ほんの数日前のフェリスへの手紙で自慢げに進捗を報告していたものである。カフカは、いわゆるドタキャンの連絡であるはずのこの手紙で、当然予想される謝罪の言葉を、次のような指示の言葉にすり替えている。「だから、君は僕の約束撤回に二通りの善行で報いるしかないんだ、第一に僕に腹を立てぬこと、第二に君自身が朗読すること」[*71]。

この手紙について、指摘しておくべき点は、もうひとつある。これは、カフカが自分で書いたものではない。カフカはこの手紙を、ベッドに寝たまま妹のオットラに向けてしゃべり、それを彼女に書き取らせている。

アデュー（これから、わが秘書嬢たるオットラと散歩に出るよ。夕方店から帰ってきたんだが、その彼女を捕まえて、それでベッドで口述している。いま僕はペルシャの高官《パシャ》で、しかも妹に沈黙の刑も課しているんだ。というのも、自分にもいいたいことがあると、途中で主張するんでね）。[*72]

先に確認したあの暴君のような欲望の一端が、ここでもうかがえるといえるだろう。自分はベッドに寝たまま、店で働いて疲れているはずの妹に、手紙を書かせている。妹が自分も何かいいたいといっても、いわせないで黙らせている――。口述筆記だという事実は、さらに、「いやな」裏の事情を示唆しているだろう。カフカ本人だけでなく、彼の妹も、彼がベルリンにいる女性に「毒のある」手紙を送りつけていることを承知しているのである。

暴君のカフカの〈恋〉のために、妹が手紙を書き、友人が電話をする。実行者はまたもや、彼の代理人、いや下僕たちである。

『変身』と誕生日

翌一一月一四日付のカフカがフェリスに宛てた手紙から、彼の「いやらしい」手紙にもかかわらず、結局フェリスから返事がきたことがわかる。また、彼女も、彼にならって、親称の二人称 du を使うようになったこともうかがえる。「僕をしっかりさせたのは、ただ Du という言葉、僕があなたにひざまずいて感謝しているDuという言葉のせいかもしれません」[*73]。

一四日には、さらにもう一通書き、またその翌一五日に三通も書いているのは、前に確認したとおりである。その一五日の三通めの手紙が、返事をくれないと彼女を責めて、そしてひと月前に書いた〈こわい〉手紙を同封している（「無限にベルを押し続けたい」）あの手紙である。

つまり、この数日間の彼の手紙は、いやらしいというよりも、支離滅裂だろう。手紙をくれるな、といっておきながら、手紙がこないといって責め立て、さらには恐怖を抱かせるような手紙も送りつける。そして、一七日に送ったのが、病気の彼女をいたわっているかのように見えて、いたわっていない手紙である。

先に少し見たこの一七日の手紙は、重要である。そこでは、ここ数日急にうまくいかなくなった長編小説の代わりに、新たな小説の着想を得たことが、最後のところで示されているからである。


今日また君にたぶん書くよ。まだ今日もこれからたくさん走り回らなくてはならないし、ある小さな物語を書き始めるつもりだ。ベッドで悩んでいるとき思いついたんだけど、それが心の奥でずっと僕をせき立てているんだ。[*74]

むろん、この物語が、『変身』である。

念のために補足するが、彼がベッドで悩んでいる内容とは、手紙の言葉を鵜呑みにするかぎり、長編小説がうまく書けないことと、彼女からの手紙がこないことである。手紙を待ってはいたが、「ベルリンに行こうとは思わなかった」、その代わりに「手紙がくるまでベッドから離れない」と決心していた、とも記されている。ベッドのなかで、手紙を待って悶々としていて、思いついたのが、あの話だということである。

この手紙を書いたあと、カフカはその晩のうちに、『変身』の執筆に取りかかっている。そのことは、一一七日から一八日にかけての深夜に書かれた次の手紙からわかる。「深夜一時半、伝えた物語はまだとうていできない。長編小説は今日一行も書かなかった。興奮もほとんどないまま、ベッドに行く」[*75]。

つまり、『変身』は、明らかに一一月一七日から一八日にかけての夜に書き始められていたということである。「朝起きたら、虫になっていた」という有名な一行が書かれたのは、その晩だということである。

この日付は非常に重要である。なぜなら、一一月一八日は、フェリスの二五歳の誕生日だから。まさに、彼女が二四歳から二五歳になろうとするとき、彼は、あの「虫」になる一行を書き始めた。

もちろん、カフカはそれを知っている。先述のように、一一月一一日、カフカはついに彼女に対して、親称のduを使って手紙を書いた。その翌々日の一三日、彼は、あの口述筆記の手紙の直前に、次のような手紙を書いている。

犯罪のような言葉のあとに罪のない薔薇を贈るというなさけない試み！　だが、こういうことだ――ひとりの人間のなかになじんでいることは、外の世界にはあまりに小さすぎ、明白すぎ、正直すぎる。――なるほど、だが、そうなるとこの人間は、少なくとも自分が依存していると思うものに対しては、正気を保たなければならないということか――つまり、全く不可能な、まさにそのところで？[*76]

この手紙には、通常の手紙には必ずある「親愛なる」で始まる名宛て人への呼びかけもなければ、差し出し人の署名もない。

文面も謎めいていれば、形式も謎めいているこの手紙を、薔薇の花束に添えて、一一月一七日にベルリンにいる彼女の手元に届くよう、カフカはその日のうちに手配していた。念のために指摘するが、右の手紙には、本来あるべき「おめでとう」の言葉もない。

一一月一八日、フェリスの誕生日の当日には、カフカは電報も打っている。その電報の文面は――「アナタハビョウキデスカ」[*77]。

彼は、フェリスの仮病をおそらく疑っている。そのことは、翌一九日の彼の手紙の一節からもうかがえる。「非難ではなく説明してほしいだけだ」とことわったうえで、カフカは、フェリスの彼女自身が出した手紙に関する説明の言葉がわからないと、彼女の手紙を数え上げたあと、「もっとも奇妙でおそろしいのは次のことです」といってこう綴っている。

君は一日半病気で、なのにまる一週間リハーサルをやって、病気にもかかわらず土曜日の晩ダンスに行って、朝七時に帰宅し、その日は夜一時まで起きていて、月曜の晩にはホーム・パーティのダンスに向かう。とんでもない、なんという生活だ。説明を！　いとしい人、どうか説明を！[*78]

忙しい生活を送る彼女をいたわっている文章とも読めるだろうが、しかし、同時に彼女の病気を疑っている文章とも読めるだろう。これ以降カフカの手紙は、ますます感情的で、「いやらしく」なっていく。その晩（一九日から二〇日にかけて）には、こんな言葉を書いている。

ただいえるのは、僕のそばにいて、僕を見捨てないでほしい。僕のなかから僕の敵の誰かが、君に今日の午前のような手紙を書いても信じないで、彼を通して、僕の心のなかを見てほしい。[*79]

翌二〇日にはこうも書く。

こんなに苦しめるなんて、僕が君にいったい何をしたというのか。今日も手紙はこなかった［……］。どこまで僕を苦しめるのか！　君の書いた一言が僕をどんなに幸せにできるか！　君は僕に飽きたんだ、それ以外説明しようがない[*80]［……］。

彼の手紙からはまた、彼女に対する不信だけでなく、郵便システムについての不信も色濃くうかがえる。二一日の手紙では、手紙が紛失したのではないか、書留で出さなかったのが災いしたのではないか、と疑い、「金曜日（八日）以来」書いた「およその計算で一四または一五通の手紙[*81]」を確認するように、彼女に要求している。

さらに、二一日の三通めの手紙では、自分の家族についての不信も言葉にしている。その手紙によれば、その日彼は、母親が、彼のポケットの手紙を盗み読んで、彼女に手紙を書いたことに気づいたようである。それに対する怒りは、次のように、両親についてのかなり手厳しい批判につながっている。

僕は両親をいつも迫害者だと感じてきた。一年前までは彼らに対して、ひょっとしたら世界全体に対して、命のない物と同じくらいどうでもいいと思っていた。でもそれはたんなる抑圧された不安、心配、悲しみだった、いまわかったのだけど。両親は、ひとを自分のほうに引きずりおろすこと以外［……］望んでいないんだ。[*82]

母親ユーリエがフェリスに宛てて書いた一一月一六日付の手紙には、返事をくれるならこちらへと私書箱の住所が書かれている。[*83]息子と同様、母親も用心深い性格だったようである。

じつは、あの電話以降、ブロートとフェリスの間にも文通があった。二一日のフェリスへの三通めの手紙から、ブロートがカフカにそのことを〈白状〉していたことがうかがえる。「マックスを問い詰めて、全部いわせるには十分だった[*84]」。

つまり、『変身』はこういう不信に満ちた状況下で書き進められていたのである。

一般的にいって、この小説は〈悲劇〉と理解されている。ある朝、虫に変わってしまった主人公は、それまでずっと家族を思い、懸命に働いていたにもかかわらず、その日を境に疎まれ、虐げられていく。心やさしい主人公は、家族のそうした気持ちをくみ取りながら、最後まで家族の幸せだけを願いながら、死んでいく。
人々が理解しているあらすじは、おそらくこういうものだろう。
そうなのだろうか。

第2章

〈弱い〉父とビジネス好きの息子

手紙としての作品

『判決』は何を伝えようとしているのか。

前章で、『判決』は、フェリスに宛てた大きな手紙だという可能性を確認した。『判決』が女性に宛てた手紙、すなわち一種の恋文、ラブレターだとすれば――が、それは本当に〈恋〉なのか――そのラブレターとしてのそれは何を伝えようとしているものなのか。

しかし、この問いとともに、『判決』を読んだとしても、大いに困惑させられるだけである。恋愛小説らしさはまったくなく、恋らしいものは何一つ描かれていない。先に、主人公の婚約者フリーダ・ブランデンフェルトの名前は、フェリス・バウアーの名前のもじりだといった。が、そのフェリスを思わせる作中の婚約者は、物語の〈現実〉には登場しない。手紙を書き終えた主人公の脳裏で、ちらっと思い出されるだけである。その物語世界の〈現実〉に登場しているのは、もっぱらゲオルクとその父親のみ。物語の前半で伝えられるのは、書き終えたばかりの手紙をめぐってあれこれ思うそのゲオルクの心のうちであり、後半では、その手紙をポケットに入れて父の部屋にきた彼が、父親と交わす父子の会話である。

従来より、『判決』は、父と子の物語として解釈されてきた。とくに、カフカの実生活における父子関係がそこには投影され、父の重圧にあえぐ息子の悲劇が描かれたものという理解がなされてきた。たしかに、『判決』では最後に、父親から溺死の刑を言い渡された息子が、橋から身を投げる。穏やかな春の日曜日の光景で始まったはずが、みるみるうちに父のよる息子の断罪という恐怖の結末へと転がっていく。

怖い父、怯える息子――。

息子は、物語のなかで、たえず父をやさしく気遣っている。父の部屋が暗いことに気づき、自分の部屋と交換しようかと提案している。父が食事も満足にとれないほど弱っていることを心配し、明日にでも店を閉めようと口にする。おぼつかない足取りの父をベッドに運び、横になって休ませる。やさしい言葉と行動が積み重ねられているにもかかわらず、父は不信を募らせる。

いや、最初から父は疑っている。「何ヶ月かぶりに」父の部屋を訪れた理由を、息子は、友人に婚約を知らせる手紙を書いたことを「父に話しておきたい」と思ったからだという。それを聞いた父はただちにこういう。


「よく聞け。おまえはその問題を相談するためにやってきた。見上げたものだ、疑いない。しかし、全部本当のことを話していないのなら、何にもならない。もっとたちがわるい」[*1]。

私たちは、この言葉を、いまとなってはうなずきながらそのまま受け取るだろう。前章で確認したことは、父のこの言葉にこれまでとはまったく異なるトーンをもたらしたはずである。息子は本当のことを話していない。この父の勘は、おそらく当たっている。この息子は信用ならない。

カフカの作品の多義性については、これまで十分すぎるぐらい検討されている。息子が友人への手紙に嘘を書いてきた可能性は、すでに何度も指摘されている。息子のやさしさが、必ずしも〈本当〉のやさしさではないのではないかという疑いも繰り返し発せられている。ベッドで父を布団でくるもうとする息子の行為が、「くるみこむ」という別の意味の暗示だということも、誰もが気づいている。にもかかわらず、もっとも根本的な構図については、なぜか再考がなされてこなかった。

『判決』を人々は、ある強力に固定された枠組みのなかで読んでいるように見える。そして、そこから、なぜか抜け出ようとしない。その枠組みの〈正しさ〉を、おそらく誰もが信じているから、そこを壊して新たな読みを展開しようとしないのだろう。その枠組みを簡潔に明示すれば、それはいましがたふれたことの反復になる。すなわち、『判決』はカフカの実際の父子関係を反映したものであり、その関係とは、強大な父に抑圧された繊細な息子というものであった。

この枠組みのおそらく、前半は間違っていない。そして、その〈正しさ〉は、従来考えられていたレベルより、もっと〈正しい〉かもしれない。なぜなら、この小説は、本質的には小説ではなく、手紙なのだから。広い読者に向けた公的な作品というより、ひとりの個人に宛てた私的なメッセージと見なしうるからである。

フェリスに何かを伝えたくて書いた。交流を始めようとする女性に対して、おそらくは自分を、自分の真の姿を十全に理解してほしいという意図があったにちがいない。であるなら、そこには、もっとも彼らしい、カフカらしい姿が描き込まれているはずである。

すでに私たちはそれが何であるかを予感している。前章で読んできた「いやらしい」カフカの手紙は、これまでの彼のイメージである暗さや弱さや不器用さを覆すものだった。つまり、ここで私たちが確認しているカフカらしいカフカとは、これまでの通念でいえば、もっともカフカらしくないカフカである。

カフカを読むことの不思議が確認される。

文学作品は、作者とは切り離して読むべきだとよく主張される。作者の意図を超えたところで、自立的に存在しているともよくいわれる。そのような見解で、カフカも繰り返し読まれてきた。しかし、本当にそれらは、自立的に解釈されてきたのだろうか。

ここで試みられている読み方は、むろんそうした方法とはまったく逆である。徹底的に、作者であるカフカ本人の像を見直そうとしている。ただし、留意してほしいのは、そのカフカ像も、やはりカフカが書いたものから、立ち上がっているという点である。カフカはすでに〈死者〉であり、いくら本当のカフカに迫ろうとしても、私たちは亡霊を追いかけるしかない。カフカが書いた手紙や日記の言葉を解釈し、彼をめぐるイメージを組み立てる。それは、彼の言葉を解釈する行為であることにほかならない。

手紙や日記は作品ではない、これもよく聞く言葉である。しかし、もし、彼の作品が手紙なのだとしたら、作品こそが本当の手紙なのだとしたら。

作品とは、いったい何なのか。

少なくともカフカの場合、作品であろうが手紙であろうが日記であろうが、書くことで探り求められているることは、たったひとつだけだといえるだろう。すなわち、自分はいったい何者なのか。カフカの主人公たち――ゲオルク・ベンデマンもグレーゴル・ザムザもヨーゼフ・Kも――みな、作者自身の分身だということは、そういうことである。

カフカとはいったい何者なのか。おそらく謎は、すべてその問いにかかっている。であるなら、彼らの物語を理解したいのであれば、私たちはもっと作者カフカ自身の物語を読まなければならないことになる。生きた彼の亡霊の物語を、できるかぎり正確に読まなければならないことになる。

問題は、つまり後半である。カフカは、暴君のような父に萎縮させられた息子だった――。この〈神話〉が崩されないかぎり、おそらく、彼の謎の〈意味〉をめぐる探求は堂々めぐりせざるをえないのである。

本当にカフカは、そんな息子だったのか。

『父への手紙』と『判決』

鍵はやはり手紙が握っている。

カフカの父親が、貧乏から一代で身を起こし、店を繁盛させて富を築いた人物であることはよく知られている。いっぽう、息子は、文学を志す、孤独で繊細な青年だった。だから、父子の間には、衝突が絶えなかった——。繰り返すが、この構図が従来事実と見なされてきた。その事実の主な出典は、カフカ自身が父親に宛てて書いた長文の手紙である。『父への手紙』として知られるそれは、一九一九年、三六歳のときに書かれ、結局は父親に渡されることがなかった。

これまでの『判決』の解釈においては、必ずといっていいほど、この『父への手紙』が参照されてきた。そして、そこからうかがわれる父子関係が『判決』のそれと重ね合わされた。例えば、一九七〇年代に精神分析的なカフカ批評で影響力を発揮したヴァルター・ゾーケルは、『判決』をめぐる論文ではっきりこう記している。

『判決』での父子の不和がどこから生じたかを探ってみると『父への手紙』との重要な類似に気づく。この手紙は、自主独立と自我の発展を求める息子の自然な要求の息の根を止め、骨抜きにしてしまおうとする威圧的な父親に対する告発である。[*2]

そして、ゾーケルは、父親が「教育」によって押しつぶして歪めた部分が、作中の異国にいる友人として形象化されているのだと解した。いっぽう、ゲオルクは、「カフカ自身のなかに潜んでいて現実とはならなかった」、父親の望んでいた息子である。

が、本当にその手紙は「告発」の書なのだろうか。あの大胆で、ふてぶてしい、欲望の強い男が、「要求の息の根を止められ」押しつぶされた人間なのだろうか。

私たちは、カフカの手紙が一筋縄ではいかないということを十分に知っている。とすれば、強い父と弱い息子の関係が語られていると誰もが読む手紙は、だからこそ、逆にまったく反対のことを伝えているかもしれないと疑わなければならないだろう。

なるほど、『父への手紙』には、従来の見解を裏付けるような記述が数多くある。なかでも幼少期の頃の思い出を細かく語っている箇所からは、独善的な父の姿が鮮明にうかがえる。例えば、夜中に水を欲しがってむずかると、幼児の息子をベッドから抱えてバルコニーに閉め出し、下着のまま立たせた。食事のときはおいしいまずいをいうなといって、自分は「かいばを食わせた」と料理女をののしった。食べこぼしをするなといいながら、足下には一番多くの食べこぼしが落ちていた。食卓では食べることに専念せよといいつつ、自分は爪を切ったり、鉛筆をとがらせたり、楊枝で耳をほじっていた。また、カフカは、体格でも父は息子を圧倒していたと語る。

僕は例えば、よく船室でいっしょに服を脱いだときのことを思い出します。僕は痩せてて、ひ弱で、細くて、あなたはがっしりして、背が高くて、肩幅も広かった。船室のなかにいたときから僕はみじめだった。あなたに対してだけでなく、全世界に対して。なぜなら、あなたは、僕にとって全てのことの尺度だったのだから。[*3]

父はいつも「絶大な自信」をもっていて、自分の意見を「絶対正しく、他はすべて、狂った、突飛な、素っ頓狂な正常でない意見」だと思っていたともいう。ことごとく自分と異なる意見を罵倒し、「チェコ人を、ドイツ人を、ユダヤ人を罵倒し」、周囲の人々を「全面的に完膚無きまでに」否定し尽くしたという。「あなたは、僕から見れば、暴君なら誰しももっている謎めいたものを備えていました。暴君の暴君たるゆえんは、思想ではなく、人物そのものにあるのです[*4]」。

こうして抜き出してまとめてみると、『父への手紙』でカフカが思い出している〈怖い〉父の思い出は、あまりにも細かく、その細かさと、ある意味しつこさは、それだけで、その「告発」(であるとすれば)の〈異常さ〉を感じさせる。

が、いずれにせよ、それらの細かな思い出の描写は、言葉の表面としては、やはり強い威圧的な父の姿を伝えているといえる。ところが、例えば、父の罵倒については、こんなくだりもある。

あなたが僕に、あからさまな罵倒の言葉を浴びせたという記憶はありません。必要なかったのです。あなたには他にいくらでも手段があったのだから。罵倒の言葉は、家での会話、とくに店での会話で、僕の周りの他の人々にいくらでも降り注がれていました。小さい子供だった僕は、ときどきそれで耳がつぶれるかと思ったほどで、しかも罵られている彼らは僕ほどひどくなかったから〔……〕全部自分のことだと受け止めざるをえなかったのです[*5]。

つまり、父は周囲の人々を罵倒しても、息子を直接罵倒することはなかったのである。読み落とすべきでないのは、息子の怯えは、他人への罵倒を息子が自分のことと受け止めたからという点である。手紙は、間違いなく、父に横暴で独善的な一面もあったことを伝えている。が、同時にそれが語っているのは、父の息子への気遣い、理性的に息子に接している態度だともいえるのである。

実際あなたが僕をほとんど一回も殴らなかったことも事実です。しかし、あなたが怒鳴って、顔を真っ赤にして、ズボン吊りをさっと外して、椅子の背にかける様子は、僕にとってはもっとひどいことでした。まるで絞首刑だといわれるようなものです。［……］こんなふうに何十回も、あなたがはっきり示された見解からすれば、鞭打ちに値しているのに、あなたのお慈悲でなんとかそれを免れることを繰り返しているうちに、大きな罪の意識だけが積もっていきました。[*6]

ここには、「絞首刑」や「鞭打ち」といった激しい言葉が使われていて、それらは、読む者に〈恐怖〉のイメージを喚起する。ところが、よく読み直してみると、それらの言葉で語られているのは、あくまで妄想である。想像力豊かな息子が、勝手に自分で妄想を膨らませて怯えているだけである。事実としていえば、父は一度も息子を殴ったことがない。

カフカ自身、それを自覚している。いつしか自分は、父がいくら怒っても「とくに緊張しなくなった」し、いくら脅されても「あまり脅されてばかりいるので鈍感になった」、また「実際には鞭打たれないことも、だんだんわかってきていた」[*7]。そうはっきり書いている。

とすれば、私たちの予感は、当たったということになるだろう。カフカは、けっして、一方的に父に抑圧され、つぶされていたわけではない。

〈弱い〉父

もしかしたら、父は弱かったのかもしれない。

この手紙を注意深く読むと、むしろそれを裏付けていると読むことができる箇所がいくつも見つけられる。

手紙でカフカが、「少なくとも僕に対して効力を失うことのなかった説得手段」として挙げているのは、じつは「泣き言」である。父はいつも「公然と泣き言をいっていた」とそこにはある。ただし、カフカはその泣き言を「信用せず」、それを「あまりにもあからさまな教育手段、おさえつけの手段」と解釈していたのだという。なぜなら、「そもそもあなたともあろう人が同情を期待したということが理解できなかったから」[*8]。

先の罵倒や暴力について語られていた箇所でもそうだったように、この手紙には、父の行為を伝える言葉のそばに必ず息子の解釈が添えられている。そして、解釈によって、文章の表面上には怖さや強さが浮かび上がり、弱いという印象は消されてしまっている。

が、その解釈を除いて読んだときに確認できるのは、父がいつも息子に泣き言をいっていたという〈事実〉である。

おそらく、父は弱く、そしてやさしい男だったのだろう。手紙には、それを明らかに示唆するエピソードも書き込まれている。

暑い夏の昼下がり、父は、事務机に肘をついてうたた寝していた。日曜日ごと、へとへとになって息子たちのいる避暑地を訪ねてきた。母が重病になったときは、本棚にしがみついて身を震わせて泣いていた。

［……］あるいは最近、僕が病気になったとき、あなたはオットラの部屋にそっときて、敷居のところに立ち止まって、ベッドのなかの僕をのぞこうと首をのばし、気遣いから手だけを振って挨拶なさった。あの頃、横になると、幸福のあまり泣けたのです。こうして書きながら、いまもまた泣いています。*9

家族思いの繊細な父の姿がうかがわれる。カフカはまたこうも語っている。「あなたは、特別に美しい、めったに見られないような、静かで、満足して、相手を認めるようなほほえみ方をなさいます。そのほほえみに与《あずか》れる人をすっかり幸せにさせるようなそんなほほえみ方です」*10。

こんな素敵なやさしい微笑をする男が、日々息子を痛めつけ、絶望の淵に追いやっていたと想像できるだろうか。

＊

じつは、『父への手紙』は、父が病気であったことも伝えている。

ただし、その箇所では、またもや息子の解釈が添えられていて、その事実としての印象がぼやかされている。カフカの言い分では、父は自分が「心臓神経症」であることを逆手に、それを「支配をいっそう厳格に公使するための一手段」として使っていたのだという。父の教育が一切反論を許さないものであったのは、父が病気であることを思い出すと、反抗心が「鈍ってしまった」[*11]からだという。
実際、父の病気はかなりの長患いだったようである。一九一一年八月二六日の日記にこんな一節がある。

このところの晩、父は興奮のあまり寝付けなかった。商売に関する心配やら、それがもとでひどくなった病気にやられてしまったのだ。心臓の上には濡れたハンカチ、吐き気、呼吸困難、ため息をつきながら行ったり来たり歩いている。[*12]

カフカの日記や手紙には、父の心臓病にふれている箇所がいくつか見つけられる。古くは、一九〇八年一一月、また一九〇九年四月の手紙で父の具合がよくないこと（一九〇九年のときは、同時に母と祖父も）が何度か報告されている。[*13]『父への手紙』が書かれたのが、一九一九年だったのだから、考え合わせると少なくとも一〇年にわたって父は病気を抱えていたといえるだろう。右で引用した日記には、次のような文章が続いている。

不安に駆られる母は新たな気休めを見つける――あの人はいつも活力があって、何にだって打ち勝ってきた。僕もいう――商売が苦しいのも、せいぜい続いて三ヶ月、そこを過ぎればきっとよくなる。父はため息をつき、頭を振りながら、あちこち歩いている。[14]

ここからうかがわれるのは、心配症で繊細な男の姿である。父は、店の経営がうまくいかなくて、ため息をつきながら、うろうろ家のなかを歩き回っている。妻や息子に慰められようとも、不安は消えない。

つまり、息子は子供の頃から、ずっと父の〈弱さ〉を見つめていた。

頼りになる息子

世俗的な成功者である〈強い〉父は、実社会に不適応な〈弱い〉息子に圧力をかけ続けた。おなじみのこの構図は、ある重要な点を考慮から外してしまっているからこそ、成り立っていることに気づかなければならない。

父はいったい〈いつ〉成功したのだろうか。

『父への手紙』には、「のうのうと贅沢に暮らしている息子」に父がいつも不満をぶつけていたと回想されている箇所がある。そこで父が引き合いに出していた彼自身の昔話をまとめていうと次のようになる。

子供時代は、家族全員が一部屋で暮らすほど貧しく、自分は七歳からリアカーを引いて行商した。食事も満足に与えられず、じゃがいもにありつけると大はしゃぎだった。服もろくに着せてもらえず、冬は凍傷だらけだった。年端もいかぬうちから奉公に出され、一度も仕送りをしてもらえず、逆に軍に入ってもらった金は全部家に送っていた。[*15] つまりは、これほどの環境から、カフカの父ヘルマンは、店を興し、一代で身を立て、家族を養ってきたということである。

裸一貫で父が始めたのは、高級雑貨の卸売り業である。扱った商品は貴金属のアクセサリー、リボン、スカーフ、手袋、傘といったファッション雑貨あるいはインテリア小物であり、どれも装飾に関わる贅沢品といえる。すなわち、彼の商売は、景気の影響を受けて激しく振幅する舵取りの難しいものである。父ヘルマン・カフカのビジネスが軌道に乗って、プラハの一等地のキンスキー宮殿にようやく店を出せたのは、一九一二年一〇月、カフカ二九歳のとき。であるなら、息子の恵まれた成長過程の環境——女中や家庭教師や奉公人に取り巻かれ、高等教育を受け、法学博士号も取得し、官僚になった——は、実情としては父の精一杯の背伸びと見栄のおかげともいえるだろう。繊細で弱気な男が、家族を養うために、日々どれほどの大きな重圧と戦ってきたかは想像に難くない。

先に引用した日記の一節は、店の移転のちょうど一年前のものであり、その日のあとの箇所からは、家賃も払えないほど資金繰りに困っていたことがうかがえる（「かわいそうな母は、明日家主のところに頼みにいくところだ[*16]」）。別の日の日記（一九一一年一二月二四日）には、カフカの家庭の雰囲気が、まさにいつも商売の浮沈に左右されていたことを示す次のような箇所がある。

子供の頃、不安になったこと、いや不安というより不快になったのは、父が、商人の父にはよくありがちだったのだが、「末日」や「締め日」について話すときだった。僕は好奇心旺盛でもなかったし、たとえ質問しても考えるのがのろくて答えをすばやく消化できなかったり［……］だったので、僕にとってその「末日」という表現は、気まずい秘密であり続けた。それでもっとよく耳を傾けてみると、「締め日」という言葉が、さほど強い意味ではなかったのだけど、その秘密をいっそう強めた。*17

＊

一九一一年後半の経営危機は、非常に深刻なものであったらしく、その一〇月一六日の日記からは、ある大きな事件まで起こったことがわかる。

きのうは大変な日曜日だった。全従業員が父に辞めるといってきたのだ。言葉巧みに、誠意をもって、病気のこととか、いまの偉さとか昔の強さとか、経験とか、賢さとかを持ちだして、父はみんなを、それから個別にも説得して、なんとか全員を引き留めようとした。*18

のちのくだりが伝えるところによれば、ようするに店の営業主任が退職して新しい自分の店を出すにあたり、従業員全員を引き抜こうとしたらしい。この裏切りに対して、父は引き留めの説得に奮闘するものの、不首尾に終わったというのが右の文章の意味である。

ところで、この危機を脱するのに一役買ったのが息子のフランツである。この日から数日間の彼の日記からは、(おそらくまだほとんど知られていない)ある重要な彼の日常生活の一面が読み取れる。少し詳しく見ておこう。

先に引用した一九一一年一〇月一六日の日記の続きには、カフカが、父の店の窮状を救うため、自ら引き留め工作に乗り出したことが記されている。その日のうちに、彼は、店の帳簿係の住む郊外のシジュコフ地区にまで足を伸ばし、帳簿係に会って、店に残ってくれるよう交渉にあたっている。このときの様子を、カフカは次のように綴っている。

> チェコ語で説得しても効果があげられなくなればなるほど［……］ますます彼の顔は猫のようになる。終わり頃、とてもゆかいな気分になって僕は少しばかり演技する。少しぼおっとした顔で、目を細めて、まるでほのめかされたことが言葉にできないことに変わっていくのを目で追っているかのような表情で、部屋のなかを黙って見回す。効果はほとんどなく、彼から新しい声の調子で話しかけられるのではなく、また最初から説得し直さなければならないことがわかっても、僕は不幸には思わない。[*19]

これで見るかぎり、カフカがこの交渉を負担に思っている風情はまったくない。むしろ、まったく逆に、それを愉しんでいる。相手の顔が「猫のように」変わるのを観察し、自分も「ゆかいな気分で」演技している。

この日の午後には、さらにもう一人会計係を引き留めるために、別のラドティン地区にも向かっている。日記によれば、カフカはその際、じつに巧みに策略をめぐらせ、その会計係に直接話をするのではなく、「彼をうちの店につれてきてくれた」「ハマン氏」のところを先に訪れている。いわばからめ手から攻める形で、その有力者に「影響力を発揮してくれるように」[*20]と頼んでいるのである。

この日の日記に関して、ある特徴があることに言及しておかなければならない。じつは、ハマン氏宅での様子を綴っているその文章では、交渉そのものにはほとんどふれられていない。詳しく書かれているのは、その家の子守の女の子についてである。カフカは、彼女が自分のことを物陰から見ていることに気づき、彼女の観察をおこなっている。そして、女の子の外見や彼女の内面をめぐる妄想（彼女は自分を誰だと思っているだろう、といったこと）が主に描かれている。

翌日の一七日の日記には、そしてこうある。

さらに、ラドティンで。それから一人で凍えながら牧草の生えた庭を歩き回った。開いた窓のところに、あの、僕と一緒に家のこちら側に歩いてきた子守の女の子の姿が見えた。[*21]

翌々日には、こんな日記が書かれている。

さらに、ラドティンで。彼女に下におりてくるよう誘った。最初の答えはまじめだった。彼女はそれまでは彼女の仲のいい女の子たちと僕のほうを見てくすくす笑ったり、思わせぶりな仕草をしていたのだけど[……]。僕たちは一緒にいっぱい笑った。僕は下で、彼女は上で、開いた窓のところで凍えながら。組んだ両腕を胸に押しつけて、膝をたぶん曲げて、全身で窓枠に寄りかかっていた。彼女は一七歳で、僕を一五か一六だと思っていた。どんな会話を僕たちがしようが、彼女はその意見を変えなかった。[*22]

まるで本来の交渉そのものよりも、もうひとつの〈交渉〉のほうがより重要であったかのようである。結局、引き留め工作については、（詳しくは書かれていないものの）うまくいったことは、短いくだりで示唆されている。「会計係――彼は僕が出かけていなくても店にのこっていただろう――と一緒に散歩がてら、暗闇のなかラドティンからの街道を駅へ戻る」。[*23]

これら数日間の日記から、ひとつ確実に読み取れるのは、カフカの余裕と自信である。家族の命運を握るほどの店の大きな危機に際しても、彼が小心に動揺している様子はうかがえない。その逆に、自らの演技力や計算や洞察力といったスキルを確信して、交渉に臨んでいる。そして、ビジネスの交渉のみならず、女の子との行きずりの駆け引きにおいても、着実な成功を収めている。その様子からは、私たちがすでに確認し始めている〈強い〉カフカ像がうかがえるだろう。

さらに、この点を父子の関係性に戻って考えてみると、次の可能性が新たな事実として浮かび上がる。父はもしかしたら、息子を大いに頼りにしていたのではないか。その可能性が裏付けられるのは、一九一一年一一月二五日の日記である。

午後ずっとカフェ・シティーで、申立書にサインするようミシュカを説得する。彼はたんなる見習いで、だから保険の義務はなく、また父も彼の保険のために追加の支払いをする義務もないのだ、という主旨の[*24]――。

これは、もしかしたら一種の騙しに関わっている場面の可能性もあるだろう。つまりは、雇用者側の保険の支払いをしないですむように、辞めていく従業員に書類のサインを迫っている。このようなある意味厄介な交渉を、父に代わって、息子のカフカがおこなっていた――。これは、着目に値するといえるだろう。この日の文章からは、またもや、彼の自信がうかがわれる。「僕は流暢なチェコ語を話し、とくに間違いを上品に謝る」。

なお、この交渉は功を奏したように見えたものの、

彼はその書類を月曜日に店に送ると約束する。自分は彼から好かれてはいないけど、尊敬されてはいると感じる。が、月曜日に彼は何も送らず、プラハにさえいなかった。出発していた。[*25]

ビジネスへの関心

カフカ解釈の〈常識〉となっているあの対立の構図は、じつは父子の垂直方向の対立を見直すだけで

は、完全には崩れない。なぜなら、そこには、水平方向の対立、すなわち同じ世代内での二つの生き方という別次元の二項対立も絡み合っているからである。その対立とは、簡単には、〈社会的な人間〉対〈孤独な隠遁者〉、あるいは〈市民〉対〈芸術家〉の図式といってしまうことができるだろう。

先にふれたゾーケルの『判決』の解釈も、明らかにその対立項の存在を前提にしている。ゾーケルの理解は、作中の息子たち二人、すなわち主人公ゲオルクと文通相手の幼なじみを、かたや地元で家業を継ぎ、婚約して、安定した生活を営んでいる男、かたや異国で落ちぶれて、世間とも没交渉で、一生を独身で送るしかない男と見なしていることで成り立っている。再度いえば、ゾーケルは、カフカがロシアにいる友人には自分の芸術家としての部分を、いっぽう主人公のビジネスマンには自分の実現できなかった〈理想〉の市民としての部分を投影したと捉えているのである。[*26]

しかし、いま見たこと、それから前章で確認したことは、少なくとも利害にまつわるコミュニケーションに関して、カフカが非常に長けていたことを示しているといえるだろう。じつは、フェリスに宛てた手紙のいくつかからは、彼が商売そのもの、いいかえれば営業や商品売買の実践についても、大きな関心を寄せ、またそれについての自分の能力に自信をもっていたことがうかがえる。例えば、一九一二年一一月二七日の手紙には次のような箇所を見つけることができる。

蓄音機が僕の気に入ったのは、パリにいたときだけだ。パテー商会がどこかの大通りにパテーフォンを備えたサロンをもっていて、そこで小銭を出せば［……］いくらでも曲をかけてもらえた。あれを君たちもベルリンで、やればいいんじゃないか、まだないなら。レコードも売っているのかい?[*27]

ライバル社の戦略をまねて、ベルリンにショールームを作って、低料金でレコードをかけるサービスをすればどうかという提案である。一〇日後の手紙によれば、実際そのショールームがベルリンにオープンすると聞いて、さらにもう一軒出店するように誘っている。

別の手紙(一九一三年一月九日)では、彼女が書いた営業の手紙を入手したいと述べ(「最愛の人がかわいそうに、提案書を書いてるんだね! 買い手じゃないけど、一通僕ももらえるかい?」[*28])、また別の日(一月二二日)には、照会先リストを送ってくれるように頼んでいる(「新しい照会先のリストを送ってくれ! もちろんだ。君がやることにならなんだって、僕は身も心も投げ出すよ」[*29])。

カフカは、明らかに彼女のビジネスに関与したいと強く望んでいる。しかも、その熱心さは、常軌を逸して不気味なほど激しいものであることは、例えば一月一九日の手紙の次の箇所からうかがえる。

最愛のひと、僕はあなたのオフィスの仕事の細かいことをとても知りたい。(ところでどうして、僕は提案書をもらえないのかい? それらの成果はどうだったかい?)例えば、工場長は、何をしてほしくてあなたを工場に連れて行くのか。電話はどんな用事でかかってくるのか。[……]フリードリヒ通りに、公開の蓄音機サロンはもうあるのかい? まだないなら、いつ作るんだい? もうひとつ、君のためにビジネスのアイデアを思いついたよ。ホテルに、電話と同じように、客用の口授録音機を置かせるんだ。そう思わないか? 一度やってみるべきだ。うまくいったら、僕はなんて自慢に思うか。そしたら、また一〇〇〇ぐらいアイデアが浮かぶよ。[*30]

カフカのフェリスへの手紙のとくに最初の数ヶ月間のものでは、もっぱら、このように、フェリスのビジネスが中心的な話題となっていることは、確認しておくべきだろう。

カフカの手紙からは、彼がとにかく、フェリスに自分の商才を認めさせ、彼女から有能なビジネスマンとして認められたいという願望を読み取ることができる。右のホテルへの営業のアイデアについては、フェリスはどうも過去の失敗に言及して返事を返したようであり、数日後のカフカの手紙（一月二二日から二三日にかけて）には、それは戦略がまずかったからだと、さらにアドバイスを重ねている文章を見つけることができる。

ところで、ホテルの件は希望を捨てちゃだめだ。熱心なビジネスマンとしては、半年経ったいま、またやってみるべきだと思うね。いくつかのホテルは口授録音機を買ったかい？　なんだったら、何軒かに無料で使わせて、他のホテルが買わざるをえないようにするっていうのも悪くない投資だと思う。ホテルは総じて競争が激しいから。[*31]

「熱心なビジネスマン」を自称する彼にとって、販売戦略を考えることは、明らかにとても心躍るものであった。その日の手紙が、そこから以下のように、えんえんと企画書のような文章で占められていることは、その証左といえよう。

まずはリントシュトレーム社の録音機で口述されているものを、「原価で、導入当初は原価以下で」転写するサービスをおこなってはどうか。そのとき、タイプライターのメーカーと提携すれば、導入コストが下げられるのではないか。「メーカーは、広告の効果と他社との競合を考えて、必ず格安の条件を提示してくる」。コインを入れると口授を始める機器を発明してはどうか。「最愛のひと、工場長に命令するんだ！」その機械を各所に置いて、郵便ポストのように小型自動車で決まった時間にロールを回収する仕組みを作るのはどうか。帝国郵便局と連携して、その機械を各地の郵便局に置く。あるいは鉄道、船舶、市電などの交通機関にも設置するのはどうか。電話と口授録音機を連結させることはできないか。さらには、蓄音機と電話を連結するのはどうか。[*32]

この手紙の最後を、カフカはこう締めくくっている。「ああ、もう遅くなった。君のビジネスのためなら、何晩だって犠牲にするよ。詳しく返事してくれ。いっぺんにじゃなくていい。そうでないと、僕はアイデアの氾濫に押し流される」。[*33]

アイデアの夢想にとどまらず、二週間後、カフカは実際に、自分の友人（オットー・ピック）に彼女の会社の製品を営業させようと行動に移している。

たまたま君の照会先リストを受け取った日に、彼に出会って、すぐに彼をつかまえて（僕の見解では、彼は商才があって、編集部や銀行といったところにコネがあるんだ。僕の思うに録音機の採用されやすそうなところだよ。ひょっとしたらリストには挙げられていなかったかもしれないけど）、晩には彼にリストを渡して、すぐに商売に取りかからせたんだ。[*34]

二月四日から五日にかけてのその手紙では、さらに（おそらくは彼女のリストにあった）ある会社について、「そこは僕も仕事上で関係があるのだけど、たしか知っているかぎりでいえば、ボヘミアで第三位の材木商だ」といい、こう命じている。「最愛のビジネスウーマンよ、そこに録音機を押しつけるんだ」[*35]。

一般にカフカのフェリスに宛てた手紙は、恋する女性に宛てたラブレターだと見なされている。しかし、そうではない。それは、自分のビジネスの才能を確信するビジネスマンが、自分と同等に優秀だと認めるビジネスウーマンに、自分とビジネス上での連携を呼びかけるビジネスレターである。

ブロートの理解

ビジネスという点に着目しながら、フェリスへの手紙を読み直したとき、すでに崩れかけていた従来のカフカ像は、さらに大きく崩れて、完全に転倒してしまうといえるだろう。カフカは商売を忌み嫌っていたのではなく、むしろ大きな興味をもっており、自分には商才があると思っていた。もしこれが事実であるなら、大方のカフカ解釈がその根拠を失ってしまうといっても過言ではないかもしれない。

たぶん、だからなのだろう。カフカの生涯が語られるとき、ある部分が、なぜか不思議に軽視されてきた。あるいはときにはまるでなかったかのように扱われてきた。それはカフカが実際に、事業を興し、営利ビジネスを営んでいた経営者であったという部分である。

カフカが、義理の弟カール・ヘルマン（一番上の妹エリの夫）とともに会社を起業したのは、一九一一年一二月のことである。名称は「プラハ・アスベスト工業所」であり、当時奇跡の鉱物といわれたアスベストを使って、断熱材やパッキンなどの製品を作る工場だった。

彼の工場経営者という側面は、少なくとも研究者の間ではよく知られている。が、いまいったようにそれにふれられることはほとんどなく、もし言及されたとしてもそこには、ほぼ必ず「意に反して」あるいは「嫌々ながら」といった言葉が添えられてきた。つまり、彼がいかに商売を嫌っていたかを強調する文脈で語られることが常であった。

この嫌悪の主な根拠とされてきたのは、一九一二年一〇月七日から八日にかけて書かれたブロートへの手紙である。この手紙をブロートは、一九三七年に出版したカフカ最初の伝記『フランツ・カフカ』のなかで、カフカが工場経営に携わることを忌み嫌って自殺をほのめかしたものとして紹介した。

ここで少し横道にそれるが、ブロートのこの最初のカフカ伝の影響力について、若干ふれておきたい。先に『父への手紙』が、カフカの父子関係をめぐる理解の根拠となってきたと述べたが、その手紙の重要性がことさらに強調されたのも、その伝記においてである。ブロートは、彼のカフカ伝の第一章「祖先と幼年時代」の大部分を、その非常に長い手紙の引用と、それをめぐる解釈で埋め、それによって、カフカの根本的なテーマとして、父子の確執を提示した。

そこには、次のような文章がある。

今日でも私は、「カフカにとって父親の同意というものがどれほどの価値をもっていたのか」という根本問題は、カフカ自身の意識のなかに生じたのではなく、外部から提起されたものであると感じている。父親の同意を必要とするという事実が、ひとたび反駁不可能な既成の感情として確立すると、それは後年まで消えることなく、「不安、弱さ、自己卑下などの形でカフカの全存在に圧力を」加え続けたのである。『父への手紙』のなかでは、父親の下す判断が法外に重要な役割を果たし、まるで息子のあらゆる努力に対する生殺与奪の権利を授けられたかのようである（短編『判決』参照）。[*36]

つまり、前述した長年流布している『判決』を『父への手紙』と結びつけて解釈する方法は、このブロートのごく初期の解釈に端を発しているといえるのである。同様に、カフカの実生活における職業や仕事に対する態度についても、ブロートがこの伝記で提示している見解が、長年人々に大きな影響を与えてきた。

ブロートのカフカ伝の第三章「職業と天職をめぐる戦い」では、カフカが「パンのための職業」と文学との狭間でいかに苦闘してきたかがこれでもかというほど強調されている。ブロートは、パンのために働くことを「不幸」と断じ、そして、それこそが「その後彼が苦悩の世界へとさらに深く突き進んでいったことの根源」であり、「この苦悩の世界がついには病気と死に通じていた」[*37]のだと主張する。その際に、カフカが役人として保険局に勤務していただけではなく、工場経営にも参加していたことが言及されている。ブロートは、その工場への関与は、「はじめはほんの形ばかりだった」ものの、のちに「たまには実際に工場の世話をしなければならなくなった」、「これは彼にはとても我慢ならないことだった」と伝える。[*38]

生活のために働かざるをえず、家族の商売にまでも巻き込まれてしまったことが、彼の「不幸」の「根源」だったと繰り返し強調されたあと、その事実を如実に示す手紙として紹介されるのが、自殺をほのめかす（とされている）手紙である。

はたして、本当に、カフカはそのような手紙を書いたのだろうか。ブロートのいうように、そこにはたしかに、飛び降りを示唆していると読めるような箇所を見つけることができる。あらかじめ補足しておくと、そもそもブロートに嘆きの手紙を書いたきっかけとは、母親から義理の弟が出張に出ている間、工場の業務を監視するよういいつけられたことにあった。

今夜もまた母は、昔からの繰り言を始めて、僕のせいで父の機嫌が悪いとか、病気になったとかいうのだけど、それはともかく、今度は新たに、義弟が出張に出たせいで工場がほっぽらかされているという理由を持ちだしてきた。［……］悲痛が――たんにカッと腹を立てただけかもしれないけど――全身をかけめぐって、僕ははっきりわかったんだ、二つの可能性しかないことが。みんなが寝たあとで、窓から飛び降りるか、あるいは次の二週間毎日工場に、それから義弟のオフィスに通うかどちらかだということに[*39]――。

なるほど、「窓から飛び降りる」という言葉がそこにはある。

しかし、どうだろう。この箇所のその言葉に、自殺という概念を想起させられるほどの深刻さが感じられるだろうか。むしろ、工場に通うほかはないという追い詰められた状況を、片方の選択肢が絶対にとれない二者択一の状況に置き換えて表現しただけのことではないのか。

実際、このあとには、この二者択一について、前者を選べば、書くことと工場と両方に関わる責任を放棄できるが、後者を選ぶと、「十分な意志と希望の力があるなら」、「二週間後に今日中止したところから」先を書き続けられるという文章が続いている。その文章は、取りようによれば、表面上の悲壮さを茶化したものと読むことが可能である。さらに、はっきりこうも書かれている。「だからこそ、僕は飛び降りをやらなかったし、この手紙を告別の手紙にしたいという誘惑もさほど強くない[*40]」。

ところがブロートは、この手紙を深刻に捉えた。彼のカフカ伝では、この手紙の引用の直後に、こう書かれている。

この手紙を読んだとき、私の背筋に冷たいものが走った。私はフランツの母親に手紙を書き、何一つ隠さずすっかり打ち明けて、息子が自殺の危険に直面していると警告した。もちろん、私がくちばしを入れたことはフランツには黙っておいてほしいと頼んだ[*41]。

つまり、ブロートは、カフカの母親に、息子が自殺を企てていると手紙を書いて送ったのである。驚いた母親は、すぐに「感動的な母性愛に満ちみちている」手紙を返し、「父は病気だから、絶対に興奮させてはならないので、フランツが毎日工場に行っているといっておき、その間に別の出資者を探してその人に工場監督を頼む」という計画を伝えた[*42]。ようするに、母が父に嘘をついて、息子を工場通いから、解放したというわけである。

このエピソードのあと、ブロートは、「この事件を正当に判断するためには、フランツの著作活動がいかなるものだったかを知らなければならない」と続けている。そして、「祈りの一形式として書くこと」あるいは「新しい秘教、一種のカバラ」といった言葉を散りばめながら、あらためてカフカの文学的な仕事がいかに彼の「唯一の欲求」であり、「唯一の天職」であったかを強調している。[*43]

＊

ひとつの疑念が浮かんでくるだろう――。ブロートは本当にそう思っていたのだろうか。本当にあのカフカの手紙をそのように読んだのだろうか。むしろ、わざと表面的に読んで、友人の母親に脅《おど》すような手紙を書き、工場通いの苦役から友人を免れさせただけではないだろうか。

背景をもう一点補足しておけば、この手紙が書かれたころというのは、あの『判決』が突然書けた転機の日から、三週間後のことである。すなわち、カフカが人生始まって以来というほど順調に執筆を続けていた時期である。そんな大事なときに、書く時間が取れなくなること――昼間の役所の仕事に加え、夕方から工場にも行くとなれば自由時間はまったくない――が、どれほど無念で悔しかったかは想像に難くない。

もしかしたら、カフカがブロートに頼んでいたという可能性はないだろうか。

前章で見たように、カフカとブロートの間には、互いに手紙を見せ合ったり、交換したり、非常に密接な、ある意味〈秘密〉のやりとりがおこなわれていた。直接あからさまに頼んだわけではないにせよ、カフカの〈本当〉の意図をブロートがあうんの呼吸で汲んで、母親に手紙を書いたという可能性はないのだろうか。

先にブロートのカフカ伝の影響力といったとき、本書の読者の多くは、何をいまさらと思ったかもしれない。それほど、ブロートがカフカ理解に与えた〈悪〉影響というのは、何十年も前から指摘されてきた。あまりにも美化しすぎている、あまりにも宗教的に偏っているといったフレーズは、すでに何度も繰り返されてきた。ブロートの解釈を、鵜呑みにしてはならないという警告は十分に行き渡っているといっていいだろう。

が、私たちは、本当にあのカフカ伝の呪縛から脱しきれているのだろうか。本当の問題はブロートの伝える解釈ではなくて、事実のほうにあるように思う。長年ブロートに対してあれほど激しく疑惑の目が向けられ続けてきたにもかかわらず、なぜか彼の事実をめぐる証言は信じられ続けている。彼の解釈がある種の惑《まど》わしだと認識されているにもかかわらず、彼の伝える事実は本当の事実だと見なされ続けている。

もし、そこでも惑わしがおこなわれているのだとしたら。

ブロートのあの伝記は、どこまで信用できるのだろうか。

経営者カフカ

カフカは、〈本当〉に工場経営を嫌っていたのだろうか。

ブロートが伝えているのは、カフカは渋々、家族のために工場の経営に「ほんの形だけ」関わることになったということである。しかし、じつは、どうもそうではないらしいというのは、カフカの日記や手紙の端々からうかがわれる。いま見た飛び降りをほのめかした手紙のなかにも、次のようなくだりがある。

こうした要請［工場を監視すること］がまさに僕に向けられていることに、異議を唱えることはまったくできない。なぜなら、みなの意見によれば、工場設立の責任を主に担っているのは僕なのだから――僕はこの責任を半ば夢のなかで引き受けたにちがいない、僕にはそのように思える[*44]［……］。

つまり、カフカは、自分がこの工場設立の一番の責任者であることを自覚している。また、客観的に見てもそうだということを、彼自身認めている。日記にも、この事実を裏付ける記述をいくつか見つけることができる。例えば、一九一一年一二月一四日の日記にこんな一節がある。

父が昼に、僕が工場のことを気にかけていないといって非難した。儲けを当てにしたから参加した、でも、役所に勤めているかぎり、一緒に働くことはできない、と説明した。父はさらに文句をいい、僕は窓際に立って黙っていた。[*45]

ここからは、彼の工場経営への参加が、「儲けを当てにした」自発的なものであった可能性が読み取れる。むろん、この種の思惑に関することは、いくら探ろうが結局はその答えは憶測の域を出ないといえるだろう。が、少なくとも、会社設立の法的な代表責任は、登記書類や商事裁判所の記録等で確認するかぎり、カール・ヘルマンと共にカフカ自身が負っている。[*46]

設立時期が一九一一年一二月と、ちょうどあの父の店の経営不振の時期と重なっていることから考えると、もしかしたら先行きに不安を感じた息子が、新たに家族になった義弟と共に、家族の将来を思って企てたことかもしれない。いずれにせよ、若い二人が当時の奇跡の鉱物アスベストに賭けて興した事業は、早くも数ヶ月後には、資金繰りに困り始めたようである。

一九一二年五月九日にはこう記されている。

今日、家族で、絶望的な晩。妹はまた妊娠したといって泣くし、義弟は工場のため金が要るというし、父は妹や商売や自分の心臓のことで興奮している[*47]［……］。

二週間後には、ますます状況が悪くなったようで、五月二三日にはついに親戚に泣きつく手紙を書いている。「きのう、アルフレート伯父に、工場の件で上手な手紙を書いた[*48]」。

アルフレート伯父、すなわちアルフレート・レヴィは、母の兄であり、当時はスペイン鉄道会社の重役であった。日記ではぼかされているが、カフカが書いた手紙とは、金銭的な援助を求めるためのものであったことはまちがいないだろう。

カフカの会社経営に関しては、それから二年後、衝撃的な事実が発覚している。一九一四年一一月二五日の日記に、ある手紙の草稿が書き留められている。その手紙は、妹エリの夫で共同経営者のカール・ヘルマンの弟パウル・ヘルマンに宛てられている。パウルは、会社設立のすぐあとから、兄を手伝って経営陣の一員としてアスベスト工場で働いていた。

その年七月に第一次世界大戦が勃発すると、すぐにカールが召集され、彼の代理をパウルが務めることになり、カフカもそれまで以上に工場に出向くのを余儀なくされる。その際、彼はあることに気づいたようである。

一一月のその手紙では、「帳簿によれば」という言葉が繰り返されている。直接的な表現こそないものの、そこからはパウルの横領、少なくとも会計の不正が疑われていることが読み取れる。この件はすでに家族内で話題になっていたようで、興奮して非難した妹エリに対して、パウルが逆に侮辱したことを厳しく戒めている箇所がある。「お前は、彼女が女性だということ、彼女がお前の兄の妻だということを忘れていた」[*49]。

また次のような一節も見つけられる。

お前はたしかにすばらしくよく働いてくれている。そのことを、私はけっして疑っていない。私が工場に関してもっている心配というのは、ただお前のものとはまったく別の種類のものなのだ。それは、完全に消極的なものであるが、しかし、けっして深刻でないわけではない。お前は、実務に対して責任を負っている（そして、そもそれ以外に負うものはない）、しかし、僕は金に対して責任を負っている。僕が責任を負っているのは、父と伯父の金だ。それを軽くみてくれるな［……］。[*50]

この箇所は、やはりカフカが彼自身の責任で、父と伯父から事業資金を引き出した事実を示唆している。この手紙から約二〇日後の一二月一九日には、こんな文章も記されている。

きのう父から工場のことで文句をいわれた。「お前が俺を馬鹿踊りに巻き込んだ」。それから帰宅し、静かに三時間書いた。自分の罪は、父のいうほど大きくないにせよ、明白だと意識しながら。[*51]

つまり、父の目から見れば、見込みの甘い商売に巻き込まれて迷惑をかけられたのは自分のほうであり、息子もそれを認めている。

ここまで確認したことから総合的に判断すると、カフカの会社設立は、従来見なされていたように「いやいやながら」といったものではなく、彼自身の計画と責任で、実行に移された。そして、父と伯父に、金銭的な損害を与えた。また、自らも、蓄えを失った。

ちょうど三〇歳になったこの年、カフカは明らかに自分の愚かさを、「罪」を自覚している。その一九一四年は、フェリスと一度めの婚約を交わし、ただちに破棄した年でもある。

二つの大きな罪を抱えて、彼がそのとき書いたのが、『審判』である。

じつは、カフカ研究者の間では、若いカフカが、いわゆる〈遊び人〉であったことはずいぶん前から知られている。

＊

ブロートによる伝記にも、また一九五八年に出版され大きな反響を呼んだクラウス・ヴァーゲンバッハによる評伝『若き日のカフカ』にも、二〇代の頃毎晩ブロートと連れ立って、当時の大都市プラハの盛り場を遊び歩いていた姿が描かれている。カフカ自身の日記や手紙にも、娼館に出入りしていることや、酒場の女給仕たちと交際していることに関する記述がいくつも見つけられる。したがって、本書でカフカの〈意外な〉側面として示唆してきた女性に対する積極的な部分は、一部の読者にとっては、さほど新しいものには感じられなかったかもしれない。

キャバレーや娼館に夜な夜な出入りする若い二人組は、ある一面からいえば、都会育ちの金持ちの道楽息子コンビと見なすことができるだろう。カフカは、大学を卒業したあと、それこそアルフレート伯父のコネで外資系の保険会社に就職し、そのあとすぐに勤務の楽な半官半民の労働者災害保険局に転職した。いっぽう、父親が銀行の取締役であるブロートは、同じく大学を卒業したあと、郵便局で働いていた。

血気盛んで、夜遊び好きな二〇代の若者たちは、どうやら自分たちの稼ぐ公務員としての給料に満足せず、二人顔を合わせれば一攫千金を夢見ていたらしい。それを裏付ける資料のひとつに、それこそ

「僕たちの百万長者計画〝格安〟」と題された文献がある。これは、一九八七年に出版されたカフカとブロートの旅日記集『友情——旅の記録』のなかで公表されている。その計画とは、簡単にいってしまえば、〈売れる〉実用書を書いて、一発当てて大金持ちになろうというものである。直裁にも『格安』と名付けたその本の内容とは、旅行好きの二人が自分たちの経験を生かして、お得な旅行の情報を伝えるものであり、いまでいう格安旅行ガイドブックである。

我らが民主主義の時代、誰もが簡単に旅行できるあらゆる条件が、すでに整っている。この情報を集め、わかりやすく伝えることが、我々の使命だ。[*52]

こう始まるその企画書には、「ひとつのルートを四〇〇フラン程度に抑える」とか「ひとつの町でお薦めホテルを一軒に絞る」[*53]といったアイデアが、箇条書きで記されている。ブロートのカフカ伝には、若いころのエピソードとしてこの企画を思い出している箇所があり、それによれば、カフカは相当熱心に入れ込んで、うまくいけば「百万長者になれるし、役所勤めからも解放される」と期待していたという。また、ブロート自身、この企画を実際にいくつかの出版社に売り込んだものの、アイデアの開示と引き替えに「多額の前払い」を要求したため交渉に失敗したともいう。[*54]

この企画書が書かれたのは一九一一年であり、ちょうどカフカがアスベスト工場設立を企てていた頃と重なる。とすれば、あの義弟との——結果的には無謀だった——起業も、もしかしたら、もうひとつの「百万長者計画」の実践と見なすこともできるかもしれない。

若い男たち二人が一攫千金の夢を――どれだけ本気かどうかは別にして――抱いていたことは、前に見た航空ショーをめぐる記事からもうかがうことができるだろう。

カフカのその記事によれば、ブロートは、ショーを見た帰り道、いっぱしの興行師さながらに、自分の地元で同じようなイベントを開催するにはどうしたらいいかとあれこれ知恵を絞っていた。そのときのうんざりしたようなブロートの弟オットーとカフカの様子からは、その手の話が彼らの日常ではいつも繰り返される類の話だったと推測できなくもない。

また、あの記事では、不思議なくらい、行きの道中の乗り合い馬車の御者との運賃をめぐるトラブルが、詳しく書き込まれていた。それは、当時の彼らの関心の中心が、金銭、あるいは金銭をめぐる交渉に向けられていたことの表れと解することもできるだろう。

あらためて確認すると、これまでカフカの世俗的な側面として言及されてきたことといえば、もっぱら女性との関係についてであった。彼が女給や女優に入れあげていたことや娼婦とも交流があったことを、日記や伝記から知った人々は、それらの実生活の体験と彼の作品の女性関係をめぐる細部との関連を見つけては、指摘してきた。

ところが、若干方向の異なる俗な一面、すなわち、金銭欲や事業欲に関わる点についてはほとんど顧みられてこなかったといっていいだろう。むしろ、すっぽりとそうした欲が抜け落ちている人間であるかのように捉えられていたといったほうが、実情に近いのではないか。

先に、ブロートのカフカ伝について見たときも、そこでは、カフカにとって商売に関わることがいかに苦痛であったかが強く主張されていた。

いうまでもなく、カフカを「聖人」という位置に持ち上げて見る見方を提唱したのは、ブロートである。彼のカフカ伝のなかでは、カフカは「人間として倫理的に最高のレベルに達することを目指していた」とされ、いかなる「悪徳」「虚偽」「自己欺瞞」にも無縁な、純粋で、汚れのない人物として語られている。[*55]

ところが、その「聖人」ぶりと矛盾するにもかかわらず、若いカフカを語る際には、前述のように、遊び人風の姿がかなり前面に押し出されて伝えられている。そこには、生身の彼を直接知る者ならではの、「作品を通してだけカフカを知っている崇拝者たちは、彼のことをまるで誤解している」という強い言葉まで書き込まれている。[*56]

繰り返すが、ただし、そこでブロートが垣間見せているカフカの俗な側面というのは、あくまで女性関係や遊興に関わる一面であり、けっして金に細かく、ビジネスに強い関心をもった計算高い男の一面ではない。別のいい方をすれば、お洒落でダンディな放蕩息子の一面であり、いかにも芸術家にありがちな裏の一面ともいえるだろう。

ブロート自身がどこまでその矛盾を自覚していたかはともかく、その矛盾は、カフカという人間を貶めるというより、より魅力的に見せたことは確かだろう。

カフカは、たんなる堅物、あるいは聖人君子だったわけではなく、若い頃には親しみやすい人間らしい部分もあった。ブロートのカフカ伝で、それを〈発見〉した読者は、失望するというよりも、彼の作品中にいくつも見つけられる性的な箇所を思い出して、ぽんと膝を打ったにちがいない。

あえてうがった見方を示しておけば、ブロートが隠そうとはしなかったカフカの俗な部分、いささか

〈悪い〉部分とは、あくまで人間の〈弱さ〉に関わるところだともいえるだろう。弱さであり、悲しさであり、哀れさにつながる部分といってもいいかもしれない。また、だから、それはもっとも罪があるように見えて、もっとも罪を感じさせない〈悪〉の部分でもある。とくにその種の弱さ、人間らしさは、広く社会的に、とくに当時の約一〇〇年前の社会においてはより寛容に、許されてきたことであるのだから。

あくまでそれは若気の至りだと、ブロートは、もちろん〈弁解〉を加えることを忘れない。「カフカの全人格をひとことでいえば、それは清純なものへの憧れである。――しかし若い頃にはこういった厳格な考え方がまだそれほど明確にできあがっていなかった[*57]」。

ヴァーゲンバッハのカフカ伝でも、若いカフカの享楽的な姿の傍らには、同じような〈弁明〉が添えられている。

ブロートと異なり、生前のカフカと直接親交のなかった彼による伝記は、膨大な資料を渉猟して、一九世紀から二〇世紀への世紀転換期という時代背景と当時のプラハという都市空間との関連のなかで、カフカという人物像を再認識する試みである。その歴史的なカフカ理解によれば、彼が「プラハのもっとも隠微な場所」と「接触」していたことは、いわば時代の必然である。

第一次世界大戦前の時期は二重底モラルの絶頂期であって、女性には純白の無垢が要求されるいっぽうで、男性には「性的エチケット」というスノビズムが義務とされていた。だが、これは頻繁な登楼によってしかえられない技術であったから、結局人は本当の遊び人となるか、あるいは［……］知ったかぶりの節制屋になるしかなかった。[*58]

着目したいのは、こうしたカフカの女性との交流を、ヴァーゲンバッハはさらに、父親の抑圧からの逃避だと解している点である。

女給や娼婦たちのところへのこの「逃亡の試み」は明らかにまだ父親との対決に彩られていた。すなわち、それは、活力あふれる生活という命じられた理想像を実現し、すでに放棄されたものを復活させようとする最後の試みだった。[*59]

強い父親の犠牲者としての息子の弱さと、男としての弱さがうまく結びつけられた解釈だといえるだろう。

これからうかがえるように、ヴァーゲンバッハも、カフカの父親との関係については、ブロートとほとんど変わらない構図で理解している。よって、彼の伝記でも、ブロート同様、『父への手紙』に多くを依拠しながら、父との確執の重要性が繰り返し強調されている。ヴァーゲンバッハは、伝記の最後のところでも、それに基づき、カフカ像を以下のようにまとめている。

その幼年期を騙し取られてしまった人間、にもかかわらず——外的にも内的にも——つねに「少年」でありつづけた人間。「前の世代から少しばかり遅れて脱けだしてきて」口数少なくて、謙遜で、夜中に仕事をし、しかも夜のその「なぐり書き」を他人には隠して、目立たぬ服装をして、ほっそりした手をして、心持ち前屈みに歩き、大きな、びっくりしたような、灰色の目をもった人間。[*60]

孤独な求道者というイメージ以外に、一般に「少年」というイメージもカフカに色濃くあるのは、このあたりにおそらく端を発しているのだろう。

右の箇所には続けて締めくくりとして、「カフカをもっとも深く認識していた女性」の言葉として、あのミレナがブロートに宛てた（フェリスが商売上手だという）手紙からの一節も紹介されている。「彼にとって人生は、ほかの人間すべてにとってまったく違う何かなのです、とくに彼にはお金とか、証券取引所とか、為替交換所、タイプライターといったものは、完全に神秘的な物なのです[*61]」。

ミレナからの手紙は途中が何度も省略されながら、かなり長く、印象的な次の箇所まで引かれている。「彼は、私たちなら保護されているすべてのものに曝されていたのです。まるで、着物を着た人々のなかのたった一人の裸の人のように[*62]」。

明らかに、そこでの文脈からは、金銭に疎い、世俗に縁のない、純粋で高潔な人間としてのカフカ像が、くっきりと浮かび上がってくるだろう。

＊

が、ミレナの手紙は、本当にそんなカフカ像を描く意図でもって書かれたものなのだろうか。

じつは、ヴァーゲンバッハが引用の際に大きく省略している彼女の手紙の部分は、カフカがいかにお金に細かかかったかというエピソードである。


彼といっしょに郵便局に行ったとき、窓口でもらったおつりが一クローネ多かった。窓口の女の子にわざわざ返しにいったあと、もう一度数えたら、やっぱり最初のおつりで正しかった。すると、それをずっと気にし続け、「もういいじゃないの」というと、彼は「おそろしく腹を立てた」[*63]。

あるいは、物乞いの女に会ったとき、二クローネコインしかもっておらず、その女にそれを渡して、一クローネおつりをもらおうとした。しかし、物乞いの女が、一銭ももっていないと答えると、「私たちはたっぷり二分はそこにたたずみ、どうしたものかと考え込んだ」[*64]。結局、二クローネをそのままげたのだが、しかし、二、三歩いったところで、彼はとても不機嫌になった。

むろん、ミレナは、こうしたエピソードを、カフカがケチだという文脈では語っておらず、直後にはこんな一節も忘れず付け加えている。


この同じ人が、私には当然すぐに感激して、幸せいっぱいで二万クローネくれるでしょう。でも、もし私が二万一クローネちょうだいっていって、それで両替しなければならなくて、でもどこでできるかわからなかったら、彼は本気で、その一クローネをどうしようか悩むでしょう。あの人はお金に対して、融通が利かないんです、女性に対するのと同じように。[*65]

いったいミレナは、本当は何を伝えたかったのだろうか。

いや、その問いに踏み込むよりも、ここで確認しておくべきは、次の点である。いま紹介したミレナが思い出している小銭のおつりをめぐるエピソードは、彼女の意図がどうであれ、カフカの〈純粋さ〉に微妙な影を落とすものといえるだろう。その部分を、手紙の引用の際、ヴァーゲンバッハは省略した。むしろ、こちらの意図のほうが問題だといえるのではないか。

「幼年期を騙しとられた」被害者としてのカフカ、謙虚で純粋なカフカを語っている文脈において、たしかにそのエピソードは、不都合なものである。カフカの〈神話〉が、どのように補強されていったのか。そのからくりの一端が確認できるといったら、それこそうがちすぎだろうか。

ちなみに、ミレナの手紙は、ブロートに宛てたものであり、それが最初に公表されたのは、ブロートのあのカフカ伝のなか（一九三七年の初版ではなく、一九五四年の第三版で付け加えられた第八章の「補遺」において）である。[*66]

ブロートのそこでの意図も明らかだろう。カフカは嘘がつけない、カフカは生きていく能力がないと強調している彼女の文章は、ブロートが人々に伝えようとする聖なるカフカ像に合致し、その大きな裏付けとなりうる。ただし、ミレナの手紙は右のエピソード以外に、その意図からすればかなり不都合なことも伝えている。前章で問題にした、カフカがフェリスを好きになったのは、彼女が商売熱心だったから、と述べている箇所もそこにはある。

むろん、ミレナは、それをカフカがあまりにも商売ができないから、だから憧れた——という流れで語っていた。つまりは、それもカフカの純粋さの証拠のひとつであった。しかし、そうだとしても、そこで伝えられている事実としては、彼がフェリスに惹かれたのは、彼女が商売上手だったから、という点がのこるといえるだろう。

だから、かもしれない。

ブロートは、ミレナの手紙のその箇所に、非常に詳細な註を付けて、この点はミレナの誤解だと力説しているのである。「どうやら、ミレナは明らかに大きな誤解をしているようである」[*67]。

ブロートがいうには、カフカの使う「商売上手」とは、「けっして普通の意味ではなく、明晰で、精力的で、勇敢に人生を克服していくといったカフカが最高に賞賛し、自分自身には、たとえそれが的外れであれ（完全に的外れというわけではなかったが）ないと信じた長所」[*68]だそうである。

ブロートの説明する意味での「商売上手」は、ブロート自身は「誤解」だといっているミレナのそれと、本質的にはさほど変わりはないように聞こえる。にもかかわらず、その言葉に強く反応して、それを打ち消すことにこだわっているブロートのその様子に、何かある意図を感じてしまうといったら、またもやうがちすぎだろうか。

ビジネスマンの親戚たち

ビジネスという点に着目してカフカの作品を読み返すと、じつは、彼の創作の出発点にすでにそのテーマが織り込まれていることに気づく。

最初期の作品のひとつとして知られる『田舎の婚礼準備』は、その名のとおり、田舎にいる許嫁の元へ出かける主人公エドゥアルト・ラバーンの物語である。

一九〇六年、二三歳頃から取り組まれたと推測される未完のこの小説は、明らかな若書きあるいは習作と見なされ、これまでのカフカ理解において、他の作品に比べれば解釈の対象としてほとんど扱われることがなかったものである。

唯一注目されてきたのは、次の点だけだといってしまってもいい。この小説の最初のところで、主人公エドゥアルト・ラバーンは、田舎に行きたくないばかりに、ベッドのなかで、虫になることを夢想する。「僕はベッドに寝ている間、一匹の巨大なカブトムシの姿［……］になっている」[*69]。すなわち、『変身』のモチーフが、実際にそれが書かれる六年も前に、着想されていたことが確認されるのである。

ここではそこには踏み込まず、カフカの創作の原点にあたるテクストに、その後のカフカの小説に見られる重要な特徴がすでに確認できる点だけに言及しておきたい。まずひとつは、主人公がやはり――ゲオルク・ベンデマンやグレーゴル・ザムザ同様に――カフカ本人の分身として形象化されている点である。

物語の最初のところで、エドゥアルト・ラバーンの職業は、カフカと同じ役人であることが示唆されている（「役所では誰もが働きすぎなのだ。［……］役所では誰もが孤独だ」[*70]）。職業だけでなく、ラバーン（Raban）という名前も、カフカ（Kafka）本人のそれのもじりである（カフカはチェコ語で鴉であり、その鴉を表すドイツ語はRabeである）。

また主人公の婚約者の女性は、『判決』と同様に、ここでも物語の現実世界には登場していない。彼女、「かわいいオールドミスのベティ」[*71]は、彼の脳裏で、何度か思い出されるだけである。

さらにもう一点、それはのちのカフカ文学でも基調となっている二つのテーマが、早くも明確に表されている点である。その二つとは、ひとつは結婚であり、ひとつは商売あるいはビジネスである。『田舎の婚礼準備』で、結婚がテーマとなっていることは、そのタイトルは、カフカではなく、遺稿出版の際にブロートが付けたものだが——ただし、このタイトルから——すぐに納得してもらえるだろう。

が、ここで誤解のないように付け加えておけば、そこで語られることは、具体的に結婚式に関わることや新生活への準備といったことでは、まったくない。この物語では、婚約者に会いに田舎に行かなければならない主人公が、いかにそこに行きたくないと思っているか、道中の彼のその憂鬱な心情が綴られている。したがって、結婚がテーマというよりも、むしろ結婚への嫌悪がテーマといってしまったほうが、より正確かもしれない。

いっぽう商売がテーマだということは、そういわれなければ、ほとんど気づかれることはないだろう。少なくとも管見ではあるが、これまでそれについては、まだ表だって検討されていない。

田舎に向かう主人公エドゥアルト・ラバーンが興味を示していること、それはじつは、明らかにもっぱら商売に関わることばかりである。結婚というテーマが、より正確には、結婚への嫌悪といいかえられるものだとすれば、商売というテーマは、商売への愛好、いや憧れといいかえられるといってしまっていいかもしれない。

ラバーンは、婚約者に会うために田舎に向かう旅行を、虫になりたいと思うほど億劫に感じているにもかかわらず、ビジネスのための旅行なら、まったく苦にならないだろうと思っている。

ラバーンが列車に乗ると、近くの席で男が二人、「商品の価格」について話し合っている。明らかに出張中のセールスマンである彼らを見て、ラバーンはこう思う。「彼らはどこにも腰を落ち着ける必要はない。迅速第一の世界だ。話題も商品のことだけ。こんな快適な職業についていれば、苦労もどんなにか楽しいだろう」[*72]。セールスマンたちを羨む役人のラバーンは、彼らの会話に熱心に耳を傾ける。

セールスマンの話は、彼には何ひとつ理解できなかった。もうひとりの返事もきっとわからないだろう。わかるためには、大変な予備知識が必要にちがいない。ここでは、ずっと若い頃から人々は商品のことだけに没頭しているのだ。ボビンを手の上に何度も載せて、お客にそれを何度も渡して、やっとそれで価格がわかり、それをめぐって話ができる。[*73]

ラバーンは、彼らの話の難解さに感心している。長い年月商売に熱中し、多くの経験を積んでこそ得られる熟練ぶりに、憧れの気持ちを抱いている。そばの座席には、夫婦らしい男女の商人もいる。彼らの短い会話も、商品の仕入れについてである。

また、セールスマンの男が、声高にこう訴えるのも耳にする。

「そうでしょう、あなたならよくご存じだ。工場主のやつらは、どんな小さい集落にでも人を派遣して、どんな小汚い小売り店までも回らせているんです。やつらが、私たち卸しに対するのと違う値段を出していると思いますか。いいですか、いわせてくださいよ。まったく同じ値段なんです。きのうやっとこの目ではっきり見ましたからね。破廉恥っていうんですよ。つぶしにかかってるんです。こんな状況で、商売するなんて無理です。つぶされます[*74]」。

騙されたと嘆く男は、ラバーンのほうを、「目に涙を浮かべて」じっと見る。が、「ラバーンは、うしろによりかかり、左手でそっと口ひげをひっぱった[*75]」。

＊

たんなるビジネスへの関心ならぬ〈憧れ〉、それもあちこち旅して回るような大がかりなビジネスへの羨望は、いったいどこからくるのか。

これについて非常に有益な情報をもたらしてくれるのが、アンソニー・ノーシーによって一九八八年に発表された『カフカ家の人々』である。ノーシーは、膨大な歴史資料を渉猟して調査し、カフカの身近な親戚には、海外で果敢に事業を展開し、巨額の富を得た者が何人もいることを明らかにしている[*76]。

代表的な者についてのみ言及すれば、例えば、前にもふれたカフカの母の兄である伯父アルフレート・レヴィは、フランスに移住して銀行の支配人を務めたあと、さらにスペインに渡ってマドリードの鉄道会社の重役となった。また彼の弟ヨーゼフ・レヴィは、アフリカの奥地、ベルギー領植民地コンゴで鉄道会社の重役として一〇年以上、生活している。その後、彼は中国に渡って銀行員になり、のちにカナダに渡って公共事業関連の投資会社に就職した。

カフカと同年代の従兄たちも、「父親の小さな商売を見離して」、次々と外国に移住している。父の二番めの兄の息子エミール・カフカは、二三歳でアメリカに渡り、三年後には、あの通信販売事業の草分けで世界最大の小売企業である「シアーズ＝ローバック・カンパニー」に就職している。父の一番上の兄の息子オットー・カフカも、一〇代のうちにパリに、さらに南米へ行き、それからアフリカやヨーロッパを数年転々としている。彼は、アルゼンチンに戻って起業するものの、共同経営者に騙されて無一文になり、今度は北アメリカに渡って、貿易会社を経営した。

ノーシーも指摘しているように、一九〇六年のブロート宛ての手紙に、カフカがこのエネルギッシュな従兄について言及した箇所がある。ちょうどプラハを訪れていたオットーについて、「パラグアイのじつにおもしろい従兄」と紹介し、「一目彼を君に見せておきたい」[*77]とブロートに引き合わせることを強く望んでいる。

カフカの身近な親戚たちに、アメリカに渡って実業界で活躍した者たちがこれほどいるという事実は、とくにあの『失踪者』――一〇代でアメリカに送られた少年カール・ロスマンの物語――を検討するうえで、大きな示唆を与えるといえるだろう。ノーシーの著作でもこの点が着目され、その相互の関連性がかなり詳しく指摘されている。

ここで、もしかしたら本書の読者は次のような疑問をもつかもしれない。

すでに、カフカが、父親のみならず親戚たちもみな実業家だという環境に生まれ育ち、彼らと親密な交流をもち、また彼らのビジネスにも関心をもっていたことが明らかになっているのだとすれば、あの商売嫌いのカフカ像というのは、随分前に崩れてしまっているのではないか、と。

ところが、そうはなっていない。じつは、その点を明らかにしたノーシー自身、従来のカフカ像を完全に見直すところにまでは至っていない。例えば、カフカの工場経営への関与について言及している箇所では、ノーシーは、あの自殺をほのめかした（とブロートによって解された）手紙を、ブロートと同様に、本気の手紙と見なし、カフカがいかにその工場を苦痛に思っていたかを強調している。[*78]

つまり、ノーシーはたしかに、カフカは商売に苦闘する伯父や従兄たちの姿に大きな興味を抱き、彼らをつぶさに観察していたことを明らかにした。しかし、ノーシーのテクストの端々は、カフカ自身は商売に携わることを忌避し、金儲けの営みを自らの本質とはもっとも縁遠いものと感じていたという理解を示しているのである。

ノーシーの著作は、あくまで実証的な事実の掘り起こしを中心課題としており、作品についてはそれらの事実との関連が指摘されているのみで、その意味の領域までは深く踏み込まれてはいない（『失踪者』についても、それらの指摘から新しい意味にいたる考察にまでは及んでいない）。唯一最後のところで、まとめのようにわずかに『判決』の解釈が試みられている。概略をいえば、ノーシーは、まずカフカが『判決』を書いた一九一二年の九月を、工場の経営もうまくいかず、執筆活動にも行き詰まり、絶望的な気分に襲われていた時期だと推測している。そして、それに基づき、その物語の異国で落ちぶれた友人こそ、カフカ本人の投影だと見なしている。「このロシアの友人、成功から見離された永遠の独身者のほうが、むしろカフカ自身の〈現実〉に一致している」[*79]。いっぽう、ビジネスマンとしての自信に満ちあふれ、婚約者もいる主人公ゲオルクは、作者カフカからすれば「言葉の真の意味での〈虚構〉の人物」だとノーシーはいう。

父が気力あらたに起立してゲオルクに死刑の判決を言い渡したとき、彼はただ架空の、紙の上の作り物をデスクから払いのけただけなのだ。[*80]

つまり、カフカは、自分が現実にはなれなかった父の理想の息子を、ゲオルクという〈虚構〉の人物として形象化し、その二重の意味での虚構の存在を自ら破滅させた、と読んでいるのである。ノーシーのこの読解は、書き手の現実と虚構の関係を、物語内の書き手の現実と虚構の関係に裏返して関連づけており、その構造的な指摘という点では、新しいといえなくもないだろう。ただし、そこに組み込まれている父子の対立の構図は、先に紹介したあのゾーケルのそれとほぼ同じである。

『商人』の世界

カフカをめぐる環境といえば、ギムナジウムや大学時代の友人たちや、文学サークルの仲間たち、あるいは俳優や画家といった芸術家たちとの交流が、よく指摘され検討されてきた。しかし、それらの空間や人間関係は、考えてみれば、あくまで〈余暇〉の時間でのものである。

いっぽう、彼の本職の——彼の場合本当の職業が何かは問題ではあるのだが——労働者災害保険局の役人としての環境についても、ここ数十年かなり注目されている。カフカはじつは、役所においても書く人、「立案官《コンツィピスト》」であり、日々大量の報告書や書類を書いていた。近年それらの文書類の現存するほぼすべてがようやく『公文書集』としてまとめられ、それにより、職務上書かれた文章と文学的テクストとの比較といった観点からの研究が着実に進展している。[*81]

が、そのような動向のなかで、なぜか忘れられているかのように見えるのが、幼いときからもっとも身近にあったはずの世界についてである。すなわち、自営業者の息子である彼が、家庭とほぼ変わらないくらい長い時間を過ごしていたはずの商売の世界である。

カフカは、子供の頃、父の商売に感嘆の目を向けていた。『父への手紙』には、少年のカフカが、「裏通りの小さな店」で働く父の姿を喜びと共に眺めていたことを示す次のような一節がある。

> 店には活気がみなぎり、夜になると照明がついて、たくさんのことを見たり、聞いたり、あちこちで手伝いもできて、ほめられる。でも、なかでも、あなたを、商人としての偉大な才能を発揮するあなたを感嘆していました。巧みに売って、従業員に指図して、冗談をいい、疲れも見せず、迷うような場合でも直ちに決断する[*82]［……］

しかし、大きくなるにつれ、商売が愉快なものではなくなってきたのだという。なぜなら、父が従業員を怒鳴り、罵倒する姿を見て、父に恐怖を感じるとともに、父と不可分の商売にも恐怖を感じるようになったから。注意すべきは、ここでも、彼の恐怖や嫌悪感は、現実の出来事ではなく、主に彼自身の妄想に起因している点である。

『父への手紙』は、父との確執の根拠としてだけでなく、その結果としての商売嫌いの根拠としても頻繁に言及されてきた。たしかに、そう受け取れる箇所がいくつもある。ところが、そのような箇所は、じつは父への反発というよりむしろ、同調を表していると読めなくもない。

父が日頃いうように、商売が「あなたの能力さえ消耗し尽くすものだとすると」自分の能力ではとうてい手に負えない。こう語っているくだりなどは、むしろ、商売と父への敬意すら感じ取れるだろう。また、自分の跡を継ごうとしない息子の態度を見たときの父の次の言葉は、明らかに、息子の、というより、父のほうの嫌悪感を伝えている。「あなたは、僕に向かって、お前には商売のセンスがない、お前は頭にもっと高尚な理念をもっているんだと主張しました[*83]」。

あらためていうが、息子フランツは父の四人いる子供のうちの一番上のたった一人の男子である。二人の弟は幼いうちに亡くなり、彼から六年おいて女の子が三人生まれた。当然フランツには大きな期待がかけられていたはずだが、にもかかわらず、父が彼に自分の商売を継がせようと強制した様子は、少なくとも手紙からはまったく見受けられない。むしろ、手紙では息子の「職業選択」において「完全な自由[*84]」が与えられていたことが明言されている。

もしかしたら、父は、息子に商売よりも「高尚な」仕事に就いてほしいと秘かな願望を抱いていたのかもしれない。息子はそれを鋭く感じ取りながら、商売ではなく学問の道へと進んだ。ギムナジウムに通い、大学で法学を学び、法学博士号を取得した。

「商売を心から憎悪している」。こう語る以下の箇所では、けっして単純に商売への憎悪が語られているわけではないことは、明らかであろう。

僕を商売と仲違いさせたものが（僕はいま、ようやくいま、じつは心から商売を憎んでいます）、本当にたんに、いや主として「高尚な理念」だったのだとしたら、もっと違った表れ方をしていたでしょう。ギムナジウムと大学法学部を、なんなく、びくびくしながら泳ぎ抜け、役所の事務机になんとかたどりつくなんてことにはならなかったでしょう。[*85]

*

カフカが最初に自分の本、小品集『観察』を出したのは、一九一二年の一二月である。その年の八月、出版準備のため配列の相談にブロート宅を訪れたとき、フェリスに出会った。

二〇代最後の年にようやく刊行された処女作『観察』は、若きカフカの創作活動のいわば総集編である。そこに集められた一八篇は、一九〇四年から一九一二年、すなわち二一歳から二九歳にかけて書かれたものである。そのなかの一篇に、一九〇七年頃（『田舎の婚礼準備』とほぼ同時期）に成立したまさに『商人』と題された作品がある。

一般にはほとんど知られていないこの心象スケッチのような数頁ほどの作品を、簡単に紹介しておこう。

『商人』は、「私」が「小さな商売」の気苦労を語るところで始まる。

何時間分も前もって指示を出す。使用人の記憶を覚まし、ミスや間違いを警告する。季節が変わると、次の季節の流行を予測する。それも周囲の人間たちの、ではなく、田舎の関わりのない人間たちの好みだ。[*86]

心配の種類から、彼が営んでいるのは、おそらく服飾品の流通業であることが推測される。つまり、それは、現実のカフカの父親の商売とほぼ同じである。従業員の管理や市場の動向やさらには取引先からの入金などに思案をめぐらせている「私」は、〈いま〉、店じまいをして、疲れ果てた姿で家路に着いている。

この物語のもっとも大きな特徴は、「私」が、自分のアパートのエレベータにひとり乗り込んだ瞬間にある。この一点を境に、物語は、突然、それまでのリアリズムの世界から謎めいた幻想的な世界へと一気に転調していく。

「私」はこう呟く。「黙ってろ、引っ込んでろ」。

「私」は片膝をつっかえにして、細長い鏡に見入る。エレベータのガラス扉の向こうで、「激しい滝のように」階段が滑り落ちていく。

「飛んでいけ。お前らの翼とやら、俺はまだ一度も見たこともないが、それがお前らを村の谷間へ運んでいくさ。それともパリか。そっちへ駆り立てられているんだったら[87][……]」。

「私」はひとり明らかに妄想を膨らませている。彼のいう「お前ら」が誰なのか、何なのかは、具体的には何も書かれていない。「私」はほとばしるような妄想のなかで、謎の精霊、あるいは、彼自身の分身のような誰か（何か）に次々と命令する。世界を睥睨《へいげい》しながら、人々に合図を送れ、行列する人々に手を振れ、車に乗った着飾った女性を褒めろ、水泳中の子供たちにうなずけ、軍艦の上の水兵の声に驚け。

「[……]」みすぼらしい男のあとを追っかけろ。どこかの門のなかへ押し込んだら、持ち物を奪え。ポケットに手をつっこんだまま、男が悲しげに、左手の小路に曲がっていくのを見送るんだ[88][……]」。

エレベータを降りると、「私」は玄関ベルを鳴らす。「少女がドアを開け、私は挨拶の声をかける[89]」。これでこの物語は終わる。

＊

この作品は長年まったくといっていいほど顧みられることがなかったが、マーク・アンダーソンが一九九二年に出した『カフカの衣装』で若干の検討をおこなっている。

アンダーソンの理解によれば、件の一点を境に明らかに二部構成に分かれている『商人』には、多層的な二項対立が組み込まれているという。「ドライな文体」の前半部では「ビジネス・ネットワークという水平的な流通関係」あるいは「店での埃まみれの肉体労働」が語られている。それに対して後半部では、鏡の付いたガラス張りのしゃれたエレベータでひとりで「垂直に上昇していく運動」が描かれている。文章も「商人らしからぬこった言い回しやイメージに溢れた[*90]」ものである。

ようするに、簡単にいってしまえば、そこでは商売の世界と詩作の世界の二つの世界が対置され、それを一身に担っているのが「私」だ――これがアンダーソンの理解である。そして、この「私」が担った二つの世界を、数年後に別々の人物に、すなわち父親の老ベンデマンと息子のゲオルクに振り分けて書き換えたのが『判決』だと彼は続けている。さらにこうもいう。「息子は「ロシアの友人」と手紙で連絡を取り合いながら、父親の「商売」の領域に対抗しようとする[*91]」。

アンダーソンのこの解釈の前提にあるのは、それら二つの世界の断絶が、カフカの生きた時代の世代間、とくに彼の属した当時の西ユダヤ人社会の世代間の断絶と密接に絡みついているという認識である。

それはつまり、同化ユダヤ人として実業界で叩き上げた前者の世代と、堅実な中流階級の子弟として高等教育まで受けた後者の世代との断絶であった。息子たちは父親の商業の世界を忌避し、「より高尚な」領域へ入っていく。それが法律や医学といった分野であり、なかんずく文学の世界であった[*92]。

この認識は、一般論としてはきわめて妥当だろう。その妥当な認識を前提にしたアンダーソンの解釈の検討に入る前に、横道にそれるが、その妥当性そのものについて少し考えておきたい。

第一次世界大戦前の同化ユダヤ人社会において、世代間の分断が商売と芸術の世界の分断と関わっていたことの重要性は、まさにカフカの同時代人シュテファン・ツヴァイクが『昨日の世界』で力説したことである。

ツヴァイクは、「ユダヤ人の内在的な理想は、精神的なもののなかへ、より高度の文化的な層へとのぼってゆくこと」であり、けっして広くいわれているような金持ちになること、富を築くことではない」という。むしろ、ユダヤ人は「無意識的に、あらゆる取引、あらゆる商売上の事柄につきまとっている道徳的に疑わしいもの、厭わしいもの、けちなもの」を嫌悪している。よって、「ユダヤ人にあっては富への追求が、一家庭内部の二代、せいぜい三代で終わってしまい、まさにもっとも強大な代において、父祖の銀行、工場、出来上がった居心地のよい商売を引き継ぐことをよろこばない子弟たちを生むのである」[*93]。

ツヴァイクも証言するこの西ユダヤ人社会の特性は、世紀転換期から一九二〇年代にかけての芸術や文学を理解する際に、多くの研究者が――アンダーソンのように――前提としてきた重要な〈正しい〉常識といえる。

ここで指摘しておきたいのは、この常識が、あの型の強固さの要因かもしれない可能性である。カフカは、強大な父に抑圧された息子であり、繊細で孤独を好み、商売の不純さを嫌悪していた――。先に言及したこの〈神話〉がいっこうに崩れない理由は、その構図がまさにユダヤ人社会の二代目、三代目の息子と父親の関係の構図として、きわめて典型的で、常識的だったことにあるのかもしれない。

カフカもまた、他の多くの息子たちと同様に、「精神的なもの」を、「純粋で金銭を離れた圏域」に高めていくことを求めていたのだ——純粋さを目指すこのカフカ像は、生前の彼をよく知るブロートが示す聖人としてのイメージにも合致する。

だから、誰もがみな、その〈神話〉を固く信じてきたのではないか。

しかし、本当にカフカは、それを求めていたのだろうか。

カフカがギムナジウムで、大学で、また文学サークルで出会って交流を重ねていた友人、知人たちは、大半がツヴァイクのいうところの「出来上がった居心地のよい商売を引き継ぐことをよろこばない子弟たち」である。銀行の取締役の息子であるブロートを初めとして、〈良家〉の子女である彼らはみな、「高度に文化的な層」に属することを望み、学者や作家や芸術家となって、商売の汚れた世界を脱することを目指していた。

が、それは本当に、純粋なものへ至る道だったのか。それは本当に高みに昇る「高尚な」道だったのか——これは、カフカ自身が発していた問いである。

学問や文学は、本当に、高く、美しく、純粋なものなのか。

そこに嘘は、欺瞞はないのだろうか。

アンダーソンの解釈は、これまでほとんど顧みられなかったカフカの作品世界と彼の父の商売との関連に着目している点で、画期的なものといえる。カフカは父の営む装飾品の卸売業を見ながら、資本主義社会における虚飾の〈衣装〉の〈交通〉というテーマを獲得したのだ、というアンダーソンが著書で展開している洞察は、非常に有益で示唆に富むものである。

だが、そこからもう一歩〈意味〉へと思考を進めるときに彼もまた従来の既成の枠から抜けだそうとはしない。

カフカの虚飾への関心を、アンダーソンは父への商売の嫌悪と結びつける。若い頃はまだカフカも世紀末的なダンディズムに魅了されてもいたが、成熟していくにつれ唯美主義的な空虚な表層を厳しく拒絶するようになった。こう理解している。

魂の桎梏となっている装飾をかなぐり捨てるべし。厭わしき都市プラハ、父親の商売、さらにはモラルもあやしげな父親の存在自体が織りなす、ものの記号に満ちた世界から脱するべし。カフカの願いはまさにこうした点にあったのだ。[*94]

アンダーソンの捉える商売と父親、文学と息子をめぐる関係性の構図は、結局はゾーケルやノーシーのそれとあまり変わらない。

アンダーソンは、繰り返せば、『商人』の古風な技巧的な文体で書かれた後半部を、詩人の世界が描かれたものとして捉えた。たしかに、鏡やガラスで囲まれた洒落た空間で、孤独に高みに昇っていく男のイメージは、芸術や文学の「高度に文化的な」営みに携わる者にあてはめられるものといえるだろう。

が、その「私」が迸らせている妄想が、あのようなものだとすれば、あまりにもその者の想念は、傲《ごう》岸《がん》で、不遜で、しかも犯罪者的だということになってしまわないか。

モラルとしての純粋さを求めて、文学を通じて精神的な高みを目指していたのだ――。アンダーソンの、いやこれまでの大方の人々の理解に照らせば、あの「身なりのみすぼらしい男」から金銭を強奪しろ、と命じているテクストは、非常に大きな矛盾を見せていることになってしまう。

もっとも大きな矛盾といえるのが、あの最後の一行である。

暴力的な妄想に駆られた「私」を出迎えるのは、ひとりの「少女」である。そのドイツ語の原語は、中性名詞の**Mädchen**（少女、女の子）であって、「女性」でも「婦人」でもない。その少女は、だから「妻」でもなければ「恋人」でもない。

アンダーソンも、その点に気づいて、「彼女には名前もなく、その表情についての描写もない」と指摘する。また、それはふつうには「たんなる「女中」」と解するしかないことを認める（実際に、これまでの邦訳では、ほぼすべて「女中」と訳されている）。

しかし、「このような女性形象が文学的テクストに登場することの意味」を考えるとき、彼は次のような「別次元の解釈」を付け加えるしかない。

> つまり、この娘は、商人の想像力を解き放った詩の女神ではなかろうか。だとすればそれは、ルネ・リルケの初期の詩やペーター・アルテンベルクの「魂のテレグラム」に登場してくる少女たちの形象にきわめて近い存在とみなせるだろう。[*95]

ふつうに読めば「女中」としてしか解せない存在が、「女神」なのだろうか。アンダーソンの理解は、カフカのテクストに〈衣装〉の〈交通〉を見るという画期的な着眼点をもたらしながら、しかし、その〈意味〉への踏み込みにおいては、なぜか従来の常識的な価値観の壁にぶつかってしまっているように見える。

詩や文学や芸術は、純粋で、高尚である——乱暴にいってしまえば、この定式が、アンダーソンの鋭敏な目を肝心なところで一瞬くらましているのではないか。

一日の労働のあと、荒ぶった妄想に身をまかせた男を迎える「女中」は、崇められる存在ではなく、詩人であり商人である男の手のなかにあるものとして描かれているといえる。であるなら、その娘はおそらくは、男の欲望のために男に仕える彼の所有物である。

『観察』と『ある戦いの記録』

カフカが最初に本として出した『観察』の諸作品は、虚偽をめぐる観察を形象化したものであること、これは、アンダーソンのみならず、多くの人々によって検討されてきたことである。

例えば、そのうちの『木々』では、雪の中に立つ木々である「僕たち」が、雪に埋もれて見えない部分、そしてその下の土中の根について思考をめぐらせる。あるいは『衣装』では、レースやフリルで飾られた衣服を着た娘たちを見た「僕」が、その服の下の皮膚や骨格に、さらにはそれらの〈仮象〉の将来の衰えについて想像を膨らませる。

いずれの小品でも、見た目を覆うものの向こう側が、その奥の何かが、見通されようとしている。

『観察』の全一七篇のうち四篇は、じつは『ある戦いの記録』という小説から〈切り出されて〉作品化されたものである。『木々』も『衣装』もその四篇に含まれており、どちらも元々はその小説のなかの登場人物の台詞の一部である。

『ある戦いの記録』は、『田舎の婚礼準備』より少し前の二一歳頃から取り組まれた最初期のもののひとつである。八年間にわたって、大幅に手直しされながらかなりの長さまで書き続けられたものの、結局未完に終わった。

分量からいっても、また創作期間の長さからいっても、この『ある戦いの記録』は、明らかにカフカが二〇代でもっとも力を注いでいた作品だと見なしうる。その長いテクストから〈切り出された〉部分をいくつか含めて成り立っている『観察』は、ある意味、その長い小説が表に出せなかった代わりに、エッセンスだけが集められて、本という形を成したということができるだろう。

テーマとしてももちろん共通していて、その小品集と同様、『ある戦いの記録』でも都会の虚飾が観察の対象であり、記録の対象である。アンダーソンも的確に指摘しているように、それは冒頭の一段落に端的に表されている。

一二時ごろになると、何人かは腰を上げて、互いに会釈し、握手を交わし、大変楽しかったといって、大きな扉口から控えの間に出て、コートをはおった。女主人は、部屋の真ん中に立って、せわしなくお辞儀をし、そのたび彼女のドレスの飾りひだが大きく揺れた。[*96]

真夜中、パーティが終わって、着飾った人々が、家路に着く。社交的な女主人が彼らを見送る。二〇代のカフカが、強い関心をもって観察していたものが、きわめて世俗的なことであったのはたしかだろう。

ところが、このきらびやかで浮ついた舞台設定とは対照的に、パーティ帰りの「私」の思考や、「私」がパーティで知り合った男と交わす会話、さらにその会話に入れ子のように組み込まれている男二人の会話は、内容としてはどれも非常に難解で、複雑なものである。

じつは、従来より、『ある戦いの記録』は、カフカの作品のなかでももっとも観念的なアプローチで読み解かれてきた。たしかに以下のような「私」の内的なモノローグからは、言語哲学の領域での重要課題が読み取れるだろう。

月夜の広場で「私」は突然こう思う。これまでずっと「月」を「月」だと呼んでいたとは、なんとうかつだったのか。これからは「月」は「奇妙な色の置き忘れの提灯」と名付けよう。しかし、そう呼びかけると、「月」が急にはしゃぐのをやめるのはなぜなのか。傍に立っている「マリア像」は「黄色く照らす月」と呼ぶことにしよう。が、そう名付けると、すぐに威張るのをやめるのはなぜなのか。[*97] ようするに名付けと実在物の関係、唯名論や実在論といった議論で語られるテーマがそこに見られるだろう。[*98]

このときの「私」の思考のみならず、全編で繰り広げられる男同士の会話もどれも、同種の哲学的な懐疑をめぐっているといえる。その懐疑は、くだいていってしまえばこうなる。名前もまた〈虚飾〉ではないか。

卑近な言葉で従来の観念的な解釈をいいなおしたとき、そこでの問題が、アンダーソンが示す歴史主義的な解釈での問題と通底していることが明らかになる。

つまり、『ある戦いの記録』は、近代的な言語批判を、記号批判を語るものであり、さらには、それら虚ろな〈仮象〉の〈交通〉で成り立つ資本主義社会を批判しているものである。このような総合的な解釈が成り立つといえるだろう。

そして、この解釈は、カフカの文学テクストが、二一世紀の現代社会で一層深刻な課題となっている〈広告〉や〈イメージ戦略〉といった問題領域の有効な形象化であるという捉え方にもつながっていく。

右の「月」という言葉をめぐる思考では、名前が変わることで、もの自体も——ただし受け手の主観においてであるが——変わってしまうという〈認識〉の難しい課題にまで踏み込んで、巧みに表現されている。「月」が「提灯」と呼ばれたからといって、月が月であることには変わりはない。誰もがそう思っている。しかし、少なくとも「私」の目には、月はみるみると元気がなくなったように見える。その月は、変わらず月ではあるけれど、しかし、それ以前の月とけっして同じではない。

つまり、たかが名前と十分わかっていても、その名前によって、人がものを見る目は、大きく変わるということである。

言葉に騙されてはならない。カフカの作品から、このような警告を、社会批判のメッセージを読み取ることは可能である。が、カフカの場合難しいのは、彼はそこでとどまっていないという点である。

認識と言葉の問題は、人と人の間の相互のそれをめぐって考えたとき、いわゆるコミュニケーションの困難さの問題となる。言葉によって、人は容易に、実在の本当のものとは違った何かを、本物、本当のものであるかのように、認識する。いや、信じる。言葉を発する側が、その言葉が、本来の本物にそぐわないことを意識している場合、その発する側の行為は騙すということになるのだろう。だが、騙すとは、何なのか。欺瞞が〈悪〉に、罪になるのはなぜなのか。

『ある戦いの記録』では、欺瞞をめぐる吟味の俎上に、言葉だけではなく、仕草や身ぶりも載せられている。教会で「私」は、ある男が床に身を投げ出し、頭を床の上の手に打ち付けて祈っている姿を不愉快に感じる。「私」が「見せられている者の気持ちになれ」と男を責めると、「祈る男」はあっさりとこう認める。

「怒らないでください——どうしてあなたに関係のないことに、怒るのですか。自分がぶざまな振る舞いをすると、自分で腹が立ちます。でも、他人がそれをやったら、むしろうれしいです。私が祈る目的は、他人に見られることだと私がいっても、怒らないでください[*99]」。

「祈る男」は、自分の祈りは、「他人に見られる」ことが目的だと認めている。この言葉を真に受けるのであれば。その意味でいえば、彼の祈りは本当の祈りではないといえるだろう。では、彼は人々を騙しているのか。

少なくとも「私」はそう思っているのだろう。だから、「私」は怒っている。このとき「私」のなかに湧いた感情は、〈正義〉という言葉で表現してもいいだろう。そして、「私」は彼の欺瞞を責める。ところが、諭されたのは〈正義〉のあるはずの「私」である。なぜ自分とは関係のないことに怒るのですか――。

「祈る男」の指摘は、厄介な点を突いている。たしかに「私」は騙されていない。本当に騙されている人々は、騙されているとは思わない。彼らが「祈る男」を見ても、「祈る男」だと思うだけである。とすれば、「祈る男」は誰を騙しているのだろう。いや、なぜ「私」は男の欺瞞に憤っているのだろう。

繰り返すが、カフカの小説を現代社会の批判として読むことは有用である。とくに、これまでさほど強調されていないものの、彼の言葉に対する懐疑を、資本主義社会における虚偽の〈交通〉への批判、わかりやすくいいかえれば、詐欺的な広告の流通で成り立っている現代のビジネス社会への批判と見なすことも可能である。

が、カフカのテクストは、さらにその地点を通り越して、一回転した先にある問題まで射程に入れてしまっている。欺瞞を、騙しを暴き、それらを批判する言葉も結局は言葉である。社会的な道具でしかない、個々の真実を十全には捉えきれないたんなる言葉――その言葉にしてしまったあとの言葉である。言葉を操っているかぎり、つまり、その操り手の心情がいかに〈正義〉で満たされていようとも、結局はどこかで自らも欺瞞に加担せざるをえない。その絶望までもが言葉にされてしまっているということである。

『詐欺師の正体を暴く』

前述のように、『観察』と『ある戦いの記録』に関連があることは、よく知られている。しかし、その二つの間に、もうひとつ秘められた結びつきがあることは、おそらくまだ誰も気づいていない。

一九一二年の夏、カフカは、ブロートと共に旅行に出て、ライプチヒを訪れる。そこでブロートに、出版社社長エルンスト・ローボルトを紹介され、自分の最初の本を彼の元で出すことを約束する。カフカとブロートは、その後ワイマールに行き、さらにカフカは一人でユングボルンのサナトリウムに滞在する。そのときの様子については、先に少しふれた。

サナトリウムで、カフカは、その本に入れるための作品をもう一本書こうとするがうまくいかない。旅行から帰って、数年間にわたって書きためた原稿を整理してまとめようとするが、それもうまくできない。八月七日、ブロートに出版を諦めることを告げる手紙を出す。

長い間苦しんだけど、もうやめるよ。できないね、あのまだ手を入れなきゃいけない小品たちを近日中に仕上げることは、僕には無理だ。[……]君は僕に、[……]何かひどいものを印刷させることを勧めているのか。正気で、どんな理由でそんなことをいうのか教えてほしい。[……]ひどいものを最終的にひどいままにしておくっていうのは、死の床でのみ許されるんだ。僕のいうとおりだといってくれ、あるいは僕に怒っていないといってくれ。[*100]

その日の日記にも、同じことを書いた文章が見つけられる。[*101] ところが、翌日(八月八日)の日記に、こう記している。「『詐欺師』を仕上げておまけのような満足感。正常の精神状態の最後の力で[*102]」。五日後(八月一三日)の晩、一冊の本になる原稿を携えて、ブロートの家へ行く。そして、そこでフェリスに出会う。翌日、ローボルトへ小品集『観察』の原稿を送った。

一九一二年八月、カフカがそれを仕上げることでようやく出版の決意ができた一篇、日記で『詐欺師』と呼ばれているその作品の正確なタイトルは、『詐欺師の正体を暴く』。それが、二〇代の文学活動の総まとめの一篇である。『観察』の他の作品と同じく、心象スケッチ風の数頁の短いこの『詐欺師の正体を暴く』(以下、『詐欺師』と略)は、他と同じく「私」を語り手とする「私」の主観の物語である。それは、こう始まっている。

やっと夜の一〇時ごろになって、少し前に顔見知りになった程度の男といっしょに——どうしたわけかそいつは今夜くっついてきて、私を二時間もあちこちの小路へ引きずり回したのだ——立派なお屋敷、そこでのパーティに私は招待されているのだが、その屋敷の前に着いた。[*103]

「私」は屋敷で催されるパーティに招待されている。早くパーティの会場に行きたいのに、顔見知りの男が放してくれない。

パーティに行く前の「私」。時間は夜の一〇時。あの小説との符合に気がつくだろう。『ある戦いの記録』の「私」はパーティを終えて帰る「私」だった。時間は深夜の一二時。

つまり、この『詐欺師』の物語は、おそらく『ある戦いの記録』の前史である。

この二つの作品の「私」が、同一人物の「私」であるという仕掛けに気づくと、あの複雑で難解な会話の続く先の小説では掴みきれなかった「私」の人物像が、ようやくその輪郭をはっきり示し始める。パーティの帰り道も、知り合ったばかりの酔っ払いの男の相手をして、長々と月夜の町をおしゃべりしながら歩いていた「私」は、パーティに行く前も、ほんの顔見知りでしかない男の相手を二時間も務めていた。そのため、せっかくのパーティに遅刻している。『詐欺師』の物語はこう続く。「「ではこれで！」と私はいって、何が何でもここで別れなければというしるしに、手をぱちんと打ち合わせた」[*104]。

そのとき以前にも、「私」は「曖昧な意思表示」を何度か試みていたのだという。門の前で、「私」と男の間に沈黙が続く。その沈黙のなかで、男は「うっすら微笑んで」「壁づたいに右腕をのばし、目をとじながら顔をもたせかけた」。この微笑を見て「私」は悟る。「この男は詐欺師であり、それ以外の何者でもない」[*105]。

『詐欺師』で、「私」が男を「詐欺師」と見破った理由、それは、男の微笑と、腕をのばして目を閉じる甘えた仕草である。

ここにおいて、カフカが大きな関心をもって思考している「詐欺」とは、人と人とのコミュニケーションの微妙な綾であり、ちょっとした言葉や仕草の取り交わし、それこそ人づきあいの「曖昧な意思表示」の〈交通〉であることが明らかになる。「私」は、男を「詐欺師」と見抜くや、すぐに反省を始める。この「都会」にきて何ヶ月かたつうち、自分はすっかり、「この手の詐欺師のことなら何から何まで知っているつもりになっていた」。

この瞬間から、物語はまたしても、突然リアリティを失い、幻想的な空間へと転がり込んでいく。

連中は夜になると脇道から両手を差し出して、宿屋の亭主よろしく私たちを出迎える。こちらが広告柱のそばに立っていると、その柱のまわりをうろついて、かくれんぼのように丸い柱のかげから少なくとも片眼でじっとうかがっている。四辻にさしかかって胸騒ぎがすると、突然目の前に、歩道の縁石のところに、ふわっと現れる[*106]。

この文章で描かれている詐欺師とは、もはや人間なのか何なのかも定かではない。それこそ、言葉であったり、身ぶりであったり、記号であったり、イメージであったり、すなわち、〈意味〉のレベルでいえば、それらは〈挨拶〉であったり、〈おためごかし〉であったり、〈親切〉や〈嘘〉や〈おべんちゃら〉であったりする可能性があるのだろう。

「私」がいうには、この都会に来て、最初に知り合ったのが、小さなレストランにいた彼らだったのだという。そして、「私」は彼らから「一歩も譲らない態度」を学んだという。「いまやこの世で無視できず、すでに自分のなかに感じ始めている」。つまり、彼らと「私」はもはや同類である。

ビジネスの上手なカフカが思い出されるだろう。演技が巧く、嘘が巧く、商売人の父にも頼りにされていた。知り合ったばかりの女性との交流にも怖《お》じけることなく、偽りの手紙を送り、ドアが開けられるとしつこく言葉を発し、彼女から言葉が返されることを求め続けた。そんなカフカと夜な夜な都会の歓楽街を歩き、酒を呑み、洒落た会話を楽しんだのが、友人ブロートである。

物語のなかで「私」の相手を務める男は、現実とは異なり、ほんの顔見知り程度の男である。しかし、彼の表情や仕草を見てそのやり方が、おなじみの「古い手」であることを「私」は悟る。「恥辱を消すため」に「私」は指先をそろえてこする。「私の男はいぜんとして塀にもたれていて、あいかわらず自分を詐欺師とみなしていた。自分の運命に満足して、顔を赤く染めていた」[*107]。

この物語は、「私」の視点で語られているため、〈本当〉に男が、自分を「詐欺師」と見なしているかどうかなどわからない。彼が「満足」しているかどうかもわからない。彼の姿に恥ずかしさを感じながら、彼を「詐欺師」だと見なし、彼が満足していると思っているのは、あくまで「私」である。いずれにせよ、相手のポーズが示すのは、明らかに「私」に対する油断であり、絶対的な信頼感である。警戒心をまるで感じさせない身ぶりで、「私」に甘えている。

「正体見たぞ！」そういって、私は軽く男の肩をたたいた。それから急ぎ足で階段をのぼった。上の控えの間で、召使いたちの底なしに忠実な顔がすてきな不意打ちのように私を喜ばせた。ひとりひとり順にながめているあいだにも、マントをぬがせたり、靴をはたいたりしてくれる。ほっとして大きな息をつくと、背筋をのばして広間に入っていった。[*108]

これでこの物語は終わる。

じつに、見事に、この『詐欺師』は若いカフカを表しているといえるだろう。

彼には、絶対的な信頼を寄せる「詐欺師」の友人がいる。「私」は彼に誘われれば、いくら他に用事があっても、何時間も夜の町をうろつく。「私」は、しかし、こうした人づきあいが苦手で、召使いたちにかしずいてもらうほうが、気が休まり、ほっとする。とはいいながらも、やはりパーティが好きで、酒が好きで、おしゃべりが好きで、パーティの帰りには、また男に誘われて、夜の町を何時間も酔っ払って散歩する。

『詐欺師』を書いて、カフカは、二〇代の八年間、苦闘し続けた長い小説に、ひとつの区切りをつけることができた。『ある戦いの記録』で書きたかったのは、この種の孤独であり、絶望だった。その小説で繰り返されている難解な会話は、人と人とのコミュニケーションの不可能さの表れであり、絶望の表れであり、「私」が果てしなく孤独でしかないことの徹底した表現だった。それは、それらのコミュニケーションの記録だけで成り立っているその小説に、「戦い」という言葉が冠されていることから明らかである。

が、結局のところ、その戦いもやはり会話である。それも、酔っ払いのおしゃべりである。華やかなパーティ帰りに、酔っ払いの男たちが、もつれあいながら慰めあう孤独である。『ある戦いの記録』のもっとも難解な第二章につけられているタイトルは、「悪ふざけ——あるいは生きることの不可能さの証明[*109]」。つまり、生きることは不可能ではあるけれど、その証明は「悪ふざけ」でしかありえない。遊びとして、「悪ふざけ」として、あの『詐欺師』を書いて、そして、カフカはようやく満足した。友は詐欺師であり、そして自分も詐欺師である。

この一篇が書けて、初めて本を出すことが決意できた。その本にカフカは献辞をつけた。「M. B. に」。M. B. ——すなわち、マックス・ブロート。それも、また手紙である。

第３章

結婚と詐欺

〈性〉の「実存」

カフカにとって、小説はおそらく手紙であった。コミュニケーションのツールであった。よくカフカは書くためだけに書いていたといわれる。読まれることを望んでいなかったのだと。しかし、もしかしたら、カフカほど読まれることを望んでいた作家はいないかもしれない。どこまでも、どこまでも僕を深く読み取ってほしい。そう願いながら、小説を書いていたのかもしれない。

だが、〈読む〉とは何なのか。どこまで読めば、読んだことになるのか。相手をできるだけ理解しようと、相手の言葉、身ぶり、仕草を読んで、読んで、読んでいくうち、私たちは確実に、果てしない不信の渦のなかに巻き込まれていく。

カフカは人とのコミュニケーションを渇望しながら、同時に、絶望していたのだろう。人と本当にわかり合うこと、通じ合うこと、信じ合うことが、いかに不可能か。むしろ、その不可能性がテーマだったといえるかもしれない。

本書ではすでに、言葉でのコミュニケーションが、いかに信用できないものか、いかに詐欺的なものか、それを手紙での〈嘘〉を検討しながら確認した。また、言葉だけでなく、身ぶりや仕草も、そこに〈演技〉が、テクニックが入り込んだとき、信用できるものではなくなることもすでに示唆した。

私たちがここで問題にしている一九一二年九月から一二月に、カフカがもっとも激しくコミュニケーションを求めた相手は、女性である。とすれば、彼の脳裏には、常にもうひとつのコミュニケーションの手段が浮かんでいたはずである。すなわち、〈性〉。しかし、人間同士がもっとも密着し合うコミュニケーションであるはずのセックスは、本当に二人の人間をつなぐのか。カフカはおそらくそこにも深い懐疑を抱いていた。

二〇年ほど前に、小説家ミラン・クンデラは、カフカは「性の喜劇性」[*1]を書いた作家だと力説した。広く流布しているカフカ像はブロートによって去勢されてしまっているが、しかし、〈本当〉はカフカこそが、性をロマンチックな情熱の外に出した。彼は「性を小説のなかで発見した最初の作家のひとり」なのだ。こう主張したのは、一九九三年に出版した、カフカを中心とする現代文学の評論の書『裏切られた遺言』のなかでのことである。

クンデラのこのインパクトのある見解は、ただし、残念なことに、事実に関するかなりの誤認から出発している。クンデラはまず、ブロートがカフカの日記を検閲したと厳しく非難する。「売春婦への言及ばかりでなく、性に関するところをすべて削除した」[*2]。したがって、カフカ研究者たちは、「この作家の男性としての能力に疑義を発し、不能の殉教者について嬉々として駄弁を弄してきた」。その結果、「カフカはずいぶん前から、神経症、神経衰弱、食欲不振、発育不全の者たちの守護聖人、ひねくれ者、滑稽な気取りや、ヒステリーたちの守護聖人になっている」[*3]とクンデラはいう。

たしかに、ブロートはカフカに聖人のイメージをもたらした。が、こと〈性〉に関わる部分については、さほど純粋さを強調していないことは、先に見たとおりである。むしろそこについては、なぜかブロートは隠さなかった。クンデラは、おそらく自身の説の新規性を際立たせるために、「去勢されている」という強い反論から始めたかったのだろう。[*4]しかし、その〈間違った〉出発点が、結局のところ、彼のその新しく見える解釈の本質的な凡庸さを示している。

クンデラは、自説を展開する前提として、まず次のような認識――それはブロートやヴァーゲンバッハと同じなのだが――を語る。

私はカフカの性生活についてはこのようなことしかいえない。かれの時代の（あまり容易ではなかった）エロティックな生活は、私たちのものとはあまり似ていなかった。当時の娘たちは結婚前にはセックスをしなかったので、独身者にとっては二つの可能性しかのこされていなかった。良家の既婚夫人か下層階級の女たち、つまり売り子、女中、そしてもちろん売春婦たちだった。[*5]

一九世紀の小説は、性行為そのものを隠蔽したロマンチックな〈恋愛〉を描いてきたが、カフカの小説はそれらとは異なる。カフカは、社会の〈愛〉の裏側の現実を書いた。簡単にいえばそれがクンデラの主張である。彼の言葉でいえば、カフカは「性の実存的な様相を開示した」[*6]。クンデラのこの主張自体は、間違いではないだろう。むしろ、それはカフカの小説の重要な特徴を突いているともいえる。

クンデラは、カフカの作品における性的な描写が、ほぼすべて醜さ、汚さと結びついている点を、具体的な箇所を挙げながら指摘している。例えば、『失踪者』で少年カールが女中との性交を思い出す場面からは、次のような文章を引用している。

彼女は片手でじつにいやらしく、彼の脚のあいだをまさぐったので、カールは頭と首をもがきながら枕の外にせり出した［……］。彼女は何度も腹をぶつけ、彼には彼女がまるで自分の一部であるような気がした。たぶんそのせいで、ぞっとするほど惨めな気持ちに襲われた。[*7]

この物語は、たしかに、クンデラのいうこの「ぱっとしない性交」[*8]がすべての発端となっている。『失踪者』は、冒頭で、「女中が誘惑して子供ができた」ために、両親によって主人公の少年がアメリカに送られたことを伝えている。

クンデラによれば、「私たちの運命がまったくつまらないものを原因としていると自覚するのは、気の滅入ることである」。彼はこう言葉を重ねる。「セイコウノアトデハ、スベテノドウブツハカナシクナル」。[*9] この悲しみが、クンデラのいうところの「性の喜劇性」である。

『失踪者』の後半で登場する「並外れて太った」「通風で脚を腫らしている」元歌手の女性ブルネルダは、したがって、エロスの滑稽さを体現する存在、「嫌悪と興奮の境にいる性の怪物」[*10]と見なされている。また『城』で、Kがフリーダと出会ってすぐに交わす性交も、「ビールの水たまりや、その他の汚物が床を覆っているなかで」おこなわれている点が、着目されている。それは、「性の本質と不可分

られる。

は描いていない。クンデラは言及していないものの、カフカの一九一八年のノートには次のような文章も見つけ

ではない。むしろ汚いもの、醜いもの、滑稽なものとして描いている。その指摘自体は的外れで

繰り返すが、クンデラのこの見解は、妥当である。カフカは、けっして〈性〉をきれいなものとして

な」まさしく「汚さ」[*11]の表現である。

異臭を放っている牝犬、どっさり子犬を産み、ところどころで腐りかけているこの犬は、幼かったころの僕にとっては、すべてだった。いまでも変わらず忠実に僕についてくる。殴る気にはどうしてもならない。僕はその息から身をよけて、一歩一歩あとずさりする。これ以外に僕が決心しないと見るや、この犬は、すでに見えている塀ぎわに僕を追い詰めるだろう。そこで僕の上に乗り、僕とともに完全に腐ろうとしているのだ。最後に——これは僕の名誉になるのか——ただれて虫のわいた舌の肉が僕のてのひらに[*12]——

〈性〉、それも女性性、さらにはその女性の性による〈誘惑〉のおぞましさが、きわめて露骨に生々しく表現されているといえるだろう。

じつは、クンデラの着眼は、的確ではあるけれども、それほど画期的なものでもない。カフカの作品においては、〈性〉が不思議なほど醜く汚れたものとして描かれていることは、研究者たちによってすでに何度かふれられてきた。また、カフカのテクストを注意深く読めば、誰もが気づく点だともいえる

だろう。クンデラの新しさは、そこに、二〇世紀的な〈性〉の表現、彼のいう「実存を開示する」表現を見て、肯定的な価値をもたらしたところにあるだろう。いっぽう研究者たちの多くは、むしろそこにカフカの〈性〉への否定を見て、それを逆に視野から外してきたのかもしれない。

が、いずれにせよ、カフカにおける〈性〉の問題の深いところには、まだ踏み込まれていないように見える。なぜ、カフカは、繰り返し、そのような〈性〉を、〈性〉の腐敗を書いたのか。〈性〉の否定ととらえるにせよ、〈性〉の実存の描写ととらえるにせよ、どちらにしても理解はまだ表面的なレベルにとどまってしまっている。

結婚と打算

カフカは、それをそのまま書きたかったのだろうか。あるいは、はたして、〈本当〉にそれを嫌悪していたのだろうか。性が汚いのであれば、いったい何が美しいのか。

〈愛〉ではない。なぜなら、カフカは〈愛〉を信用していなかったのだから。

とすれば、もしかしたら、彼の力点はそちらにあったのではないか。ようするに、〈性〉は汚い。が、〈愛〉はもっと汚い。

〈愛〉の欺瞞の問題——もっともそれをカフカが痛切に感じたのは、〈結婚〉をめぐって苦闘していた過程であろう。世間でいうところの〈愛〉の成就としての〈結婚〉が、いかに本質的に〈愛〉とは遠いところにある存在なのか。カフカはそれを〈観察〉し続けた。

カフカがその問題をもっとも表立って言葉にしているのは、あの「父への手紙」である。前述のとおり、その手紙は、父と息子の確執が語られているものとして、読まれてきた。また従来の受け取り方でいえば、それは、父の領域の事柄である〈結婚〉へのカフカの切実な憧憬が表明されているものとも見なされてきた。

結婚し、家庭を築き、生まれようとするすべての子供たちを迎え入れ、この不安定な世界のなかで養い、さらに少しだけ導くこと――僕の確信によれば、これが人間に果たしうる無上の成功です。[*13]

カフカの結婚観に言及するとき、繰り返しその根拠として引用されてきた箇所である。そこでは続けてこう語られている。自分はその「無上の成功」をめざして「すべての力を投入」してきた。にもかかわらず、「壮絶な失敗」に終わってしまった。自分にとって、結婚への道がこんなにも「決定的な試練」「呵責ない試練」になるとは思わなかった。

この手紙が書かれた時期を再度確認しておくと、一九一九年一一月、フェリスとの二度の婚約破棄のあと、三度めの婚約をユーリエ・ヴォホリゼクと交わしたものの、その結婚式が直前になって延期されてのちのことである。

つまり、それは、カフカが結婚を実現しようと何度も試みながら、すべてが失敗に終わったあとに書かれた。

カフカはなぜ、何度も婚約しながら、結婚しなかったのか。
この理由については、定説がすでにある。

それは、前に見たあの芸術家対市民の図式に則って理解されたものである。ようするに、カフカは真の芸術家であって、小説の創作に没頭することが市民的な生活を送ることよりも重要であった。自分の満足のいく質の高い作品を書くためには、おそろしいほどの孤独が必要になる。カフカが、集中して一気に書く書き方をしていたのは、先に確認したとおりである。

実際フェリスへの手紙には、自分は書くことのために徹底した孤独が必要なのだと訴えている箇所が、いくつも見つけられる。

もっとも有名なのは、あの地下室の住人の比喩（一九一三年一月一四日から一五日にかけて書かれた手紙）だろう。自分にとっての「最善の生活」とは、「筆記用具とランプをもって、広々とした、隔離された地下室のもっとも内部の部屋に居住すること」だ。食事は、「もっとも外側のドアの背後」に置かれ、そこへ向かって部屋着で歩くことが「僕の唯一の散歩」。そのひとりぼっちの空間で、机に向かい、「それから、僕は何を書くんだろう。どんな深みから引っぱり上げるのか」[*14]。

のちに婚約することになる女性に対し、そんな手紙を書いた。

再度いえば、その定説は間違っていない。家庭を営むよりも、芸術活動を優先させた――彼が独身であり続けたのは、それがひとつの大きな理由ではあっただろう。が、それだけではないのではないか。

むしろ、彼がそうまでして書かなければならない理由は何かと考えたとき、その書くための孤独への渇望は、もっと本質的で深刻な理由を、結婚を拒否する〈本当〉の理由を、浮き彫りにしていくのではないだろうか。

〈愛〉が信じられない彼は、〈結婚〉も信じられなかった。

〈愛〉も〈結婚〉もどちらも十分に汚い。彼の目にはそう映っていたのではないだろうか。

「父への手紙」は、明らかにそれを示唆している。

先に引用した結婚の価値を認めるくだりのあと、カフカは、なぜ自分が結婚できなかったかについて、父が干渉したからだ、と述べている。

ただし、その干渉は、けっして小うるさいものではなかった、そもそも干渉の前提となるような相互信頼も、自分と父の間にはなかった、とことわったうえで、カフカが示唆するのは、自身と父との間のある事柄についての罪悪感の違いである。「あなたにとって罪のないことが、私にとっては罪であることもあり、その逆もありうる、あなたには大したことではないことが、僕の柩の蓋となりうるのです[*15]」。

こう前置きがされたあと、彼が思い出しているのは、子供の頃の出来事である。

ある日父と母と連れ立って散歩しながら、「僕は愚かにも、威張って、見下すように」、「あの関心事」について話しはじめたのだという。

「……」あなたがたを非難して、親が何も教えてくれなかったから、級友たちから自分で学ばなければならなくて、だから大変な危険にもあいそうになったんだといいながらも（この点は、僕のいつものやり方でぬけぬけと、自分を大胆に見せるために嘘をつきました。本当は臆病だったから、あの都会の子におなじみのベッドでの堕罪行為のほかは「大変な危険」のことなど詳しくはわかっていなかったのです）、しまいには、僕はでももう幸いなことに全部知っていて、もう何の助言も要らないし、全部うまくいっているとほのめかしたのです。[*16]

この少年らしい虚勢を、ところが、父は「ごく単純に受け止め」、そして「どうすれば危険なしにこういったことをすませられるか助言してやってもいい」と回答したという。

この父の言葉に、一六歳をすぎたばかりだった息子は、強い衝撃を受けた。それは当時の「肉や上等のものをたっぷり食べ、さして運動もせず、永久に自分のことだけにかまけている少年の欲望に応えるものだった」が、「それを聞いた僕はひどく体面を傷つけられた」とカフカは語っている。

彼のいうには、その父の「教え」は、「あなたから初めて受けた直接的な、人生全般に及ぶ教え」である。その最初の「教え」を、少年の彼は心の奥深くにしみつけた。なぜなら、「あなたが息子の僕に勧められた事柄」が、「当時の僕の考えからすると、およそこの世でもっとも汚れたものであった」からまた。

カフカがまさに、そこ、その「汚れ」についての認識の違いに、父と自分との違いを、「隔たり」をはっきり認めている点に、着目しなければならない。

あなたは、僕が肉体的に汚れを家に持ちこまないように配慮していたということは、副次的なことで、そうすることで、たんにあなたはあなた自身を、あなたの家庭を守っているのです。肝心な点はむしろ、あなたはずっとご自分の忠告の外にいるのだということ、夫であり、汚れのない男であって、こうした事柄をすでに超越していたということです。[*17]

すでに結婚している父、既婚者である父は、こうした汚れをすべて超越している汚れのない中年男である。こう感じたことは、少年のカフカに強烈な印象を与える。彼は続けてこう振り返っている。

これは当時の僕には強烈でしたが、なおさら強烈だったのは、結婚が恥知らずなことに思われたこと、そのため自分がこれまで結婚についてありふれたこととして聞いてきたことを、自分の両親にあてはめることができなくなったことにあるのでしょう。それによって、あなたはなおのこと純粋無垢に、いっそう高みに昇っていきました。結婚の前にあなたがご自分にも似たような助言を与えていたのかといったようなことを考えるのは、僕にはまったくできなくなりました。こうして、あなたには、地上の汚れのほんのひとかけらもなくなりました。そして、そのあなたが僕を、まるでそこが私には定められていたかのように、二、三のあからさまな言葉で、この汚れのなかへ突き落としたのです。[*18]

父はすでに清く、無垢であり、いっぽう、自分はこれから汚れていく。

清い父と汚れた息子。カフカは、自分と父の隔たりをこう際立たせている。

この対比を示したうえで、カフカは、さらに二〇年後に父から受けた衝撃について話を進める。すでに彼は三六歳。「このうえ傷つく箇所がのこっていたでしょうか」と自ら前置きしながらも、またもや父から深く傷つけられたこととして、次のエピソードを語っている。〈最近〉、三度めの婚約をした彼に、父はこう発言したのだという。


「彼女はどうやら選りすぐりのブラウスを着ていたようだな。プラハのユダヤ女たちは、よく心得ていて、おまえはそれでもって、もちろん結婚を決意したんだ。［……］お前がわからんよ。いい大人で、都会にいるんだろう。行きずりの女と結婚するぐらいしか手はないのか。ほかに可能性はないのかね。怖じ気づいているんだったら、俺がついていってやる[*19]」。


補足すれば、このときの婚約者ユーリエ・ヴォホリゼクは、チェコ－ユダヤ系の貧しい家庭の出であった。彼女の父は、ユダヤ教会の教会守りをしており、それは、ヴァーゲンバッハによれば「ユダヤ人の有産階級の基準でいえば［……］最下級のもの[*20]」であった。

父の発言は、ようするに息子は、「ブラウス」、すなわち女のうわべの衣装、あるいは虚飾によって、〈誘惑〉を受けて、結婚を決意したという理解を示している。

が、それは間違っているとカフカははっきり言葉にしている。

自分のこれまでの結婚相手の選択は——フェリスにせよユーリエにせよ——どちらも「とびきりよか

った」。父は、僕が「臆病で、優柔不断で、疑り深い」人間だと知っているにもかかわらず、誘惑されたと「完全に誤解」している。

どちらの結婚にせよ、打算的な結婚というのにあたるでしょう。昼も夜も、最初のときは何年か、二度めは数ヶ月にわたって、僕の全ての思考力が結婚計画に注ぎ込まれたという点で、まさに打算的でした。[*21]

誤解しないでほしい、あなたが期待していたとおり、僕は〈正しく〉、考えに考えて「打算的」な結婚を望んだのだ。

「無垢な」父に対する「汚れた」息子からの訴えは、明らかに、痛烈な皮肉の様相を帯びている。カフカは、さらにのちの箇所で、自分は結婚に関して「高次の観念」を形成してきたのだとも語っている。なぜなら、自分は、父と母という「模範的な結婚」をずっと間近で見てきたのだから。

あなたがたの結婚は、僕には多くの点で模範的な結婚でした。誠実で、互いに助け合い、何人もの子供をもうけ、子供たちが大きくなって安らぎをかき乱しても、その結婚はびくともしなかった。まさにこのような例を見てきたから、結婚に関する私のより高い概念が形成されたのかもしれません。[*22]

前章でふれたとおり、カフカの父ヘルマンは、チェコ－ユダヤ系の極端に貧しい家の出であった。その彼が、店を構えるようになるには、資金が必要である。

母ユーリエ（旧姓レーヴィ）は、ドイツ－ユダヤ系の裕福な醸造所経営者の娘であった。つまり、ヘルマンの商売の元手は、おそらく結婚の際の彼女の持参金だった。

そして、この「模範的な結婚」によって、二人は〈幸せ〉を手に入れた。

「資産家の娘」

あの『判決』――。

カフカの最初の成功作の主人公は、婚約中である。

彼、ゲオルク・ベンデマンの婚約者の名前は、フリーダ・ブランデンフェルト。それが、作者カフカが実生活で出会ったばかり女性の名前、フェリス・バウアーと深い関連があることは前に述べた。

このフリーダとはどんな女性なのか。

ところが、彼女は、これもすでにふれたように、物語の現実には登場しない。ゲオルクが、ちらっと思い出すだけの存在である。

件の箇所まで、順を追ってみておこう。

ロシアの友人への手紙を書き終えたゲオルクは、机に座ったまま、彼と自分の文通について思いをめぐらせる。先述のように、ゲオルクは友人を——彼の視点からいえば——〈思いやる〉あまり、彼への手紙には思ったとおりのことを正直に書けない。だから、このところは、「どうでもいい人間の、同じぐらいどうでもいい女の子との婚約について、かなり間を置いた手紙で三度にわたって報告することになった[*23]」。

このあと、物語はこう続いているのである。

ゲオルクは、しかし、こういうことを書くほうが、自分が一ヶ月前にフリーダ・ブランデンフェルトという資産家の娘と婚約したことを告白するより、ずっと気が楽だった。しばしば、婚約者とは、この幼なじみとの特別な文通について話をした。「ということは、その方は私たちの結婚式には出られないってことね」と彼女はいった。「でも、私にはあなたのお友だちみんなと知りあいになる権利があるわ」。「彼のじゃまをしたくないんだ」とゲオルクは答えた。[*24]

こうして、ゲオルクの夢想の世界で、フリーダは登場する。

彼女がどんな女性なのか。それについては、まったくといっていいほど何も伝えられない。年はいくつで、どんな容姿で、といったことは、この箇所以外でも、何ひとつ言及されない。彼女の属性として伝えられているのは、右の文中にあるたったひとつの言葉だけ。すなわち、「資産家の娘」である。

もう少し先もみておく。

ゲオルクは、彼女に、ロシアにいる幼なじみを招待しない理由を〈思いやり〉たっぷりに語る。もし、彼が結婚式に来てくれたとしても、帰るとき、きっと彼は自分が「ひとりぼっち」だということを痛感することになる。「ひとりぼっちってどういうことか、君はわかっているかな？」

フリーダは、この問いに関して、いささか矛盾した答えを返す。「わかっているわ、でもそうすると、お友だちは、何か別の方法で、私たちの結婚について知ることにならないかしら？」[*25]

「ひとりぼっち」がどういうことか自分はよくわかっている。だから、彼が〈本当〉にひとりぼっちなら、きっと他に情報を得る術《すべ》をもっているにちがいない。

ふつうに読んでいると読み飛ばしてしまうにちがいないこのさりげない答えは、よくよくその意味を吟味すれば、かなりおそろしい彼女の考え方を伝えているといえるだろう。そのお友だちが、完全に一人になるほどに他人を信じられない人間なら、〈あなた〉＝ゲオルクひとりを信頼しているはずがない、故郷とつながる何か別のルートがあるはずだ。

ゲオルクがその可能性を否定すると、またもや彼女は意味深なことを口にする。そして、その〈深い〉意味を、今度は明らかにゲオルクは承知している。

「そんなお友だちがいらっしゃるなら、ゲオルク、あなたはそもそも婚約なんかしちゃいけなかったのよ」「そう、それは僕たちふたりの罪だ。でも、ぼくはいまだって別なふうにしようとは思わないよ」。そのあと、彼女が彼の接吻に喘ぎながら、「でもそれって、私を傷つけているわ」とまだ口にしたとき、友だちにすべてを書いても本当に悪くはないような気がした。「これが僕だ、彼はこんな僕を受け入れなければならないんだ」と独り言をいった。[*26]

「あなたにこういうお友だちがいらっしゃるなら」とフリーダがいうその「こういう」の意味とは、先の〈読み〉に照らせば、他人をまったく信じることができずに、孤独になっているような、ということになるだろう。そんな人への不信に満ちた人間を、友だち、あるいは幼なじみと呼び、長年手紙のやりとりをしているのが、ゲオルクである。しかも、彼はその手紙に、何一つ正直なことは書いていない。つまり、ゲオルクこそが、「こういうお友だち」以上に、人を信じられない人間だということである。にもかかわらず、彼は婚約をした。信頼関係に基づき、長い年月にわたって家庭生活を築き上げる契約を結んだ。他人を信頼できないあなたが、婚約なんかしてはならない。フリーダの言葉は、こう解釈することができる。

そして、その非難に対して、ゲオルクは、それは「僕たち二人の罪だ」と返している。彼の言葉には、彼女も同類だ、彼女も人が信じられないにもかかわらず、婚約したのだという反論が含まれていると見なしていいだろう。

ゲオルクのキスは、明らかに彼女の〈口をふさぐ〉ためのキスである。いわずもがなのことをそれ以上口にしてはならない。

恋人同士のキスというよりも、共犯者同士のキスに喘ぎながら、彼女は、さらに〈完璧な〉答えを返している。それをいうのは「私を傷つけるわ」。ようするに、彼女は、自分の罪を認めようとしていない。

この背信を、いや彼女の〈完璧な〉犯罪者ぶりを確かめるや、彼はすぐに、彼女より一段上手に出ること、いやむしろ彼女に〈本当〉の信頼を寄せることを思いつく。「友だちにすべてを書いても本当に悪くはない」。

そして手紙を書く。それが、その日曜日の手紙である。「最高のニュースをしまいまでのこしておいた。僕はフリーダ・ブランデンフェルトという子と婚約したんだ。資産家の娘で、君がここを出てからずいぶんたって、引っ越してきた[*27]〔……〕」。

こう始まる手紙のなかで、彼はフリーダの企みを先取りして、「僕を通じて君によろしくと伝えたけど、自分で近日中にも君に手紙を書くよ」と書いている。「このことはひとりの独身男にとって、まったく意味がないということでもないだろう」、なぜなら、「君は誠実な女友だちをひとり得ることになるのだから[*28]」。

*

カフカがこの小説を書いたあの一九一二年の秋について、振り返っておこう。

ちょうど、その頃、彼の周りには結婚の話が相次いでいた。

二年前の一九一〇年一一月には、一番上の妹エリがカール・ヘルマンと結婚した。翌一九一一年の暮れには、彼らの間に息子フェリックスも生まれた。

カフカにとって最初の甥が生まれたその頃、二番目の妹ヴァリにも縁談がもちこまれた。縁談はとんとん拍子に進んで、一九一二年九月一五日にヴァリとヨーゼフ・ポラックとの婚約式がおこなわれる。

カフカがフェリスと出会って一ヶ月後、『判決』が書かれる一週間前のことである。妹だけではなく、〈親友〉マックス・ブロートも結婚間近である。かねてより交際中のエルザ・タウシヒとの婚約は、同じ年の一二月に交わされる。

翌年一九一三年一月に、妹ヴァリが結婚、二月にマックス・ブロートが結婚する。

一九一二年の秋から冬にかけての頃とは、カフカにとってもっとも身近で、重要な人間たちが、次々と結婚を決意し、婚約を交わした時期である。

そのさなかで書かれた小説『判決』で、主人公は、ロシアにいる友人に、かなり間を置いた手紙で三度も、自分以外の人間の婚約について報告している。前にも引用した箇所をもう一度ここで引いておこう。その婚約とは、ゲオルクからすれば、「どうでもいい人間の、同じくらいどうでもいい女の子との婚約」である。

『独身者の不幸』

今日の昼、妹のためにうちにきていた仲人の女性を前に、僕は目を伏せてしまうほどの困惑を、いくつかのややこしい理由から感じていた。彼女の服は、古さと傷みと汚れで、薄い灰色に光っていた。立ち上がるとき、両手を膝につけた。売りに出されている青年について父が僕に尋ねてきて、そちらに向けて顔を上げると、その様子を彼女が横目で盗み見た。それがまた、彼女を無視するのを一層難しくさせた。[*29]

これは、一九一一年一〇月三一日付の日記である。二番目の妹ヴァリに縁談が持ち込まれた日、カフカは「目をふせるほどの困惑」を感じている。なぜ困惑したのか、それが何を意味しているのかは書かれていない。代わりに記されているのは、仲人の女の服装の「古さ」や「汚れ」である。「売りに出されている」という言葉から、カフカがこの見合いの場を、一種の商談の場と見なしていることがわかる。とすれば、婚約は商談がまとまってすぐに結ばれる仮契約であり、婚姻はその正式な契約の締結である。

同じ時期、カフカは結婚が比喩でもなんでもなく、まさに現実のビジネスと直結していることを、ある出来事を通して、実感していたはずである。一九一一年の秋、カフカは、上の妹の夫カール・ヘルマンとあのアスベスト工場を設立する話を進めていた。先の見合いの一〇日前の日記（一〇月二〇日）にはこんな一節がある。

一九日に工場の件でカフカ博士宅。契約者間で契約を結ぶときに生じざるをえないささやかな理論的な敵対関係。博士の方を向いているカールの顔を、じっくり両目で僕は探るように見る。こういう敵対関係は、ふだん互いの関係を深く考えることに慣れていない二人だから生じるわけで、だからどんな小さいことにも躓いてしまうにちがいない。[*30]

親戚のローベルト・カフカ弁護士（文中の「カフカ博士」）の家で、カフカは、これから共同経営者となる義理の弟に対して、不信の目を向けている。文章は明らかに、彼が、その義弟と信頼関係を築けていないと感じていること、それがもとで将来何らかのトラブルが起こると予見していることを伝えている。

その勘は当たっていた。前述のように、カールの実弟パウルの不正が、数年後会社を窮地に追いやっている。

当時まだ完全な信頼関係がなかったにもかかわらず、その義弟カールと共同で起業するにいたった背景には、姻戚同士だという〈保証〉が大きな役割を果たしていたにちがいない。婚姻という契約の信頼性が、事業展開に不可欠な人間関係の信頼性の担保として機能したのである。俗にいう身内だから信じたということなのだろう。

結婚とビジネスとの深い関係について、カフカは同時期、同じく弁護士宅で、契約書の内容を確認しながら再度痛感している。一一月八日の日記の一節。

博士が契約書を読み上げていて、ある箇所に——僕の将来の妻と子供に関わるところにさしかかったとき、僕は、自分の向かいに、二脚の大きな椅子と一脚の小さな椅子を回りにおいた机があるのを目に留めた。僕はこれらの、あるいはどれかの三脚の椅子を、自分と妻と子供で占めることはできないだろうと思うと、最初から絶望的な［……］幸福を求める気持ちが湧いてきた。[*31]

結婚は、事業の継承という点、また資産の運用と管理という点においても非常に重要な役割を果たす。〈愛〉の行き着く果てにある〈幸福〉が、〈商売〉と直結している現実。本来対極にあるはずのもの同士が、深く密通し合っているこの世界。カフカは結婚による〈幸福〉を渇望しながら、同時に絶望している。

『観察』に収録されている作品『独身者の不幸』が書かれたのは、この四日後、一九一一年一一月一四日である（日付まで正確にわかるのは、それと同じ文章が日記のなかに見つけられるからである）。短いので全文を挙げる。

独身のままでいるというのは、ひどいらしい。人と一緒に夜を過ごしたいと思ったら、年寄りの威厳をなんとか保ちながら、頭を下げて頼まなければならないし、病気になると、ベッドの隅から何週間も空っぽの部屋を眺めていなければならない。別れの挨拶はいつも戸口の前だし、階段を妻といっしょに上っていくこともない。部屋にある脇扉は、どれも他人の住まいに通じているし、夕食は自分で家に運んでこなければならない。よその子を驚きながら見つめては、「子供はいないんで」といつも繰り返すわけにもいかない。若い頃の記憶をたどって、ひとりかふたりの独身者を思い浮かべて、身なりや振る舞いにあやかろうとする。

いずれそうなる。実際には、今日にも明日にも我が身がそうなる。体も、本当の頭もついていて、そこにはだから額もあって、その額は手でぴしゃりとたたくため。[*32]

これが書かれたのが、カフカが妹エリの結婚相手と起業した直後であったことは、繰り返すが、重要である。そのとき、エリは臨月で、あと二、三週間のうちに最初の甥が生まれる。半月ほど前にはもう一人の妹ヴァリの見合いもおこなわれた。補足すれば、この年、四歳上の従兄オットー、あの波乱万丈の人生を送る「おもしろい従兄」も、アメリカで会社を設立し、結婚している。

結婚とは何か。身近な人間たちの結婚の現実を目の当たりにしながら、カフカは、自分の結婚に絶望した。そして、その独身者としての未来を「不幸」と位置づけて、『独身者の不幸』を書いた。

妹たちの結婚

一九一三年一月一〇日から一一日の晩、二番めの妹ヴァリの結婚式前夜にフェリスに宛てた手紙で、カフカは、自分は人間について、あまりよくわかっていないのではないかと語っている。

彼がいうには、自分は、最初の妹エリの婚約のときも、「慰めのなさ」を感じ、不幸になるのではないかと予感した。ところが、「昔は鈍重で、けっして満足せず不機嫌にしゃべり続ける女だった妹が、いまや結婚して二人の子供をもって、幸福そのもののなかで自分の存在を拡大している」[*33]。〈明日〉結婚する妹の婚約についても、それから〈翌月〉結婚するマックス（ブロート）の婚約についても、「僕は満足しておらず」、これらの婚約を考えると「まるでたったいま、不幸に直接出くわしたかのように」悩んでしまう、という。

「僕は、悪しき予言者であり、悪しき人間通だ」と卑下しながら、しかし、結局開き直るかのように、自分の「正しさ」を確認する。いくら妹たちの「幸福」の事実を目のあたりにしようとも、いやむしろだからこそ、自分の人間理解は「やはりより深い正しさをもっているにちがいない[*34]」。

カフカにとって、結婚による「幸福」と「不幸」をめぐる思考が、どれほど複雑で、難渋なものだったか。

同じ日に続けて書いた手紙では、披露宴がとても苦痛だと嘆き、また式の翌日（一月一二日から一三日にかけて）に書いた手紙では、宴の間、自分は「ひからびて、うなだれた状態[*35]」になっていたと報告している。またその翌日（一三日から一四日にかけて）の手紙では、両親の様子について「苦痛とともにばかばかしいほどの大金が投げ出されたにもかかわらず、祝宴を大いに喜んでいた」と語り、そして「僕の哀れな両親――と呼びたくなる[*36]」。

本来なら喜ぶべき妹の結婚について、これ以上ないほどの否定的な言葉が書き連ねられているといえるだろう。

結婚への嫌悪――。

明らかにカフカは結婚を忌避している。結婚を「ひとりの人間にとって無上の成功」と見なしているにもかかわらず、その「成功」をもっともおぞましく感じている。この矛盾の深刻さは繰り返し吟味するべきものであると思う。

＊

二番めの妹の結婚式に際しての彼の心情については、このようにフェリスへの手紙から知ることができるが、一番上の妹エリの結婚式がおこなわれたのは、まだフェリスに出会う前のことである。

したがって、そのときの彼の気持ちをうかがうには日記を読むしかないのだが、その当日の日記には、結婚式についての記述が一行もない。一九一〇年一一月二七日のその日、日記を書かなかったわけではなく、その晩に出かけた朗読会については、かなり辛辣な批評が綴られている。が、式については、何の言及もない。ただ、その日付のところにある次の簡潔なメモは、妹エリの結婚にまったく関係がないというわけではない。

ルードル（Rudle）　一K
カールス（Kars）二〇h　　借金（schuldig）[*37]

ルードルというのは、新郎カール・ヘルマンの兄弟のルドルフ・ヘルマン、カールスは、ブロートの友人の画家ゲオルク・カールスを指している。また一K、二〇hというのは、当時の通貨の単位で一クローネおよび二〇ヘラーを表している。すなわち、このメモは、妹の結婚式の当日、その新郎の兄弟との間で金銭の貸し借りがあったことを示唆している（schuldigという単語だけではどちらが貸したか正確なところは不明）。

深読みせず、〈事実〉だけをいま一度なぞっていけば、カフカが妹の結婚式当日にその結婚に関して書いたこととは、新たに親戚になった人間との金の貸し借りについてだけだった、ということになるだろう。

じつは、カフカの日記には、妹の結婚に対する彼のきわめて冷淡な、いや冷酷とすらいえる感情が読み取れる箇所が他にもある。一九一二年九月一五日、妹ヴァリが婚約した日、カフカは、日記に一行、「妹ヴァリの婚約」と書いたあと、こんな詩を添えている。

無力感の
底から
僕らは這いあがる
新たな力で

得体の知れぬ紳士たちは
子どもたちが
弱りきるまで
待っている[*38]

喜びや祝いの詩ではないだろう。それとは対極にある暗い絶望を感じさせる。

この日の日記には、次のような謎めいた一行も書き込まれている。「類い希な伝記作者の予感[*39]」。

カフカはかねてから、自分自身の伝記を書きたいという思いに突き動かされていた。「自伝を書くという欲求に、僕は役所から解放されたらすぐに、どんなことがあっても従うだろう」[*40]。これは、一九一一年一二月一七日の日記に見つけられる言葉である。当時の彼は、日記から確認するかぎり、メーリケやゲーテの自伝を熱心に読んでいた。またその時期だけでなく、彼は常に作家たちの自伝や書簡集や日記を好んで読んでいた。

［……］自伝を書くことは、僕に大きな喜びをもたらすだろう。それは、夢を書くのと同じくらいすらすら書けるだろうし、しかもまったく異なる、大きな、僕に永遠に影響を与え続けるような成果をもたらすだろう。そして、その成果は、どんな他人にも理解してもらえるし、感じてもらえるようなものにもなるだろう。[*41]

自伝を書きたい。人々に自分を理解し、感じてもらいたい。そう願っていた彼が、妹の婚約に際して、不吉な詩を書きながら、「伝記作者」として成功の予感を得た。
五日後、彼はあの最初の手紙を書くことに成功する。運命の扉を自ら開けることになったあのフェリスに宛てた手紙である。そして、その二日後、彼は、もう一通の彼女への手紙を、自分のありのままを伝える自伝を、一晩で一気に書き上げる。『判決』である。

日曜日の事件

もう一度、その時期一九一二年の夏から秋にかけての出来事を、時系列を追ってざっと振り返っておこう。

まず、六月下旬にブロートと旅行にでかけ、ライプチヒでローボルト出版社の社長を紹介される。その場で、社長との間に作品集を出す約束が交わされる。ブロートとカフカは、さらに一緒にワイマールを訪れ一週間滞在し、そのあとカフカはひとりで、（先述のとおり、おそらくは〈嘘〉の診断書でもって）特別に延長された休暇を利用し、ユングボルンのサナトリウムで三週間を過ごす。七月二九日にプラハに帰って、約束した最初の本のための原稿整理にとりかかるが、満足のいくものになる見込みが得られない。一度は諦めて、もう出版はやめにするとブロートに手紙を書く。が、翌日八月八日、なんとか多少納得できる作品『詐欺師の正体を暴く』を書き上げる。そして、それを入れて一冊の本としてまとめる決心をつける。五日後の八月一三日の晩、その小品集の配列を相談するため、ブロート宅を原稿を携えて訪れる。その場で、フェリスと出会う。一週間後の八月二〇日の日記に、そのときの彼女の外見について手厳しい言葉を書き付ける。本書の最初に引用したあの一節である。そして、そこには、その出会いの場で、ただちに「判断」が下されていたことも記されていた。

この「判断」とは何か。先に立てたこの問いについては、こう答えてしまっていいだろう。おそらく彼は、彼女が自分にふさわしい相手であることを一目で見抜いた。結婚という商談成立に向けて、これから丁々発止の交渉を、策略に満ちた駆け引きを自分と戦わせられる好敵手になれる、自分と同じ罪を担える共犯者になれる女性であることを。

彼女に手紙を書かねばと思案していた八月下旬、ここではまだ言及していなかったが、もうひとつたぶん彼に一歩を踏み出させる契機となった出来事があった。

あのスペインで鉄道会社の重役をしているアルフレート伯父が、プラハを訪れ、彼の家に一〇日間ほど滞在したのである。九月四日の日記には、「スペインの伯父［……］彼がそばにいることの影響」[*42]という言葉を見つけることができる。さらに、彼は、伯父がそのとき語ったスペインでの生活の一コマを、伯父の言葉のままに詳しく日記に書き留めている。

伯父がいうには、自分はよく夕食を「高級で高価な」ペンションで取る。そこのレストランで、「フランス公使館の書記官とスペイン砲兵将官」との間、「海軍省の高官と伯爵」の向かいの席に着く。その場の誰もが顔見知りであるものの、彼らとは挨拶以外、一言もしゃべらない。食事を終えるとひとりで家路をたどる。

［……］そして、今夜が何の役に立つのかを本当にわからない。家に帰って、結婚しなかったことを後悔する。もちろん、そんな気持ちは、しっかり考えようが、ぼーっと考えようが、また消えていく。が、何かのおりにまた戻ってくる。[*43]

華やかな人脈と潤沢な財産をもちながらも、独身者としての孤独な日々。カフカが書き留めた伯父の言葉は、以前に自らの将来を憂えて書いた『独身者の不幸』の内容と不思議にシンクロしている。

結婚の試みに踏み出すまでの僕は、心配や悪い予感に怯えながらも、正確な帳簿付けをしないでその日ぐらしする商人のように育ってきたのです。[*44]

これは、あの『父への手紙』のなかの一節である。

正確な簿記をさぼって、いつもどんぶり勘定だったために、負債がどれほど積もっていたか自分でもわかっていなかった。が、ある日、「精算の必要に迫られた」――。

精算のための機は熟していたといえるだろう。大学を出て、就職して五年がたつ。妹も結婚し、甥も生まれた。二番目の妹も、親友も数ヶ月後には結婚する。役人としての定職以外に、将来の飛躍のために、リスクを取って、自分で会社も興した。前年に一大危機を迎えた父の商売もようやく安定し、店ももうすぐ一等地に移せる。自分の〈本業〉と秘かに思っている作家への道もついに拓けようとしている。近日中に、自分の最初の本が出版される。あとは、結婚。

伯父がスペインに帰ったあとの九月一五日、先述のように、妹ヴァリの婚約が交わされる。五日後、職場でタイプライターを使って友人に手紙を書き、ようやく気分を楽にして、もう一通懸案の手紙を書く。五週間前に出会ったビジネスウーマンに、悪戯に最適な書字機械の力を借りて、〈嘘〉の〈誘惑〉の手紙を。

そして、二日後、九月二二日の日曜日、ある思わぬ出来事によって、さらに〈本当〉に伝記作者としても成功する。

［……］叫びたくなるほど不愉快な日曜日のあとで（午後中僕は、初めてうちにきた義弟の親戚たちのまわりを黙ってうろついていた）、戦争を書こうと思っていた。若い男が、窓から群衆が橋を渡ってくるのを見ているはずだった。ところが、僕の手の下で全部まるで変わってしまったんだ。[*45]

出版されたばかりの『判決』を彼女に送った直後の手紙（一九一三年六月三日付）で、カフカはそれを書いた日のことをこう振り返っている。その日突然の転機を迎えた背景には、まだここでふれていないもうひとつの要因があったのである。「叫びたくなるほど」の怒りの感情の爆発があった。

カフカは、騒音が何より嫌いだった。

家のなかで立てられるがさつな物音、家族の野卑な話し声は、神経質な彼にとって、もっとも気に障るものだった。そのことは、その年の一一月にある雑誌上で発表された『大騒音』という題の文章が十分に伝えている。

じつは、この文章は、その日の騒ぎ――義弟になる者の親戚たちと自分の家族が発生させた騒音――に対する〈懲罰〉として、公表されたものである。

その一頁ほどの短い文章自体が書かれたのは、前年の一一月五日である。元々は、その日付とともに、家庭内での不快な騒音、ドアの開け閉めの音や乱暴な足音、妹たちの甲高い声への苦情を綴った〈日記〉だった。ただし、それは、次のような〈文学〉的な〈妄想〉で締めくくられている。「もう前から思っていたことなのだが、［……］ドアを細い隙間ぐらい空けて、蛇のように隣の部屋に這っていき、床に這いつくばったまま妹や彼女の家庭教師に、どうか静かにしてくれと頼めないものか、と」[46]。

その一年前の文章を、カフカはあの日曜日の四日後（九月二六日）、手直しして作品に仕上げて、出版社に渡した。活字になったそれには、騒音を立てる張本人のひとりとして妹ヴァリが実名で登場している。原稿に添えて出版社に送った手紙には、「僕は自分の家族を公に懲らしめたいと思います」[47]という一行がある。

九月二二日の騒ぎは、婚約に起因するものである。ヴァリの婚約によって、新たに自分の家族に入り込む他人たちが生じさせたものである。客観的にはあまりにも〈幸福〉で、〈正しい〉どんちゃん騒ぎだったといえるだろう。その〈幸福〉と〈正しさ〉が、おそらくはカフカの神経をかつてないほど逆撫でした。

おぞましい結婚が、おぞましい騒がしい日曜日を彼にもたらしたのである。

夜になっても、昼間からの苛立ちを抑えられないまま、机に向かったにちがいない。だから、戦争を書こうと思った。ところが、ペンを走らせ始めるや、非常に不愉快な秋の日曜日は、「このうえなく美しい春の日曜日」に変わった。そして、主人公の「若い商人」は、窓から外の橋を眺めて、自分に近づいてくる大勢の他人たちを見る代わりに、遠い異国に行ったまま帰ってこようとしない友人に思いを寄せることになった。

語りの視点

ここで、非常に重要なことを確認しておかなければならない。カフカの作品の〈意味〉を読み解こうとするとき、私たちは、ほぼ常に主人公の心情を理解しようとする。が、カフカの場合、それでいいとは思われない。

カフカの小説は、繰り返すが、手紙であり、自伝である。ありのままの自分をわかってほしいと、ある一人の人に宛てた手紙であり、また多くの人に宛てた自伝である。

その自分、彼が伝えたい〈本当〉の自分とは、主人公としての、彼の分身としての自分ではなく、もっと彼本人、彼自身にまるごと近い自分であるはずだろう。いいかえれば、読者への〈本当〉のメッセージは、カフカの場合、主人公ではなく、もっともっと彼本人に近い存在、ほとんど彼自身と重ねてしまってもいい人物に託されているということになる。

おそらく、それは「語り手」である。

カフカの小説には、きわめて強い意志をもった、他に類を見ない強力な語り手が存在しているということ。まずはこの点をしっかり認識しなければならない。

いまいったことは、ただし、カフカ研究に通じていれば通じている人ほど、すぐに首をかしげてしまうことだろう。カフカの小説を語る際、これまで繰り返し、視点の問題が議論されてきた。その際、「語り手の不在」がいつも指摘されてきた。すなわち、カフカの小説には、三人称小説であってもいわゆる「全知の語り手」がいない。「全知」とは、ようするに、物語世界の外から、世界全体を俯瞰して、その世界の事象すべてを隅々まで――たとえ登場人物には知りえないことであっても――把握しているということであり、「全知の語り手」とは、いわばその〈神〉の位置から物語を語る語り手だということである。通常の三人称小説には、その〈神〉に近い語り手が必ず存在し、世界を見守るその語り手によって、読者に無用な困惑や混乱を生じさせないよう、出来事の因果関係に細心の注意がはらわれながら、適切なタイミングと順番で情報が繰り出されていく。

ところが、カフカの場合には、その「全知の語り手」がいない。これが定説である。別のいいかたをすれば、カフカの小説においては、語る視点が、特殊に主人公に限定されている。読者にはほとんど主人公が見たこと、聞いたこと、感じたことしか伝えられない。

例えば、あの『変身』。あの有名な冒頭は、たしかに主人公が、ある朝目を覚まして意識を取り戻した時点から始まる。

ある朝、グレーゴル・ザムザが不安な夢から目を覚ますと、ベッドのなかで途方もなく大きな虫に変わっているのに気づいた。[*48]

朝、起きたら、虫になっていた。そして、これ以上の因果関係は、読者には伝えられない。「不安な夢から目を覚ますと」というくだりが、かすかに何らかの原因のありかを示していると受け取れるものの、まったく十分とはいえず、原因については何ひとつ言及されていないに等しい。

読者は、つまり、最初から置いてきぼりにされている。〈なぜ〉という疑問には答えられないまま、また読む者の誰もが抱くだろう〈どんな〉という問いも解決されないまま、〈異常〉な物語は、まるですべてが〈正常〉であるかのように、独自の脈絡のままにたんたんと進行していく。

虫はどんな形をしているのか。続く箇所で、「甲羅みたいに固い背中」であおむけに寝ているグレーゴルは、「頭をちょっともちあげて」「丸く膨らんだ、茶色い、アーチ状に段々になったおなか」を見る。彼の目には「たくさんの、図体のわりにはみじめな細い脚」も見える。

それだけである。虫になった彼の頭は、顔はどうなっているのか、どんな形なのか。〈客観的〉な彼の姿はまったく伝えられない。

カフカの虚構世界は、すべて主人公の視点から与えられる情報だけで構成されていること、世界を眺めるパースペクティブが、もっぱら主人公のそれに限定されていること、そして、この語りの特殊な構造が、特有の〈謎〉を生み出していること。この点は、一九五〇年代にフリードリヒ・バイスナーが最初に指摘して以来、先述のように繰り返し議論されてきた。

その議論の過程で、語り手の不在という点については、若干の訂正も加えられている。その訂正とは、簡単にいえば、語り手は存在していないわけではなく、隠れているだけだ、というものである。

カフカの小説では、語り手が前面に出て読者を導くことはけっしてない（例えば「さて、お気づきでしょうか」といったようなくだりは、カフカの小説にはまったく見られない）。が、だからといって、存在していないというのではなく、〈当然〉語り手はいる。なぜなら、ごく単純に考えても、主人公が名前で呼ばれている、また「彼」と呼ばれているということは、その彼を「彼」と呼ぶ視点を有している誰かがそこに確実にいることを示唆しているのだから（カフカにおいては、「私」が語る一人称小説の場合でも、視点の問題は重要なのだが、ここでは話が複雑になりすぎるためにそれについてはふれない）。にもかかわらず、いないとすら思わせるほど目立たないこと、主人公の背後にぴったり寄り添うように隠れていること、それによってじつは語りの視点が二重性を帯びていること。そこにこそ着目すべきだという主張もすでになされている。

具体的に少し確認しよう。例えば、『審判』の冒頭。

誰かがヨーゼフ・Kを誹謗したにちがいない。なぜなら、何も悪いことをしなかったにもかかわらず、ある朝彼は逮捕されたからである。[*49]

「悪いことをしなかった」と〈判断〉しているのは、いったい誰なのか。ヨーゼフ・K自身が、そう思っているのか。それとも、語り手か。この「判断」の主体をどちらと取るかで、〈意味〉レベルの把握は微妙に異なる。

もし、Kが自分で、「悪いことをしていない」と思っているのだとすれば、それはあくまで本人の言い分だということになる。したがって、その場合は、彼のいうとおり、彼が無実だとも受け取れるし、むしろ逆に、慎重な読み手であれば、彼だけがそう思い込んでいるのではないか、もしかしたら客観的には有罪ではないかという疑いをもつ可能性もある。

いっぽう、それが語り手の判断だとすれば、彼が「悪いことをしていない」ということは、主観的ではなく客観的な〈事実〉だということが示唆される。となると、やはり言葉どおり、彼は無罪だという可能性が強くなる。

結局のところ、どちらが〈正しい〉かは、確定的にはいえない。完全に二重になった語りにおいては、どちらの〈読み〉もありうる。とすれば、彼が「何も悪いことをしなかった」のは、事実かどうかという問いは、ずっと宙に浮いたまま、話は進んでいくことになる。

おそらく、それがカフカの〈謎〉の生成の仕組み、すなわち、視点の限定性と二重性が独特のわからなさ、不透明さを生み出しているのだというその見解自体は、間違いではない。


問題は、では、なぜカフカはそのように書いたかという点だろう。

最初にこの視点の問題を提起したバイスナーは、それをあくまで芸術的な観点から解した（ここで補足しておけば、バイスナー自身は、けっして語り手がいないといったわけではなく、語りの視点の限定性に着目しただけである。むしろ、その後の議論は、彼の見解を若干ゆがめて受け取りながら展開していったと見なせる）。

バイスナーの件の論考では、次のような理解が示されている。カフカは、「秩序と有効な掟を欠き、神を失いちりぢりばらばらになった世界のなかで、身のおきどころを求める物語作者の困惑を［……］痛切に感じていた」、だから、「外的な現実世界から完全に身をそらせた」[*50]。

また別の場所ではこう述べている。「この孤独な男は崩壊した世界の残骸とはもはやいかなる関係もないという根本体験から、救いを［……］内面への道へ見出すのです」[*51]。

つまり、「神が死んで」しまったあとの現実世界に生きるカフカには、もはや全知の語り手といった神に近い存在に物語らせることができなかった。だから、「崩壊した」外的な世界に背を向けて、内的に語った。むろんその主張の展開の際、バイスナーは、「夢のような内的生活を書くこと」[52]（一九一四年八月六日）というカフカの有名な日記の言葉を引くのを忘れてはいない。

確実にカフカ研究の一時代を画したといえるバイスナーの文章は、以下のように荘厳に締めくくられている。

> 詩作者の個性は、心の内部のものへ追放され、世界と世界の現実への創造的な結びつきを失い、また、失わざるをえなかったが、この個性が変身に成功する、現実（心的現実）を言語の隙間なく構造化された芸術的形象に変身させることに成功するのである――カフカの物語芸術の高い価値、業績はこのことのなかに含まれているのである。[53]

視点の問題提起の傍らに添えられたこの結論は、以後ずっと通奏低音のように響き続けたといっていいだろう。先にふれたように、この問題は長年再検討が加えられ、活発な議論が交わされた。そして、――この点は見逃されていると思うのだが――にもかかわらず、〈なぜ〉という問いに関しては、それ以上の踏み込みはなされてこなかった。おそらくは、バイスナーの右の見解が非常に〈正しい〉ものとして、大方の目に映り続けていたから、であるように思われる。

が、そうだろうか。神がいない世界であるから、神に相当する語り手を立てることを諦めた、外的な世界との結びつきを断ち、内的な視点から、芸術的な緊密な構築物を建造することにのみ専念した――。

〈本当〉にカフカは、そのように書いたのだろうか。それほど慎ましく、それほど閉じこもっていたのか。

むしろ、逆ではないだろうか。神のいない外的世界を〈正確〉に写し取るために、カフカはむしろ〈正確〉に神のいない世界を描いたのではないだろうか。神ではなく、神の代わりに、その空席に新たな別の存在を座らせ、それによってむしろ彼の見ているままの、〈観察〉しているままの、この現実世界を書いたのではないか。そして、その別の存在とは、まさしく現代の外的世界でそうであるようなものではないか。

神は不自由な存在である。なぜなら、神であるがゆえに、常に正しく、また善良でなければならない。全知の語り手とは、いいかえれば、信頼のおける語り手であり、もっといえば、善良な語り手である。〈彼〉が常に十分な、正しい、〈本当〉の情報を与えてくれていると読者が信じているからこそ、読者はその彼の語りが作り上げていく世界のなかに没頭できる。

〈彼〉との固い信頼関係が、人々の小説を読む快楽を支えている。歴史的にみても、因果律を内に必ず含む散文作品としての〈小説〉の確立と、読者との信頼関係の確立は不可分である。

突飛に聞こえるかもしれないが、ここで、探偵小説というジャンルが、まさにカフカの生きた時代に最盛期を迎えていたことを思い出してもらえれば、理解は早いかもしれない。

シャーロック・ホームズのシリーズが世に送り出された四〇年間（一八八七年から一九二七年）は、カフカの生きた四〇年間（一八八三年から一九二四年）とたった数年のずれで一致している。アーサー・コナン・ドイルの生まれた二四年後にカフカは生まれ、その七年後にアガサ・クリスティが生まれた。

当時の人々が、探偵小説を心から楽しめたのは、小説における語り手は信頼がおけるという了解が、十分に世間に浸透していたからである。〈彼〉はけっして嘘をついたり、欺いたりしない。その信頼があるからこそ、人々は謎解きに熱中できた。

それはひとつの信仰だともいえるかもしれない。神は死んだといわれているにもかかわらず、そこにはまだ神がいた。小説の世界、〈文学〉の世界では、現実にはもはや存在しない完全な善良さが、それに基づく完全な信頼関係がなぜか成り立っている。おそらく、カフカはそのことに気づいていた。*54

〈本当〉の世界を書くにはどうすればいいのか。語り手が、善良でなかったらどうなるのか。語り手が、読者を欺く意図をもっていたら、どうなるのか。

〈本当〉に神を、その位置から引きずり下ろすこと、そして、その空席に現実世界と同じ存在を座らせること。現実世界においてそこに座っているのは、いまや虚構の存在ではなく、生きた人間である。強烈な欲望と莫大なエネルギーをもった個人が、かわるがわるその危険な椅子に座っている。神ではなく、人間をそこに座らせ、それでいて小説を成立させるには、すなわち、そこで語られている因果関係をすべて読者に丸呑みさせるには、どうすればいいのか。この方策を探るなかで、おそらく彼はあの視点を獲得した。

〈彼〉は完全に隠れなければならない。〈彼〉が人間であるかぎり、完全な信頼を読者から得るには、〈彼〉の〈意図〉を見抜かれてはならない。

自らの分身としての主人公を表に立てて、〈彼〉は背後から情報を操作する。伝えたい自分に有利な情報だけを読者に伝え、伝えたくない不利な情報は伝えない。〈彼〉は、神のような善良さとはほど遠い人間らしい人間、完全に自らの利害に基づき、言葉を取捨選択する人間である。

こんな信頼のおけない語り手でありながらも、読者は、その〈彼〉が見えないために、従来どおり、これまでの了解どおり、語られた言葉をすべて信じて、それらを事実として受け取る。

たった一人の強力な語り手と多数の受け身の読み手、情報を隠れて操作する一人の人間と良心的な多数の読者、両者の間のコミュニケーション——。〈小説〉を介したこのコミュニケーションの構図自体が、現実社会のあるひとつの重要なそれを反映している。

あらゆる人間らしい虚偽を徹底して語ることで、現実の〈本当〉の虚偽に満ちた世界を、〈本当〉に虚偽なく〈文学〉の構造として再現しえた。カフカの芸術を評価するのであれば、むしろこの点にこそ着目するべきではないだろうか。

『判決』

ようするに、『判決』はそのように語ることについに成功した最初の作品だということである。したがって、その小説は、従来とは逆に、すべて裏から読まなければならない。

物語は、先述のように「若い商人」ゲオルクが、ロシアにいる友人に手紙を書き、その異国で落ちぶれている彼を思いやっているところから始まる。いや、「友人」と呼ばれているその男は、本当に「友人」なのか。ゲオルクは、本当に友人を思いやっているのか。

テクストを慎重に読むと、このあたりのことすら確定的なことは何もいえなくなることはすでにふれた。少なくとも、ゲオルクは、その友人に一度も本心からの手紙を書いたことはない。

「友人」に思いを馳せる過程で、ゲオルクの〈いま〉の状況が読者に徐々に伝えられていく。それによれば、母親は二年前に亡くなり、それ以来父親は商売から手を引き始めた。ゲオルクが主導権を握った商売は、すこぶる順調であり、この二年の間に「社員の数は二倍になり、売り上げは五倍[*55]」になった。ゲオルクは、さらに一ヶ月前に婚約も果たし、その婚約を「友人」に初めて報告したのが、その日の手紙である。「資産家の娘」——、彼女をこう紹介した手紙を書き終えたあと、ゲオルクはその手紙をポケットに入れて、父の部屋へ行く。

「何ヶ月かぶりに」父の部屋に、母の思い出の品の並んだ薄暗い部屋に入ったゲオルクは、寝間着のままの弱々しい父の姿を目にする。視力は弱っているようであり、朝食もほとんど手がつけられていない。

従来の解釈では、この弱い父の姿は、作者カフカの現実の〈強い〉父の反転した姿だと見なされていた。しかし、むしろ、逆であることは、納得してもらえるだろう。また、商人としての自信に満ちた主人公ゲオルクも、従来は同様に（先述のように）、芸術家カフカには実現できなかった理想の虚構の息子だと解されてきた。が、これも逆に、現実のカフカの似姿だろう。

続く箇所で、父と息子が交わす会話は、父の息子に対する強烈な不信感を表している。ゲオルクが「手紙をポストに入れる前にお父さんにいっておこうと思った[*56]」と部屋を訪れた理由をいっても、父は

「それはりっぱなことだが、本当のことを洗いざらいいわないのなら、なんにもならない」と返す。

父は息子が店で不正を働いている可能性も示唆する。「商売でも、かなり俺の目をすりぬけていることがある。隠しごとがされているわけではないのだろう。いまはとにかく、そんなことは思いたくない[57]」。

「騙さないでくれ」とはっきり口にする父は、「ペテルブルクに友だちなどいるのか」とも問う。それに対して、ゲオルクはこう答える。「僕の友だちのことなんか、ほおっておきましょう。千人の友だちだって、お父さんにはかえられません[58]」。

いくら〈思いやり〉に満ちた言葉を息子が並べようとも、父は息子を信じようとはしない。「お前はいつもふざけてばかりだった。俺にだってふざけてきた[59]」。

悪ふざけの好きな息子——。

やはり現実の息子に近い息子だといえるだろう。ゲオルクは、父に友人の存在を思い出してもらおうとして、三年前に友人が家を訪ねてきたとき、彼がロシア革命で目撃したといって語った話をもちだす。

> 「[……]彼が商用でキエフに行ったとき、動乱のなかで聖職者がバルコニーに立って掌に大きな血の十字架を刻んで、その手を挙げて群衆に呼びかけたのを見たって話。お父さんは、自分でこの話をあちこちで、吹聴していましたよ[60]」。

ゲオルクにこういわれても、父は何も返さない。ゲオルクは、そう話しながら、父の服を脱がせ、父を抱えてベッドに運んでいく。

右で引用したロシアで友人が見たという印象的な事件は、おそらく唐突な感じを与えただろう。実際、小説を読んでいても、なぜ、そのインパクトのある話がいきなりそこで話題にされているのか、不思議に思わされる。この不可解さは、カフカの作品にありがちなように、最後までまったく解消されない。

この〈謎〉に少し踏み込んでみる。

このエピソードのモデルが、一九〇五年にロシアのサンクトペテルブルクで起きた「血の日曜日事件」であることはすでに指摘されている。[*61] 軍の発砲によって数千人に及ぶ犠牲者の出た労働者デモの武力弾圧事件である。

このとき、数万人規模のデモを先導したガポン神父は、片手に十字架、もう片方に皇帝への直訴状を掲げて先頭を歩いたという。

実際のこの事件と小説での事件との関連は、いまもいったように指摘されているものの、〈なぜ〉という問いについては、管見ではあるが、まだ誰にも答えられていない。うがちすぎの批判を恐れず、あえてそこに解を出してみれば、もしかしたら、カフカはそれでもって当時の読者にひとつのヒントを出したのではないだろうか。

この小説が書かれたのは、一九一二年。ヨーロッパ中を震撼させた血の日曜日事件が起こってから、七年後。さらに、その事件の翌年にガポン神父の身にふりかかった衝撃的な運命についても、十分に人々に知れ渡ったあとのことである。ガポン神父は、翌一九〇六年に社会革命党員によって暗殺されている。ロシア帝国の秘密警察のスパイだったという疑いによって、である。

つまり、労働者の救世主である高潔な聖職者は、じつは裏切り者のスパイだった。このどんでん返しのニュースが、いかに当時の人々を震撼させたかは想像に難くない。ただし、結局真相は闇の中であるようで、〈本当〉は二重スパイだったという説もある。

いずれにしても、その一連の出来事は、現実は一筋縄ではすまないということを人々に知らしめたはずである。美談や悲劇を軽々しく信じてはならないという教訓になったともいえるだろう。

ガポン神父はきわめて魅力的な人物だったと伝えられている。聖者らしい風貌と巧みな演説で労働者の間に絶大な人気を博していたという。そして、ガポン神父のファーストネームは、ゲオルギー、ドイツ語でいえばゲオルクである。[*62]

ようするに、ある日曜日、聖人のような顔をしたゲオルクの巧みな言葉に導かれて、ゲオルクの指し示す方向に、良心的な多くの人々がぞろぞろ歩いて行った。その図は、まさに〈いま〉ゲオルクが、いやカフカが実現しようとしているそれ、魅力的な一人の詐欺師が、信じやすい受け身の多数の読者を欺いていく、その〈文学〉のコミュニケーションの構図と、完全にパラレルになっているといえるのではないだろうか。

小説に戻れば、ベッドに寝かされたあとの父の豹変は、よく知られているだろう。父が「うまくくるまれているか」と自分で問いを発し、ゲオルクが「大丈夫、うまくくるまれていますよ[*63]」と答えるや、父は毛布をはねのける。大男の父がベッドの上に仁王立ちになり、片手を天井につく。彼は、ロシアにいる男こそ「自分の本当の息子」だといい放ち、「お前はあの男を長年騙してきたのだ[*64]」とゲオルクを責める。

父はゲオルクの婚約者も非難する。「あの女がスカートをまくり上げたからだ、あの反吐の出そうな女が」[*65]。寝間着をまくりあげて実演する父の太ももに、戦争で受けた傷が見える。友人を長年欺いてきた息子の婚約者は、反吐の出るようないやらしい女。これが父の目から見る現実である。

父の判決の言葉を見ておこう。

「お前以外にも世界があることが、もうわかったか。これまでお前は、自分のことしかわからなかった。たしかに本当は無邪気な子供だったが、もっと本当のところは、悪魔のような人間だったというわけだ！　だから、よく聞け、判決を下してやる、溺れ死ぬんだ！」[*66]

父は息子が悪魔のような人間だと見抜いている。

父の言葉を聞いたゲオルクは、「部屋から追い立てられた」ように感じる。「背後で父がベッドに倒れる音がした」が、部屋を走って去っていく。階段を駆け下りるとき、掃除をしようと上がってくる「彼の女中」と衝突しそうになる。

「あれまあ！（Jesus!）」と彼女は叫んで、エプロンで顔を覆った、がそのとき彼はもう駆け抜けていた。[*67]

結局は女中である。それも「彼の女中」である。この小説の〈現実〉世界に登場したのは、ゲオルクと父、そして窓の外から挨拶してきた知人、それから彼の女中。彼の世界はそれだけで成り立っている。彼の女中の発した驚きの言葉は、たんなる感嘆詞であるが、同時にそれは救世主の名前である。悪魔のような男が、彼女にとっては救世主、しかも、彼女は自分の主人を目の前にして、とっさにエプロンで顔を隠す。

ゲオルクは川のほうに引き寄せられていき、橋の手すりをしっかりつかむ。「飢えた人間が食べ物を掴むかのように」。そして、ひらりと欄干を飛び越える。「彼はすぐれた体操の選手で、少年時代は両親の自慢の種だった」。欄干をつかんでいる手の力がだんだん抜けてくる。柵ごしに、バスがくるのをうかがう。

「……」川に落ちてもバスの轟音があっさりその音をかき消すだろう。ゲオルクは、小声で呼びかけた。「お父さん、お母さん、僕はいつもあなたたちを愛していた」。そして、手を放した。[*68]

最後は〈愛〉の告白である。

しかし、その告白は誰の耳にも届かない。近づいてくるバスの轟音が、彼の愛の言葉も、それから彼が水に落ちる音も、かき消してしまったにちがいないからである。

ゲオルクの自己犠牲は、徹底している——あのゾーケルはかつてこう解釈した。自ら死に向かおうとしながら、ゲオルクは、最後の愛の告白も、最後の墜落の音すらも、誰にも聞かせまいと気遣っている、と。

自己処刑が殉教者崇拝へとねじ曲げられないように、作者は念入りな措置を講じている。[……]。彼は誰にも気づかれずにひっそりと死ぬことを強く望んでいる。自己犠牲という形の自己をも完全に抹消する[*69][……]。

自らを犠牲にすることで、家族や社会の人々の生き生きとした生の流れを、彼らの〈幸福〉を実現しようとした。「彼の自己犠牲によって橋の上の永遠の生が保証される」[*70]。これがゾーケルによる有名な最後の一行についての解釈である。「愛と本当の自己抹消とは同じものなのだ」[*71]。ゾーケルはこの小説から、こんな感動的な〈愛〉のメッセージを読み取っている。

しかし、そうだろうか。この心揺さぶられる〈愛〉の結末は、じつは大きな最後の〈欺き〉である可能性はないのか。

バスが近づいてくる。ゲオルクは、正確にタイミングを測りながら、手を放す。ゾーケルのいうとおり、彼の墜落音は聞こえない。

彼は〈本当〉に墜落したのだろうか。

ゲオルクは体操の名手である。もし、下の川が干上がっていたら、彼はその土の上に見事に着地しただろう。水がたっぷりと流れていたとしても、運動神経抜群の彼であれば、泳いで岸に渡っただろう。彼が死んだとはどこにも書かれていない。

「手を放した」という右の文のあと、すぐにあの締めくくりの一文が続いている。

この瞬間、橋の上をまさに無限の交通が流れていた。[*72]

身を潜め続けていた語り手が、ここで初めて姿を現している。橋の上の交通を眺める視点の持ち主は、ゲオルクではありえない。語り手はやはりいた。少なくとも、その〈彼〉は、生き残っている。

欺くことと文学

これが、フェリスへの初めての手紙を書いた二日後に、書いた小説である。結婚への嫌悪感に充ち満ちた気分のなかで、一気に書き下ろした物語である。書き終わった直後に、フェリスに献げることを決心した物語——彼女へのもう一通の手紙である。

何を伝えたかったのか。欺かれてはならない。おそらくは、そういうことだろう。〈思いやっている〉かのような手紙は、信用してはならない。〈愛している〉という言葉は、信じてはならない。自分は「悪魔の息子」であり、詐欺師のような男である。

おそろしく誠実だといえるだろう。たった一通、いたって生真面目な外見の、悪ふざけの〈誘惑〉の手紙を書いただけで、正体を明かす手紙を書かずにはいられない。その誠実さが、しかし、なんとおそろしい悪意と裏腹になっていることか。正体を伝えるための物語は、ありったけの文学のテクニックを駆使して、やすやすとは正体を見破られないように書かれている。

僕の伝えていることは、けっしてあなたには伝わらない。その自信と確信のもとに書かれている。

カフカにとっての〈文学〉とは何だったのか。

真実探求の芸術、真実への道を歩み続ける求道の過程。よく耳にするこのような理解は、間違ってはいないだろう。が、その真実とはいったい何なのか。彼がのちに（一九一八年頃）、真実について語っている言葉に次のようなものがある。

> 真実の道は、高みにではなく、地面すれすれに張られている一本の綱の上にある。歩いて渡って通らせるためというよりも、むしろ、躓かせるためにあるように見える。[*73]

真実への道を、〈高み〉ではなく、地面すれすれの場所に見ていること、そして、そのために張られている綱を、渡させるためにあるものではなく、躓かせるためにあるものだと見なしていること、その〈低さ〉と〈躓き〉の認識は、重要である。

逆にいえば、〈高み〉と〈到達〉は彼においては、その道とは関係がないものだということになる。乱暴にいってしまえば、地上にあって転ばされること、欺かれてしまっていること、それが、その道程に在ることの証になる。

同じ頃、彼が書き、そして消した言葉に次のようなものもある。

> 真実は分けられない。だから、真実がみずからを知ることはできない。真実を知ろうとする者は虚偽であらざるをえない。[*74]

真実だと口にしたとたん、嘘になる。

これは非常にこわい自己言及の言葉である。

この認識に基づけば、真実を語るためには、嘘を語らなければならないことになってしまう。しかし、真実を語る嘘を嘘ではないとして語ることははたして可能なのか。

もし、その嘘でもって、〈本当〉に真実を語りたいのであれば、それはけっして嘘だと明かしてはならない。なぜなら、その嘘を嘘だと語るや、真実を語ったことになってしまうのだから。

いずれにせよ、その認識を語る右のアフォリズムですら、もし、それが真実の言葉だとして語られるや、やはり嘘になってしまう。とすれば、それが真実であるためには、消されなければならない。おそらくは、だから消された。

消されることで伝えられる〈何か〉。ノートに書かれたその言葉は、その上に引かれた削除の線までを含めて、ようやくひとつの意味を形成している。そんな言葉だけでは成り立ちえない言葉。

あるいは、嘘を嘘だと悟らせないまま、しかしけっして真実だとも偽らずに語られる、信じられない、しかし信じるしかない言葉。

カフカの〈文学〉が、もし、〈本当〉に真実に近づくことを求めていたのだとすれば、そのどちらかの言葉、いずれにせよ、もはや成立不可能な、伝達不可能な言葉を綴るしかないことになる。

『判決』を書く二ヶ月前、一九一二年の夏、カフカは、これぞ文学だと思う文章を手にし、興奮してブロートに手紙を書き送っている。

その年の六月、カフカがブロートと一緒に旅行に出ていたことはすでにふれた。ライプチヒで出版社の社長と会ったあと、二人でワイマールを訪れている。

その一週間ほど過ごしたワイマールで、カフカは、ゲーテ館の管理人の娘グレーテと、ちょっとした〈恋〉の戯れに興じている。旅日記からは、ボーイフレンドのいる彼女を何度もデートに誘い、チョコレートを贈ったことなどがうかがわれる。

数日後、カフカは彼女、グレーテからの葉書を、次に滞在した先のユングボルンのサナトリウムで受け取る。この葉書が彼をいたく感心させた。

七月一三日付のブロートに宛てた手紙で、カフカはこう書いている。「君はキルヒナー嬢［グレーテのこと］を馬鹿だといっていた」、でもその彼女が僕によこした葉書は、「ドイツ語の下級の天国から[*75]」のものだったよ、と。

そして、彼女からの葉書の文章を、その手紙に丸ごと引き写している。ここでも引用しておこう。

ご親切に思い出して、お葉書までくださいましたこと、心よりお礼申し上げます。舞踏会は、とても楽しく両親と一緒にやっと朝の四時半に帰宅しました。日曜日にティーフルトでも、とても素晴らしかったです。あなたからお葉書をいただくのを、私がうれしく思うかとお尋ねでしたが、それに対しては私も私の両親も、あなたから消息を伺うのを大変楽しみにしておりますとだけ、お答えさせていただきます。庭のあずまやに座るのが好きなのですが、そこであなたのことを思い出します。いかがおすごしでしょうか。お元気でいらっしゃいますように。私と私の両親からさようならと心からのご挨拶を申し上げます。[*76]

カフカは、この文章を書き写したあと、さらに彼女の「マルガレーテ・キルヒナー」という署名まで、手書きの文字をそっくりまねて写している。[*77]そして、こう続ける。

署名まで、真似して写しておいたよ。どうだ？　この文章が最初から最後まで文学だという点は、とくによく考えてみてくれ。なぜなら、僕は彼女にとって、思っていたとおり不快ではないにせよ、皿なみにどうでもいい人間だからだ。でも、だったらどうして、彼女は僕の望むとおりに書いてくるんだろう。[*78]

「最初から最後まで文学だ」。

カフカは、グレーテのその葉書が、「文学」だと強調している。が、それのどこが「文学」なのか。

彼女の文章の〈何〉を、「文学」だと見なしているのか。

手がかりは、彼女がカフカのことを「皿なみにどうでもいい人間だ」と思っていたことにしかない。

にもかかわらず、彼女はこんな文章をよこした。

とすれば、おそらくは次の点を指しているのだろう。

彼女の葉書の言葉は、どれも嘘ではないものの、しかし、〈本当〉のことのありかも教えていない。文面から察するに、カフカはこの葉書に先立ち、彼女に自分から葉書を送っている。そして、その葉書のなかで、自ら彼女に、僕から葉書をもらうのはうれしいかと尋ねたようである。その問いは、婉曲な誘惑であり、彼女が自分に対して好意があるかどうかをききだすための言葉といえる。

彼の問いに対して、彼女は直接には否定していない。むしろ「大変楽しみ」と肯定的に返している。ただし「私と私の両親が」である。喜んでいるといいながらも、むしろ否定の色が強いとも受け取れるが、それに続く次の一行がまた少し逆転させる。「あなたのことを思い出します」。

結局は、曖昧である。いったい、彼女はカフカに好意を抱いているのかどうなのか。真実はいまひとつわからない。おそらくは、拒絶の手紙だととるべきだろうが、しかし、完全にそうとはいいきれない。絶妙のはぐらかしだといえるだろう。

これが、おそらく「文学」である。このときカフカが友人ブロートに対して、「文学」という言葉で指したのは、そのはぐらかしのテクニック、コミュニケーションの相手を翻弄する言葉の詐術である。先に引用した手紙の文章のすぐあとには、謎めいたつぶやきのようなくだりが記されている。「女の子たちを書き言葉で縛ることができるというのが、本当だったら」[*79]。

女の子を書き言葉で縛る。これは、まさにカフカが、数ヶ月後に実践したことだといえるだろう。一ヶ月後に出会った女性に、カフカは、自分のありったけの「文学」のテクニックを駆使して、手紙を書いた。矛盾に満ちたはぐらかしだらけの曖昧な言葉を大量に送り届け、書き言葉で縛り続けた。

その時期のカフカはまだ若い。三〇歳になる前であり、しかも人生が上り坂にさしかかっていると思っている。彼はまだ自信を失っていない。結婚して家庭を持つことにも、長編小説を書いて作家として身を立てることにも、まだ挫折していない。

彼はまだ十分に自信がある。とくに〈騙す〉こと、言葉で騙すことも、演技で騙すことも巧みにできると思っている。自分には、ビジネスマンとしても十分通用するほどの技量があると思っている。サインの偽造だって、お手のものだ。もしかしたら、それを見せつけたくて、彼女のサインをまねして、友人に送ったのかもしれない。

カフカの〈文学〉のこの〈悪〉の側面については、もっと真剣な吟味が必要である。とくに彼の若い頃の文学、それもカフカがフェリスを積極的に〈騙して〉いたときの作品については、その〈悪〉の部分をしっかり認識しながら、読まなければならない。

騙すこと——それをめぐる〈善〉と〈悪〉の関係性について、カフカは、自らこんな言葉をのこしている。

すべては欺瞞だ。ごまかしを最小にしようとするか、ふつうぐらいのままにしておくか、最大にやるか、いずれも欺瞞である。第一の場合、善をあまりにもやすやすと手に入れようとしている点で、善を欺き、あまりにも不利な戦いの条件を課している点で悪を欺いている。二番目の場合は、世俗にあってすら、善を求めようとしていない点で、善を欺いている。第三の場合は、できるかぎり善から遠ざかろうとしている点で、善を欺き、最高に高めていくことによって無力化を望んでいる点で、悪を欺いている。だとしたら、第二の場合を選ぶべきだということになるだろう。なぜなら、善はいつも欺いているが、この場合、少なくとも見かけの上では、悪を欺いていないからだ。[*80]

「すべては欺瞞だ」——これが根源的な認識である。

であるなら、その欺瞞しかない世界のなかで、善も悪も、いかに最小に欺くにはどうすればいいのか。このアフォリズムは、先の真実をめぐるアフォリズムと同じ一九一九年に記されている。あらためていえば、それはフェリスとの二度にわたる婚約も彼の喀血によってピリオドが打たれたのちの頃である。つまり、大きな挫折を経験したあとにたどり着いた洞察である。

この洞察によれば、結局選択されるべき道とは、第二の道である。それであれば、善はふつう程度に欺くけれども、しかし、悪は欺かないですむ。注意すべきは、三つの道のどれをとろうと、善を欺かないという選択肢はないという点である。

繰り返すが、この洞察は、ひとつの希望が潰《つい》えたあと、挫折のあとの、彼の認識であり、そして選択である。うがちすぎかもしれないが、若い頃のカフカは、同じ認識に基づいていたにせよ、別の選択をしていたのではと思う。

すべては欺瞞だ——この洞察自体は、おそらくかなり早い段階で獲得していた。いやむしろ、それこそがすべての出発点だった。そのあまりに絶望的な現実が、彼を表現へ、「書くこと」へと掻き立てた。だから、『ある戦いの記録』においても『観察』においても、欺瞞が、虚偽の蔓延が、そしてそれゆえ、人間同士の十全なコミュニケーションが成り立たないことが、テーマとされていた。

初期の作品においては、その問題はあまりにも前面に押し出されているともいえるだろう。だから、一連の格闘の締めくくりとしての作品には、直裁にも『詐欺師の正体を暴く』とタイトルが付けられていた。

先に見たあのグレーテの葉書の一件は、先のアフォリズムからうかがえる深刻さよりも、もう少し、軽みを、浅はかさを、野心を感じさせる。

もしかしたら、カフカは、当時、まだ第三の道を探っていたのではないか。悪をできるかぎり高めることで、悪を無力化しようと企んでいたのではないか。

この点に思い至ったとき、あの『判決』の成功の数日後に取り組まれたのが、少年の物語であること、純真な子供が主人公の物語であること、その〈意味〉の再検討の必要性に気づけるはずである。

『失踪者』

『失踪者』は、これまで不思議と一貫して、罪のない少年の物語として読まれてきた。「汚濁の世界のなかの純粋さ」[*81]。一九六〇年代にはヴェルナー・クラフトによって、こんなタイトルの論考も発表されている。題名からうかがわれるように、そこでは、カールは、徹頭徹尾、純粋で、無邪気な少年だと見なされている。

「ロスマンとK、罪なき者と罪ある者」[*82]。一九一五年九月三〇日のカフカの日記に見られるこの言葉も、カールの純真さ、罪のなさの根拠となってきたといえるだろう。「何も悪いことをしていない」というヨーゼフ・Kを「罪ある者」と見なすいっぽうで、カールについては「罪なき者」と呼んでいること──作者自身によるこのような裏付けの影響力は大きいといえるだろう[*83]。

管見ではあるが、ヨーゼフ・Kやゲオルク・ベンデマンのうさんくささについては、これまで何度も指摘されてきたものの、カールがうさんくさいという指摘は、まだなされていないように思う。

しかし、カールはそれほど、純粋で、無邪気な少年なのだろうか。

『失踪者』はこう始まる。

女中が誘惑して子供ができたので、哀れな両親によってアメリカに送られた一七歳のカール・ロスマンが、速度をすでに落としている船に乗ってニューヨークの港に入ってきたとき、ずっと眺めていた自由の女神の像が、突然強くなった太陽の光に包まれたかのように見えた[*84]。

冒頭は、ふつうに読めば、カールの〈不運〉を伝えているといえるだろう。女中に「誘惑」されて、子供が出来てしまった。それが原因で、両親の元を離れ、異国の地アメリカに一人でくることになってしまった。

しかし、それは〈本当〉に〈不運〉なのだろうか。

女中が誘惑して子供ができた。このくだりには、あの『審判』冒頭の文で確認したのと同じ問題がある。

その「誘惑」というのは、誰の視点から見た言葉なのか。カール自身か、それとも語り手か。語り手であるとすれば、ふつうはその種の判断は絶対に〈正しい〉。が、カフカの場合、常にそこが曖昧になるように書かれている。語り手は、いつも主人公に寄り添っているため、先述のようにそこでの言葉のどれにも完全な客観性はない。

カフカが、カールの年齢をいくつにするかで、かなり迷ったことは知られている。

右に引用したのは、カフカが日記用のノートに記したテクストからのものだが、そこで一七歳になっているカールの年齢は、その清書稿であるタイプ原稿では、一五歳に引き下げられている。[*85]

前にもふれたように、カフカは、この結局は未完に終わった『失踪者』のうち、第一章だけを『火夫――ある断片』と題して、それだけで一冊の本にした。その出版されたテクストでは、一歳戻されて、一六歳になっている。[*86]

なぜ、このように年齢で迷ったのか。

おそらく、それは、いまいった「女中が誘惑した」という〈判断〉の言葉をめぐる信憑性に関わっているだろう。

最初に書いた一七歳のままだと、いささか成長しすぎていて、その言葉での設定に無理が生じてしまう。いいかえれば、読者に疑念を抱かせる余地が生じる。いっぽう、一五歳だとその言葉が素直に受け取られすぎてしまう可能性、罪がなさすぎる印象を与える可能性がある。〈罪〉のありかを完全に曖昧にすること、それを狙って、出版するときは一六歳にしたのではないだろうか。[*87]

従来カールの純真さとして理解されてきた側面は、じつは裏を返せば、彼のしたたかさ、ある意味あやしさの証左となりうる。

カールが、あまりにも他人の言葉を鵜呑みにしすぎる点は、よく指摘されてきた。まずは火夫、そして伯父、それからポランダー氏、ロビンソンとドラマルシュ、ホテルの調理主任と、会う人会う人の言葉をそのまま受け取り、すぐに彼らのあとについていく。まるで人を疑うことを知らないかのようなその受け身ぶりに、無邪気さ、子供らしさを見てきた人は多い。が、彼は、〈本当〉にそれほど無邪気なのだろうか。彼は、それほど簡単に人を信用しているのだろうか。

例えば、たしかに、カールは、火夫の訴える〈不正〉にすぐに「憤り」、直談判に行こうと提案する。この素直な「憤り」についても、ナイーブさ、そして少年らしい正義感が何度も確認されてきた。が、カールは、〈本当〉に、そのとき憤ったのだろうか。この点を注意深く見るために、その箇所を引用してみよう。

「我慢していてはいけませんよ」とカールは憤っていった。彼は、未知なる大陸の岸の不安定な船中に自分がいるという感覚をほとんど無くしていた。それぐらい、火夫のベッドで、故郷にいるような気分になっていた。[*88]

なるほど「憤って」いるが、しかし、同時に家にいるような安心感も感じている。このくつろぎを、子供らしい単純さと受け取ることもできるだろう。出会ったばかりの他人のベッドのなかで、ぬくぬくと心地よさを味わっている無防備さは、微笑ましく思えなくもない。

しかし、少しとらえ方をずらしてみれば、憤りながら、同時にベッドの中で感じているそのくつろいだ気分は、いささかあやしくないだろうか。

カールは、じつは、かなり世故に長けた一面もある少年である。

少しあとの箇所で、抗議に行こうというカールの提案を、火夫が渋ったとき、カールは、トランクに入っていたソーセージが手元にないことを残念に感じている。なぜなら、「こういう類の人間は、つまらないものでじつに簡単にうちとけてくるのだから」[*89]。そして、父がいつも仕事で付き合う人間たちを葉巻で手なづけていたことを思い出している。

火夫によるその抗議の場面でも、カールは、その年にしてはかなり巧みな交渉術を身につけていることを披露している。

火夫の申し立てがだんだん混乱してくると、カールは、彼に対して、まるで年長者のように、もっと手短に、いいたいことを整理して、大事なことを一番最初にいうようにと忠告する。そして、こうもいう。「僕にはあんなにわかりやすく話してくれたじゃありませんか」[*90]。

これは、明らかに嘘である。そこまでの物語では、火夫がカールにわかりやすく具体的な話をした場面はない。だからなのだろう。直後にこんな文が続いている。「トランクだって盗まれる国なんだから、少しぐらい嘘をついてもかまわない、とカールは、自分にいいきかせた」[*91]。

ところが、この言い訳もじつは嘘である。なぜなら、まだそのとき、トランクが盗まれたとは、カールにはわかっていないのだから。それより前の時点で、火夫が、カールが他人に預けたそのトランクについて、きっと盗まれたにちがいないと推測を語るくだりはあった。が、なぜかその際にかぎっては、カールは火夫の言葉を鵜呑みにはしなかった（「［……］カールは疑わしそうに尋ねた。人がいない船のほうが荷物は見つけやすいとはふだんならもっともな考えなのだが、何かひっかかるものが隠れているように思えた」[*92]）。にもかかわらず、その疑いながら耳にしていた会話の一端を、まるで確信しているかのように、自分の嘘の言い訳として自分のなかで語っている。

もしかしたら、カールはすべて計算しているのではないだろうか。

鵜呑みにはしなかった言葉でも、鵜呑みにしたほうが有利と判断すれば、鵜呑みにしたふりをする。嘘をついた言い訳を、嘘でとりつくろってまでも、自分を正当化する。

あの「憤り」にしても、もしかしたら、同調して腹を立てておけば、味方が一人得られる。そう考えたから、ということはないのだろうか。

実際火夫が、カールにそのとき訴えた〈不正〉というのは、物語から読み取れるかぎり、次のことだけである。この船はドイツの船なのに、ルーマニア人の機関長がドイツ人をこきつかっている。そのシューバルという機関長は、俺のことを「ぐうたらで、放り出されても当たり前だ」[*93]と文句をいう。しかし、俺はいままでたくさんの船に乗って、どこでも重宝されてきた。

ようするに、全部彼のいいぶんであり、あくまで彼の目から見ての〈不正〉である。この場合、それこそ多少の世間知があれば、むしろ、相手のシューバルのいい分が〈正しい〉可能性を疑ってみるところだろう。

ところが、カールは、その可能性を考えない。火夫の話の真偽に一切疑問を抱かないまま、即座に、彼に同調し、〈不正〉を正す行動を起こすようにけしかける。

じつは、彼のこの一見正義感あふれる行為、まったくの善意からなされているかのように見える行為が、実際には、〈本当〉の〈不正〉を助長している可能性があることが、テクストの端々によって、示唆されている。

シューバルはのちに自ら反論に乗り込んでくるのだが、そのときの彼の弁舌は、「はっきりして」「流れるよう」である。しかも、シューバルの言葉を耳にした周りの者たちは、「ようやく人間らしい言葉を聞いた」[*94]という表情を見せている。

また、カールが伯父と上陸用のボートに乗って船を振り返ったとき、さっきまでいた主計本部の三つの窓が、「シューバルの証人たちで溢れていた」[*95]。火夫の味方はカールだけだったのに、シューバルの味方は「溢れる」ほどいる。いいかえれば、カール以外のほぼみながシューバルの味方だったということである。

つまり、〈本当〉はシューバルが正しく、火夫がでたらめをいっていただけの可能性は十分にあるといえるだろう。

であるなら、またもや主人公も、語り手も信用できないのかもしれない。あの『判決』に潜んでいた〈欺き〉の構造は、ここでも確認されるだろう。

この疑念のもとに、細部を注意深く読み直せば、主人公と語り手の共犯関係によってさまざまなところで巧みな目くらましがなされていることに気づくことができる。

シューバルの先の明快な反論は、読者には具体的には何一つ伝えられない。代わりに語られているのは、カールがそれを耳にしながら、シューバルのいい分の「穴」を考えている次のような思考の内容である。シューバルによれば、調理場の娘から火夫たちが押しかけていったという報告を聞いてぴんときたという話だが、「そんなふうに頭のまわりがいいというのも、自分にやましいところがあるせいではないのか」。シューバルは公正中立な証人がドアの外で待っているといっているが、なぜ自分で連れてきて、「公正中立」などといえるのか。「ペテンだ！　ペテン以外の何ものでもない！　おえらがたはわからないのか」[*96]。

この声高な少年らしい〈正義〉の訴えは、しかし、〈本当〉は正義に基づいていないのかもしれない。すなわち、この物語もいったん裏読みをし始めると、すべてが裏返って、そこからおそろしい〈本当〉の〈罪〉が浮かび上がってくるといえるのである。

カールはおそらく、純粋ではない。善良でもない[*97]。

だから、上院議員が、伯父だと名乗りを上げたとき、自分の知っている伯父とは名字が違うことを認識しながらも、すぐに「名前を変えたんだ」と納得して伯父だと認める。

その伯父が、カールの子供を産んだ女中からの手紙を読み上げたときも、カールはまったく心を動かされない。生まれた実の息子にも、その母親にも、思いやりもやさしさのかけらも示さない。逆に、その問題の性行為を、先に引用したように、不愉快なこと、おぞましいこととして思い返している。

物語が進行していくにつれ、カールは、伯父にも〈捨てられ〉、グリーン氏にも〈騙され〉、またせっかく得たホテルでの職も門衛主任の〈誤解〉によって奪われ、どんどん窮地に追い込まれていく。アメリカに着いた当時きれいだった服はどんどん〈汚れて〉いき、なぜか理由も明らかにされないまま警察にも追われ、しまいには、太った元歌手の女ブルネルダのゴミ溜めのような部屋で、彼女の世話をして暮らすことになる。

次々と騙され、罠にかけられ、落ちぶれていく〈ように見える〉カールの境遇に、読者はみなこれまで強く同情し、世の中の理不尽さ、世間の汚さに憤ってきた。カールこそ、「汚濁の世界のなかの純粋さ」と見なしてきた。

が、彼はたぶん最初から十分に汚れていた。〈本当〉に汚れているから、〈本当〉に汚れている世界を欺くために、その世界に「送られた」。

人々は、信じたいから信じるのかもしれない。逆にいえば、騙されたいから騙されるのだろう。

カールに罪がある可能性は、いま見てきたように、さまざまな箇所で十分に示唆されている。にもかかわらず、人々は、それを見逃してきた。そのシグナルをそのとおりには受け取ろうとしなかった。何らかの理由をつけて、自分たちの解釈したいように解釈してきた。

主人公は善良でなければならない。語り手も善良でなければならない。

人々のその〈文学〉への盲目的な信頼に、カフカはつけこんでいる。

その信頼を利用しながら、あの不可能な〈文学〉を書こうとした。嘘を嘘だと悟らせないまま、しかし真実だとも偽らずに書いた。カールの嘘が完全な真実だとは、けっして偽られてはいない。嘘が嘘であるという真実も語られてはいない。嘘が嘘でない可能性も、嘘が嘘だという可能性もどちらも十分に見せながら、読み手が信じられないはずの、しかし信じるしかない言葉を書き続けた。

誠実と不実

ここで大事な事実を思い出さなければならない。

カフカが、この父親になった少年の物語を書いていた頃、彼は並行して、フェリスに大量の手紙を書き続けていた。

本書の第1章で引いたように、一九一二年一一月一一日の手紙で、カフカはこの小説の執筆状況についてフェリスに報告している。それによれば、九月末から約一ヶ月半たらずで、第六章まで書き終わっていたことがわかる。

並行して書かれた二つの書き物を比べると、両者の間に細部で奇妙な符合が生じていることに気づく。これも第1章で、文通し始めたばかりのカフカにフェリスがチョコレートを贈ったことを示唆したが、『失踪者』の第五章には、こんな箇所がある。カールが働き始めたホテルの同僚の女の子で「よく彼を小さな贈り物で驚かせる」テレーゼは今回は「大きなリンゴとチョコレートをもってきた[*98]」。

またそのすぐあとのところで、カールは、テレーゼの部屋で、商業通信文の書き方の入門書を見つけている。以来、毎晩せっせと、課題の手紙を書いては、テレーゼに添削してもらっている。虚構の小説の世界で主人公がビジネスレターを練習していた頃、現実世界の作者もまた、毎晩せっせと、卓越したビジネスウーマンのフェリスに、ビジネスレターを書いていた。

一九一二年一一月一一日は、二人の交際にとって、ひとつの重要な転機を迎えた日であった。その日の三通めの手紙で、カフカは、ついにフェリスを敬称のSieではなく、親称のduで呼んだ。二人の交際は、手紙だけを通じてのものだったにもかかわらず、順調に距離を縮め、その日を境に二人の間の親密さは一気に高まることになった。

そして、六日後、フェリスの誕生日の前夜、カフカは、小さな物語の着想を得て、執筆中の長編小説を中断し、そちらに取りかかることを決心する。

まさしく日付が一一月一八日に変わって、彼女が二五歳になろうとする深夜、カフカは、あの一行を書き留める。朝目が覚めたら、虫に変わっているのに気づいた――。まるで夢から覚めたら、彼女こそが、翌朝毒虫になっていることを想像したかのようなそんなタイミングで、カフカはあの小説を書き始めた。

これも前章でふれたが、虫に変身するというアイデアそのものは、もう七年前に文章にしていたものである。一九〇五年に書き始められた『田舎の婚礼準備』で、主人公エドゥアルト・ラバーンは、虫になることを夢想している。結婚したくない、田舎に結婚の準備に行くのはごめんだ。こんな気持ちを高ぶらせるあまり、主人公は、〈本当〉の自分は虫になってベッドに寝たままで、「僕の服を着た、僕の身体を派遣すればいいのだ」と思う。

なぜ、そのとき、カフカはそんな小説を書いたのか。そのきっかけは何だったのか。

ヴァーゲンバッハは、その『田舎の婚礼準備』の執筆が、当時二二歳のカフカの恋愛と関係していることを指摘している。物語で描かれている鉄道旅行の様子は、現実のツックマンテルまでの道中に相当しているという（作中に登場する「鉄橋」は、実際にその路線にある「エルベ鉄橋」を指すと考えられる）[*99]。

ツックマンテル、この地名が入っている日記の箇所は、本書の冒頭で引用した。「ツックマンテルとリーヴァ」で感じた甘美さをフェリスには一度も感じなかった。こんな身も蓋もない文章を、婚約破棄のあと初めて彼女と再会した日に、カフカは書いていた。ようするに、その一九一五年一月までに、彼が経験した甘い恋はたった二回だけ。そのうちの最初の恋、ツックマンテルのサナトリウムでの短い夏の恋が終わったあと、彼が書いたのが、その『田舎の婚礼準備』である。

とすれば、ごく単純にいってしまえば、恋愛と結婚との大きな違いを痛感したこと、これがカフカを執筆に駆り立てた動機といえるだろう。恋愛の先に結婚が、男女の愛の成就として結婚があるのではなく、結婚はまったく別の次元の社会的な事柄なのだということ、それをあらためて認識したことが、彼の嫌悪感を高ぶらせ、結婚準備に分身を送り込み、〈本当〉の自分は虫になるというアイデアを得た。

脇道にそれるが、ここで、カフカのもうひとつの本気の恋、リーヴァでの恋についても、確認しておこう。カフカがリーヴァのサナトリウムで、一〇代後半のキリスト教徒の女の子と恋に落ちたのは、一九一三年九月のこと。

ツックマンテルでの夏の恋については、まったく肉声らしきものはのこされていないものの、このリーヴァでの恋については、かなりあからさまな言葉が見つけられる。約一ヶ月の旅行から戻ってすぐの一〇月一五日の日記には、彼女を忘れないために何かを書こうと思うが、それすら書けないと記されている。[*100] また二〇日には、彼女の表情や仕草を思い出して書こうとすると、肉体に緊張が訪れ、心の底から苦痛が湧き上がってくるのがこわいとも綴られている。[*101]

さらに二二日にはこうも吐露されている。

もう遅い。悲しみと愛の甘美。ボートで、彼女からほほえみかけられる。最高のひとときだった。いつもただ、死にたい、まだ生きていたいという思い——これだけが愛だ。[*102]

カフカらしからぬ〈正直〉な熱い情熱がうかがわれるといえるだろう。彼がこの刹那的で甘美な恋に苦しんでいた時期は、繰り返すが一九一三年九月から一〇月、すなわち、フェリスとの文通が始まってちょうど一年後、彼女との間で結婚の話が本格化し始めた最中のことである。

ついでに、もう少しここで脇道にそれて、その時期の結婚話の進展についても見ておきたい。

一九一三年六月八日から一六日の約一週間をかけて、カフカはフェリスに長文の手紙を書く。その手紙で、カフカは医師によって病気の診断が異なるのだと語ると、こう尋ねている。「いまいったように残念ながらどうしようもできない条件があるけれど、僕の妻になる気があるかどうか、考えてみるつもりはあるかい？」[*103]

世にいうプロポーズに相当する言葉だろう。この問いを発したあと、ところがカフカは数日間、続きを書けなくなったようである（「ここで数日前僕は書くのをやめた」）。再開後、彼はその問いを自ら「犯罪のような問い[*104]」と呼ぶと、いかに自分は無価値な人間か、また自分がいかに人づきあいができない人間かを長々と語る。

しまいには、結婚による損得を計算するよう提案する。「フェリス、考えてみるんだ、結婚によって何が変わるのか。君は何を失い、僕は何を得るのか[*105]」。カフカがいうには、自分は「孤独を失う」が、「どんな人間よりも愛する君」を獲得する。いっぽう、あなたは、ベルリンを失い、オフィスを失い、「健康で陽気で善良な男と結婚する望みを失い」、「美しい健康な子供たちを得る望みを失う」。「この計り知れないほどの損失」と引き替えにフェリスが得るのは、「病気で、弱々しい、人づきあいが悪く、無口で、陰気で、無骨な、ほぼどうしようもない人間[*106]」だという。

さらに、カフカは、フェリスの側には金銭的な損失が大きい点も指摘する。自分の収入はフェリスのよりもたぶん低く、年収は四五八八クローネ、年金資格はあるが、大幅な昇給はない、親からの援助も期待できず、文学で儲けられる見込みもない。

まるで、自分とは絶対に結婚してはならないと説得するかのような手紙といえるだろう。いや、逆に、あらかじめこんなに不利な条件を納得したうえで、結婚してほしいという〈真摯な〉お願いの手紙なのか。いずれにせよ、きわめて矛盾に満ちた、真意のとりづらい文章である。

フェリスはこの手紙の意を汲んで、あるいは汲まないで、イエスの返事を返したようである。四日後の六月二〇日付のカフカの手紙はこう始まっているのだから。「そうじゃない、そうじゃない。君は、自分の不幸になるかもしれないことに、自分を投じてはいけない[*107]［……］」。

カフカは誠実な男なのか。それとも悪魔のような男なのか。

驚くべきことに、その不可解なプロポーズから半月後の七月三日に書かれた手紙で、こんなことが語られている。その日は彼の三〇歳の誕生日で、昼食の席で母から「おめでとう」と声をかけられた。このとき、彼が「僕には婚約者がいる[*108]」と返すと、母は、ひとつだけお願いがある、それはお父さんも了解していることだといって、彼女の家族について身上調査をする許可を求めた。彼はそれを、彼自身のいうところでは「罪悪感」から許した。「正確にはなぜだかわからないけれど、たぶん両親に対する絶え間ない罪悪感から譲歩して、君の父上の名前を母に書いた[*109]」。

一ヶ月後、八月一日に書かれた手紙（手紙の日付は七月一日であるが）によれば、その日母親から興信所の報告書を受け取っている（「いま母から報告書が渡された」）。カフカは、その報告書を「まるで、君に恋している人間が書いたみたいだ」と揶揄し、そこのすべての言葉には、本当ではないことが含まれていて、しかも彼は「恥知らずにも、君のためを思って、嘘をついているんだ」という。「だってそうだろう、［……］「君についてとくに評判なのは、君が料理が上手だ」っていうんだから[*110]」。カフカは、この皮肉な物言いを、さらにいささか嬉々としてこう続けている。

彼は、そんなことが僕たちの家庭では、まったく役に立たないこと、君は少なくとも全部勉強し直さなきゃならないってことを知らないんだ。［……］だって、僕たちの家庭は、菜食主義になるんだから、そうじゃないかい？　料理上手と「とくに評判な」コックさん。[*111]

前にクンデラが、カフカの作品には、ロマンチックな性ではなく、性の醜さ、滑稽さが描かれていると評したことを紹介したが、その言をまねれば、カフカの手紙は、ロマンチックな愛ではなく、愛の醜さ、滑稽さ、愛の実存を伝えているといえるだろう。

注意すべきは、ふつうであれば隠されるはずのその〈汚い〉実態を、カフカはなんとか相手にわからせよう、理解させようとしている点である。

先の三〇歳の誕生日の手紙には、こうも書かれている。もし、あなたのご両親が、僕の家族について興信所に調査を依頼したとしても、きっといいことしか報告されないだろう。そう考えると少し滑稽だ。「ところで、君の父上は『判決』を知っているかい？　もしまだだったら、ぜひ、読むように薦めてくれ[*112]」。

これは、私たちの『判決』の読み方の妥当性を裏づける言葉である。ようするに、『判決』には、興信所の調査報告書よりも、フェリスの家族が知っておくべきことが書かれている。「いいこと」だけが書かれているはずの報告書よりも、彼自身と彼の家族について、〈本当〉のこと、おそらくは醜いこと、滑稽なことが書かれているということである。

フェリスの求めに応じ、八月に入ってカフカは、彼女の父親に手紙を書く。彼女の父親からその返信の手紙を受け取るが、カフカは、父親のその手紙では「この結婚が君にとって冒険である点について、君が父上と話したとはまったくふれられていない[*113]」と、八月二八日の手紙でフェリスに指摘する。父上はそれを知っておかなければならないといって、再びその日彼に手紙を書き、それを彼女宛ての手紙に同封している。その父親宛の手紙には次のような箇所がある。

最初の手紙でお嬢様との関係について書いたことは、本当であり、これからもそうでしょう。しかし、そこには、ひょっとしたらお気づきにならなかったあるほのめかしは別にして、決定的なことが欠けています。もしかしたら、あなたはそこに立ち入ってはならないとお考えになったのかもしれません。私の性格と対峙するのは、お嬢様の問題であって、しかもそれはすでに完全に取り組まれたことだとお思いになっていたのでしょうから。彼女はしかしそれをやっていないのです――私は何度も繰り返しそう思ってきたのですが――まだそれがなされていないこと、なされることができなかったことが、繰り返し明らかになってきたのです。私は、私の書き物で、あなたのお嬢様の目を眩ませました。たいていは騙そうとしたわけではなく（ときどきは、でも騙そうともしました。なぜなら、私は彼女を愛していたから、愛しているから、そして、相容れないことがあまりにも僕にはわかりすぎていたから）、そして、もしかしたら、だから彼女の目をふさいだのかもしれません。私にはわかりません。*114

僕は、お嬢様を騙すつもりはなかったが、でも目眩ましさせたかもしれない。いや、愛していたから、ときどきは騙した。フェリスは、当然のことながら、その手紙を父親には渡さなかった。

何もかも〈本当〉のことをいわずにはいられない、たとえ自分に不利になろうが、偽りを偽りのままにしておくことはできない。ここまで確認してきたことは、カフカについて、非常に誠実な男だという印象を与えたかもしれない。

が、カフカはそれほど単純ではない。

誠実なのか、不実なのか――。

この言葉のカテゴリー分けでいえば、むしろ彼は後者に振り分けられてしかるべきといえるのではないか。

結婚話がどんどん混迷していくなかで、カフカは休暇を過ごすためにイタリアに行き、その旅行先のリーヴァで、あの情熱的な〈本当〉の恋に落ちる。その間フェリスとの文通が、一年前の開始以来、初めて大きく中断される。少なくともカフカから彼女への手紙については、九月二〇日から、一〇月二九日までの間のものはのこされていない。

結婚話が暗礁に乗り上げたことを不安に思ったフェリスは、半年ほど前に知り合った女友だちのグレーテ・ブロッホに、仲介をお願いする。グレーテは、フェリスより五歳下、カフカより九歳下の当時二一歳で、事務機器の会社に秘書として勤めていた。

カフカとグレーテは、一〇月末に、プラハで実際に会う。直後から、今度はその二人の間で激しい文通が始まる。グレーテとカフカの交流は、翌年一九一四年六月のフェリスとカフカの婚約、そして七月の婚約破棄のあとまで約一年に及んで続く。

フェリスとグレーテとカフカのこの三角関係が、『審判』の物語――婚約破棄の直後に書き始められた――に大きな影を落としている可能性は、エリアス・カネッティが前述の著書『もうひとつの審判』ですでに詳しく指摘している。その問題にまで、ここで踏み込むことは控えよう。

グレーテが仲を取りなし始めて二ヶ月後の一九一三年の暮れ（一二月二九日）、カフカは、こんな一節のある手紙を書いている。

僕は、サナトリウムである少女に恋をしたんだ。まだ子供で、一八歳ぐらいで、スイス人で、でも、スイスではなくてジェノバに住んでいて、血の点ではぼくとすなわちまったく違っていて、すごく未熟で、でも変わっていて、病気だけどとても立派で、まさに深い女の子だった。当時の空っぽで、どうしようない状態の僕だったら、もっとずっとつまらない女の子でも、簡単に捕まえられただろう。[*115]

つまり、三ヶ月前のあのリーヴァでの恋をフェリスに打ち明けているのである。そこで彼はこう振り返っている。僕と彼女は、この休暇の一〇日間が終われば、すべてを終わらせなければならないこと、手紙も一行も書いてはならないことを知っていた。別れるときは、彼女も僕も、他の人たちの前で泣かないようにするのが大変だった。

「イタリアの少女は君のことも知っていた、そして、僕が、君と結婚する以外のことは何も求めていないことも知っていた[*116]」。この出来事によって、「外面的にはひどく矛盾」するけれども、僕は君をより一層理解し、結婚に向けてしっかりと進む決意をしたと記している。

半年後の一九一四年六月一日、カフカは、ベルリンで、フェリスとの正式な婚約の式に臨んだ。

『変身』

『変身』はこんな男が書いた物語である。

こんな男がもっとも調子に乗っていたときに書いた作品である。

先に見たとおり、この小説は、グレーゴル・ザムザが朝目が覚めて、自分が虫になったことに気がつくことから始まる。

冒頭の段落で、虫になった腹や足などを確認したあと、次の段落では、グレーゴルの目は、机の上に散乱した布地のサンプルに向けられる。この箇所で、彼の仕事が、服飾関係のセールスマンであることが示唆される。続いて、グレーゴルは、壁にかかっている絵を見る。それは彼が最近、絵入り雑誌から切り抜いて、しゃれた金の額縁に入れたものである。「描かれているのは、毛皮の帽子と毛皮の襟巻きを身につけた女[*117]」。

カフカのこの『変身』が、レオポルド・フォン・ザッヘル＝マゾッホの『毛皮のヴィーナス』（一八七〇年）に範をとっていることは、一九七〇年に指摘されて以降、すでに研究者の間で繰り返し検討されてきた[*118]。ザムザ（Samsa）という名前が、ザッヘル＝マゾッホ（Sacher-Masoch）のアナグラムである点、『毛皮のヴィーナス』の主人公ゼヴェリーンが愛人ワンダの奴隷になってから名乗る名前がグレーゴルである点。あちらのグレーゴルは愛人の足元に虫けらのように這いつくばり、いっぽうこちらのグレーゴルは実際に虫になって床に這いつくばっている。二つのテクストには、このように数々の共通点が見つけられる。

一般にはあまり知られていないこの二作品の類似について、もう少し詳しい説明を加えるべきかもしれないが、ここでは次の肝要な問いを考えるだけにとどめたい。その関連は、何を〈意味〉するのだろうか。

これについては、マーク・アンダーソンが、前述の著書『カフカの衣裳』のなかですでに有力な見解を提示している。アンダーソンはまず、マゾッホの小説で描かれているマゾヒズム的な欲望は、イメージに依存した欲望だという。屈辱的な状況に耐えているかのように見えて、主人公ゼヴェリーンは、愛人のワンダをコントロールしている。ワンダに役割を割り当て、演技をさせ、自分はその観客となって、自分のけっして充足されない欲望を無限に増殖させていく。「こうして恋人との間に侵すことのできない一線を引くことで、主人公はこの女性を芸術作品として「額縁」に収めるのである[*119]」。

同様に、グレーゴルも、女性への欲望を「額縁」に入れて、それを芸術へと昇華しているという〈物語ののちの箇所によれば、彼の部屋にかかっている額縁は、彼が自分の手で作ったものである〉。アンダーソンによれば、虫への変身とは、現実世界という衣装を脱ぎ捨てたことに相当し、その後の物語とは、動物＝子供になって原初の自由と無垢を回復しながら、「美を追求し、自己を顕示したい」という純粋に芸術的な欲求が膨らむ過程だということである。「変身――それはつきつめれば、衣装に覆われた人間の身体を、純粋無垢で自律性をそなえた芸術作品に変ずることにほかならない[*120]」。

この読み方は、アンダーソン自身もいうように、従来の〈悲劇〉としての読み方、犠牲になった息子による家族の解放の物語という見方と大きく異なるものといえるだろう。忌み嫌われる外見になる変身を否定的にとらえるのではなく、アンダーソンは逆にそれを、自分の意志で、自分の欲求に従って生じさせた、あるいは招き寄せた結果として肯定的にとらえている。彼の言葉によれば、虫の身体は、「前衛的ないしモダニズム的な芸術作品」[*121]の表れ、挑発的で刺激的な表現の結果である。この通説を裏返す〈読み〉は、本書でこれまで展開してきた裏から読む読み方とまさにつながっているといえる。

『変身』ではグレーゴルの激しい欲求、倒錯した欲望が描かれているのだとすれば、その欲望とはいうまでもなく作者カフカ自身の欲望でもあるだろう。本書の第1章で、私たちは、カフカが、フェリスへ手紙を書きながら、日々イメージを膨らませ、過剰に妄想を肥大させて、荒々しい欲望をさらけ出していったことを読み取った。彼女にはけっして実際に会わず、妄想のなかの存在にとどめておいたから――すなわち「額縁」に入れたままにしておいたからこそ、その欲望は果てしなく高まり、快感も果てることなく続いたといえるだろう。

とすれば、『変身』は、別のいい方をすれば、妄想を掻き立てていくことで味わう途方もない快感――それはカフカの場合、極度に集中して「書くこと」によってもたらされた快感にほかならないだろう――それ自体を表現したものだといえるかもしれない。

ただし、先の問いに戻って、『毛皮のヴィーナス』と『変身』の関連の〈意味〉という点でいえば、このような美的なきれいな解釈だけでは、正直まだものたりないように思われる。まだあまりにも観念的すぎはしないだろうか。

実際に、この二つの作品を読んで誰もが感じるのは、もっと生々しい感覚、おぞましさともいやらしさともいえる嫌悪感であろう。それを強く感じさせる醜い部分、汚い部分こそが、この二つの作品をつなげているもっとも重要な点なのではないだろうか。

カフカは、なぜ、まさにあの晩、すなわち自分の結婚相手だと心中秘かに考えている女性の誕生日の晩に、その物語を書き始めたのだろうか。まるで彼女へのプレゼントであるかのように、マゾッホのあの小説を念頭に浮かべながら、おぞましい虫になった男の話を書いたのだろうか。

じつは、マゾッホの物語の主人公ゼヴェリーンは、〈かつて〉は女の奴隷であったものの、〈いま〉は女を奴隷にしている。物語の最初のところで、黒い絹の服を着たブロンドの髪の美しい女性に、食事が気に入らないといって、彼は鞭を振り上げている。そしてこう豪語する。「女どもを飼い慣らすにはこの手にかぎる」[*122]。

このときゼヴェリーンはさらに言葉を足して、ゲーテの「汝はすべからく鉄鎚となるか鉄床となるか」という格言は、男女の間柄にぴったりあてはまるという。そして、自分はかつて女の奴隷になった経験から、いまでは女を鞭で躾《しつけ》ているのだ。こう語って、彼が見せるかつての自分の日記が、つまり、あの奴隷グレーゴルの話なのである。

物語はおしまいのところで、再びゼヴェリーンの〈いま〉に戻り、再度経験から学んだモラルを彼はこう語る。

自然の手になる被造物で、げんに男が惹きつけられている女というものは、男の敵だということです。女は男の奴隷になるか暴君になるかのいずれかであって、絶対にともに肩を並べた朋輩とはなりえないのです。[*123]

このゼヴェリーン＝グレーゴルの言葉に、カフカはもしかしたら強い共感を抱いたのかもしれない。自分がいま惹きつけられているあの女は敵だ。あの女は、自分の奴隷になるか暴君になるかどちらかしかない。

女中に子供を産ませた罪のない少年の話を中断してまでも、どうしても書きたかったのは、女に初めて本気で惚れたときのあのアイデアを形にした物語。結婚は〈愛〉の成就ではなく、利害計算のビジネスそのものだ。こう痛感したときに思いついたこと。そんなおぞましい結婚へは、自分の分身、たんなる抜け殻を向かわせればいいのであって、〈本当〉の自分はベッドの中で虫になっていよう。

フェリスは、初めて本気で、花嫁にしようと思った女である。その未来の花嫁の誕生日に、真心からのプレゼントとして、こう忠告したかった。気をつけろ、君と結婚しようとしている男は、その男の本当の姿ではない。『変身』もまた、カフカが偽ることなく自分を伝えようとして書いた〈愛〉のメッセージではないのだろうか。

もうひとつ、マゾッホの小説のなかの主人公の言葉に、カフカが共感したかもしれないと思われる箇所がある。

「もう二度と、ベナレスの聖なる猿やプラトンの雄鶏を神の写像《にすがた》と称して私に押しつけても欺かれはしないでしょう」[*124]。『毛皮のヴィーナス』の最後の一行である。

簡単に注釈しておけば、「ベナレスの聖なる猿」とはショーペンハウアーが女を形容した言葉であり、「プラトンの雄鶏」とは、ディオゲネスが羽根をむしった雄鶏をアカデミーに投げ込み「これがプラトンの人間だ」と叫んだ故事からくる言葉である。つまり、ごく単純化していいかえれば、自分はもはや女にも、そして学者にも騙されない。これが、マゾッホの主人公が最後に語る教訓である。

カフカにおいても、虚飾が、虚偽がもっとも重要なテーマであることは、すでに繰り返し述べた。マゾッホが、女の奴隷として快感を得た経験を、「騙された」のだと総括したことは、おそらくカフカにも強い共感を与えたことだろう。念のためにいうが、この場合〈本当〉に騙したのは女ではなく、女にその役割を与えた自分自身、もっといえば、女を額縁に入れる、すなわち芸術作品に仕立てることで、底知れぬ快感を味わおうとした貪欲な芸術家の男のほうである。

十分に芸術の倒錯を味わったあとで、教訓として得たこととは、もはや、これからは女にも、学者にも、そして芸術家にも絶対に欺かれない——。

『毛皮のヴィーナス』に範をとった『変身』は、もしかしたら、欺かれる快感を味わいつくした貪欲な芸術家のメッセージも、同時に伝えているのではないだろうか。そして、その快感を、教訓を読者にも与えるために、もしかしたら、それをふつうに芸術として、文学として読む読者を、徹底的に欺こうとしているのではないだろうか。

＊

通常『変身』のグレーゴルは、まじめな家族思いのサラリーマンとして理解されている。五年前に父の事業が倒産し、そのとき一念発起した彼は歩合で稼げる営業マンに転身した。以来、火の玉のように働いて、たくさんの金を稼いで、家族を養ってきた。

その彼が虫になった当日、父がおこなったことは、当座手元にある金の計算である。隠しておいた金庫を持ちだして、複雑な鍵を開けて、証書や帳簿を見せながら、父は、こっそりのこしていた昔の財産とグレーゴルから受け取って蓄えにまわしていた金について、母と妹に説明している。ドアの向こうでこのことを初めて知ったグレーゴルは、こう思う。

「本来なら、この余分なお金で、社長に対する父の借金をもっと早く返済できて、この仕事ももっと早くにやめられていただろう」。が、すぐに続けてこうも思う。「でも、いまとなっては、父が整えておいてくれたことのほうがずっとよかった[*125]」。

ふつうに読むかぎり、読者が不信を抱くのは、グレーゴルよりも、彼の家族、とくに父親に対してであるはずである。なぜなら、したたかな父親は、明らかに勤勉な息子を騙して、金を隠し持っていたのだから。

まじめに家族のために働くグレーゴルの悲哀は、虫になったにもかかわらず、仕事に行く時間を気にする姿として伝えられている。五時の電車に乗ろうと思って、四時にめざましをかけておいたのに、〈いま〉は六時半。寝過ごしたことに驚き、どうにかして仕事に出ようと思考をめぐらせる。次の列車は七時。ところが、あっという間に六時四五分になって、母親たちにドア越しに声をかけられる。虫になった姿を難儀しながら動かすうちに、今度は七時になり、いつのまにかあと五分で七時一五分、そう思ったところで、玄関のベルが鳴る。「会社から誰か来た」とグレーゴルは呟いて、「身を固くする」[*126]。

グレーゴルは、さっそく会社の支配人がじきじきにやってきたことをこう嘆く。


なんで、グレーゴルだけが、こんな会社に仕えるように、運命づけられているのか。ほんの少し怠慢しただけで、すぐに大仰な疑いの目を向けられる。まったく、社員はひとりのこらず、ちんぴらだとでも思っているのか。朝のほんのちょっとした時間を、仕事のために使わなかったといって、良心の呵責から半狂乱になって、ベッドから出ることすらできなくなっているような、そんな忠実で、従順な人間は、社員に誰ひとりいないとでも思っているのか。[*127]

おそらく、読者は同情を禁じえないことだろう。虫の身体でありながらも、なんとか遅れないで会社に行こうと努力しているにもかかわらず、上司は非情にも彼を疑っている。

しかし、そうだろうか。

カフカ本人は、ちなみに遅刻魔だった。

彼の日記や手紙からは、彼がいかに遅刻の常習犯だったかが十分にうかがわれる。例えば、一九〇七年一〇月二一日のブロートに宛てた手紙には、「僕たちは、あてにならないことと、時間を守れないことで、競争しあってるみたいだ」[*128]という一節がある。また一九一二年一〇月二七日のフェリスに宛てた手紙では、「いつものように一時間遅れて」[*129]、あの初めて彼女に会った晩ブロート宅を訪問したとある。日記では、例えば一九一二年一二月一八日に、「僕は時間が守れない。なぜなら待つことの辛さを感じないから」[*130]と、また一二月二四日には「ほぼ毎晩三〇分、レヴィを待たせている」[*131]と書かれている。

グレーゴルが、〈本当〉はまじめな営業マンではなかったという可能性は、物語の細部を慎重に読むうち、徐々に浮かび上がってくる。そもそも、玄関のベルが鳴ったら、すぐに会社から誰か来たと思い、「身を固く」して緊張するあたりあやしいといえばあやしい。またグレーゴルは、「営業マンの習性で」、用心深く、自宅であっても寝るときは鍵という鍵を、全部かけて寝ているとも伝えられる。さらに、家にやってきた支配人は、グレーゴルの部屋の前で、社長が気にかけていることとして次の内容を語っている。

「[……]社長は、今朝、君の欠勤の理由としてある可能性を示唆したんだ――そうだ、最近まかせた取り立て金のことだよ――でも、それは見当ちがいですよと私はほとんど誓わんばかりに反論したんだが。ところがいまの、君のわけのわからない強情ぶりを見ると、肩をもつ気持ちがまったくなくなってしまったよ。[*132][……]」。

会社の社長は、ようするに、グレーゴルの横領を疑っている。

グレーゴルが、会社で〈本当〉にそこまで悪いことをやっているのか。それはまったくわからない。ごくわずかにほのめかされているだけであり、けっして確実なことは何もいえない。ただし、大きな罪ではなく、もっとささやかな罪に関しては、もう少しはっきりと事実である可能性が示されている。

グレーゴルは、もしかしたら遅刻だけではなく、欠勤も常習だったのかもしれない。

列車に乗り遅れたことが判明するや、彼はまずその遅刻の理由を、病気のせいにしようと思う。しかし、それは「非常にまずいし、あやしまれるだけだ」とすぐに思う。なぜなら、

> 「……」勤め出してからの五年間、グレーゴルはまだ一度も病気をしたことがなかった。きっと社長は保険医といっしょにきて、怠け者の息子のことで両親に文句をいうだろう。保険医を指さしながら、どんな反論も封じてしまうだろう。あの保険医にとっては、世の中にはまったく健康なのに仕事嫌いの人間しか存在しないのだから。[*133]

この箇所は、ごくふつうには、グレーゴルはこの五年間、無欠勤だったということが示唆されていると読むだろう。にもかかわらず、たった一回病気で休んだだけで、疑い深い社長が医者を連れてやってくる。

が、もしかしたら、逆の可能性はないだろうか。注意すべきは、そこでは「病気をしていない」と書かれているが、欠勤しなかったとは書かれていない点である。さらに、そこで伝えられている社長の心証は、言葉どおりにとれば、次に休むと医者を連れて家に乗り込みたくなるようなものであり、「怠け者の息子」として両親に文句もいいたいほど怒っているということである。なぜ、そこまで心証を悪くしているのだろうか。もし、〈本当〉に彼が一度も欠勤していなかったのだとすれば、その理由に若干疑念がわく。もしかしたら、むしろ彼は〈事実〉としては、「病気など一度もしていなかった」にもかかわらず、欠勤を繰り返していた可能性はないだろうか。

ここで、私たちが、本書の第1章で確認したことが思い出されるだろう。現実のカフカ自身は、（おそらくは）偽の診断書を提出しては、特別に休暇を取得していた。

彼の仮病が、上司には日常から疑われていた可能性は、あの『判決』を徹夜で書いた翌朝に、彼が上司に届けた裏にメッセージが書かれた名刺からもうかがわれる。熱とめまいがありますが、「必ず」午後から出勤しますと伝えるそれには、職場の者によって、彼が翌日になって出勤したことを記すメモが添えられていた。先述のようにその名刺はわざわざ台紙に貼られて保管されているのだが、じつはその名刺と台紙の貼り合わせには、封印に使われる役所の公印が押されている。明らかに正式の人事書類として扱われているその様子から、部下の度重なる嘘を記録しておかねば、という上司の気持ちを読み取ったら、うがちすぎになるだろうか。

よく知られているように、この小説の最後でグレーゴルは死ぬ。『判決』とは異なり、ここでは、彼の鼻の穴から「最後の息」[*134]が流れたことが語られる。そして、その次の段落からは、グレーゴルに代わって、語り手が表に立って、視点を担い始める。それまで、グレーゴルの視点から父と母と呼ばれてきた二人は、グレーゴルの死後は語り手の視点から、ザムザ氏とザムザ夫人と呼ばれるようになる。

グレーゴルが死んだその日は「三月の終わり」。ザムザ氏とザムザ夫人と娘のグレーテは、「今日」を「休息と散歩にあてる」ことにする。

三人は、今日という日を休息と散歩にあてることを決心した。こうして休めるだけの働きはしてきたし、それに休みが絶対必要でもあった。みんなはテーブルに向かい三通の詫び状を書いた。ザムザ氏は職場の幹部に、ザムザ夫人は注文主に、グレーテは店主に。[*135]
いったい彼らはどんな手紙を書いているのだろう。天気のよい日に散歩をするために、彼らが職場に書いている手紙。
おそらくはそれは仮病の、嘘の手紙にちがいない。
手紙を書き終えると、三人は、暖かい日差しのなか電車で郊外に向かう。電車のなかで、ザムザ夫妻は、娘がいつのまにやら「美しい、ふっくらした娘」になっていることに気づく。
だんだん口数が少なくなっていくなかで、ほとんど無意識に、目で了解しあって考えていた。そろそろ娘にしっかりした相手を見つけてやるころだ、と。電車が目的地に着いて、娘が一番先に立ち上がり、若い身体を伸ばしたとき、二人には、新しい夢とよき企みが保証されたかのように思えた。[*136]
ここで、『変身』は終わる。
親たちの「夢」と「企み」とは、もちろん娘の結婚である。

エピローグ

最初に献辞の話をした。

『判決』は、「君の物語」、フェリスの物語だ。

あの献辞から、そのメッセージを読み取ったことにより、ここまで〈読み〉を進めてくることができた。

もう一度、確認しておこう。

二九歳の夏、カフカはフェリスに会う。会ったその場で、彼は「判断」を、「判決」を下す。彼女こそ、僕の結婚、生涯でもっとも重要なビジネスの、パートナーにふさわしい。そして、握手を交わす。

五週間後、タイプライターでビジネス用の便箋に最初の手紙を書く。二日後一晩で一気に『判決』を書き上げる。本当の僕を正しく理解してほしい。この強い思いで書き下ろされた小説を、ただちに意中の読者フェリスに献げた。

それからの二ヶ月半、怒濤のように手紙を書きながら、同時に『失踪者』を『変身』を書き進める。

それらの小説も手紙である。手紙よりももっと大事なことを伝える〈本当〉の手紙である。僕の書いた手紙にはけっして騙されないように、あなたに手紙を書く僕にはけっして欺かれないように。そう警告する〈誠実〉な手紙、手紙を裏切る手紙である。

カフカは、これらの三作品をまとめて、一冊の本にしたかったようである。

一九一三年四月一一日、『失踪者』の第一章にあたる『火夫』を単行本として出すに際し、いずれはそれを『判決』と『変身』と合わせて、一冊の本で出してほしいと出版社に手紙を書いている。なぜなら、それら三作は、「外的にも内的にも一体をなして」いて、それらの間には「あからさまな、そしてもっと密かなつながり」[*1]があるからだ、と。三作で一冊の本にするときには、本のタイトルを『息子たち』にすることも提案している。

『息子たち』。短編集のタイトルとしてのこの言葉は、当然のようにこれまでは、父子関係、現実の父ヘルマンと息子フランツとの関係の観点での読解を裏付けるものとしてとらえられてきた。たしかに、『判決』でも『変身』でも父子の対立(『火夫』では伯父と甥のそれ)が描かれており、その力関係の問題が共通のテーマのひとつだという理解の方向は間違いではない(ここではその力関係の構図を、ただし従来のものと逆転させる可能性を示唆したのだが)。

が、ここで見てきたことは、その父子の意味合いに、もうひとつ別次元の可能性ももたらしているといえるだろう。作品を自分の本当の分身であるかのように、彼女の元に送り届けようとしている作者の姿は、単純にいえば、作者＝父、そして彼が作る作品＝息子ととらえることができる。

実際、数年後(一九一七年)、カフカは、その作者＝父、作品＝息子という関係性をメタ的に表現したと見なせる作品を書いている。短編集『田舎医者』に収められた『一一人の息子』は、その短編集の他の作品一一編を一一人の息子に見立てて、それぞれの特徴を列挙したものとして長年理解されている。[*2]また同じ短編集に収録されている『父の気がかり』は、謎の生物オドラデクの行く末が気がかりな「私」＝父の話である。これも数十年前に提出された説得力のある解釈によれば、オドラデクとは、当時何度試みても完成させられなかった断片群「狩人グラッフス」の形象化であり、ようするにここでも作者＝父、作品＝息子という構図が成り立つとされている。[*3]

息子と見えるその当人が、じつは父親だった。このからくりは、考えてみれば『失踪者』がまさに示していたからくりでもある。無邪気な少年カールは、父に捨てられた息子であり、かつ伯父に拾われた甥っ子でもあったが、最初から息子を捨てた父親でもあった。

カフカが作品を自分の子供と見なしていたことは、あの『判決』を書いた晩を振り返った文章からも確認できる。

この物語［『判決』］は、本当の出産のように、汚物や粘液にまみれて、僕から出てきた。そして、その実体に届く手を、そうする気のある手を持っているのは、僕だけだ。[*4]

これは、『判決』の校正刷を手にした一九一三年二月一一日の日記の一節である。「出産」という言葉を使っているので、この場合、父親ではなく母親ということになるだろうが、いずれにせよ作品を自分の子供と見なしている点では同じだろう。

この日記の記述は、その子供の性質についてもうひとつ重要な点も伝えている。その息子は「汚物や粘液にまみれて」いるということであり、つまりは彼の内部の〈汚れ〉が付着しているということである。

自分の内奥にある汚れたものを、自分の手で引きずり出すこと、カフカにおける〈書くこと〉とは、やはり自分の〈汚い〉秘密の暴露にほかならないといえるのではないだろうか。[*5]

が、そうだとすれば、次の点が不思議に思えてくる。

なぜ、カフカは、それらをあれほど熱心に人々に読ませたがったのか。たんに作品として公表したがっていただけにとどまらない。明らかに、それらの謎を解く鍵まで合わせて、同時に伝えようとしていた。

あの献辞がそうである。これは、未婚の女性に贈ったプレゼントとしての物語だ、このメッセージとともに、人々にそれを読ませようとした。

そして、『判決』『火夫』『変身』を一冊にまとめること。これも、大きなヒントだろう。先にふれたあの一九一三年四月の手紙では、いずれ三作をまとめて一冊の本で出す約束を、出版契約書に明記してほしいとまで書かれている。[*6] そこまでもはっきりと強く、彼は、自分の作品同士の秘密のつながりを人々に気づかせようとしていたのである。

なんとも複雑な自己顕示欲である。読んでほしい、わかってほしい。なぜなら、絶対にわからないように書けたから。いくら読んでもわからない。どんなヒントを出してもわからない。こんなにうまくわからないものを書けたことをわかってほしい。
どこまでもどこまでも、僕のなかに入ってきてほしい。どこまでもどこまでも、深く僕を読み取ってほしい。とてつもない深さで、人と交わることを求めている。暴力的なまでの強い誘惑である。
『判決』を書き上げた朝、前にもふれたように、カフカはさっそくそれを妹たちの前で朗読していた。朝六時まで書いて、すぐに妹たちの部屋に行った。そして、寝起きの妹たちの迷惑も考えず、書き上げたばかりの小説を、朗々と読み聞かせた。[*7]
翌々日の日記には、友人オスカー・バウムのところでも、朗読したことが記されている（「きのうバウム宅で、彼の家族や僕の妹たちやマルタやブロッホ博士夫人とその二人の息子［……］の前で朗読する」）。[*8]
さらに、二ヶ月後には、ホールでの朗読会という形で、もっと多くの聴衆を前に『判決』の朗読をおこなっている。そのときのことを報告する一二月四日から五日にかけてのフェリスへの手紙には、こんな一節がある。

僕はつまり、朗読するのがおそろしく好きなんだ。じっと聞き耳を立てている聴衆のその耳にどなるのは、あわれな心臓によく効くよ。僕は、りっぱにどなり続けたし、隣のホールから朗読の苦労を和らげようと聞こえてくる音楽も、しっかり吹き飛ばした。人間に命令すること、いや少なくとも命令できると信じること、これ以上に体にとって気持ちのいい満足できることはないね。[*9]

明らかにカフカは快感を感じている。おとなしく耳を傾ける人々に向かって、大声でどなることに、喜びを感じている。人々の耳に、自分の物語を吹き込むこと、それによって彼らを誘導すること、それができると信じること。これほど、身体にとっての満足はないといいきっている。

自分のなかの深い闇に、人々を誘い込む。

悪魔のような男である。

いや、ちがう。カフカは読まれることなど望んでいなかった。カフカほど、自作の公表を拒んだ者はいない。ましてや、自分の書いたものはすべて焼いてほしいとの遺言まで残していた。こんな声が聞こえてきそうである。

たしかに、彼はメモを残した。遺稿は「のこらず、読まずに焼いてくれ」[*10]と書いた紙切れを机のなかに入れていた。

カフカの遺言として知られるそのメモの内容が公表されたのは、彼の死後すぐのことである。カフカが没したのは一九二四年六月三日。それから一ヶ月半後の七月一七日発行の雑誌で、ブロートは『カフカの遺稿』と題したエッセイを発表した。

そのエッセイで、ブロートは、机の引き出しから見つけ出したという二枚のメモのテクストを全文紹介している。それによって、彼は、カフカの純粋で厳しい「正しい道を求める」態度、「妥協なしに最高のものを求めてやまない者の途方もない情熱」[*11]を強調した。

しかし、そのエッセイでは、同時にそれらの遺言はもはや無効なのだとも弁明されている。ブロートがいうには、彼はカフカから、二年前にそのメモを「外側から」[*12]ちらっと見せられたが、そのとき、ただちに自分はその指示に従うことを拒否した。だから、もし、カフカが本当にそれを実行してほしいと思っていたのなら、別の人を遺言執行人に指名したはずだ、とブロートは主張している。

いずれにせよ、そのエッセイの主旨は、「良心の格闘」に苦しみながらも、カフカの遺稿をこれから整理し、編集し公表していく決心を告げるものである。

あまりに段取りがよすぎはしないだろうか。

再度いうが、カフカが世を去ったのが六月三日。このエッセイが掲載された雑誌が刊行されたのが、七月一七日。執筆や印刷等にかける日数を考えると、友人の死後わずか一週間か二週間ほどのうちに、ブロートは友人の部屋に入り、机の引き出しを開けて、そこから二年前に一度見たメモを探し出したことになる。そして、ただちにそれを公表することを決意し、同時にそれを〈裏切る〉ことも決意して、文章を書いた。

指摘しておきたいのは、自分に裏切り者の汚名を着せかねないその〈遺言〉を公表したのは、当のブロート自身だという点である。彼が〈本当〉にそれが無効だと思っているのだとしたら、たとえその紙切れを見つけても、握りつぶせばいい、あるいは隠せばいいだけのことである。彼しか、その紙の存在を知る者は誰もいないのだから。ところが、無効だといいながら、いっぽうでことさらに、その二年前のメモに〈重い〉深刻な意味を与え、「のこらず、読まずに焼いてくれ」という衝撃的な言葉とともに、〈焼かれるはずだった〉遺稿を世に送り出した。

ちなみに、このエッセイは、そのほぼ全文が、翌年一九二五年に遺稿からの一作目として出版された『審判』のあとがきとして再録されている。謎の逮捕で始まり謎の処刑で終わるこの未完の小説が人々の目にふれるとき、傍らには必ず、その深刻で厳しい、しかし、もしかしたら〈本当〉はおそろしくいいかげんなメモ書きの、〈遺言〉が添えられ続けていたということ。この事実は重要である。

悪ふざけ——。

すべては悪ふざけであった可能性はないのか。

「焼いてくれ」と、絶対に焼くはずのない相手に向けて書いて、そのメモをちらりと見せて、机の引き出しの中にしまい込む。その紙切れが、いかなる効力を自分の死後に発揮するか、十分に理解しながら。見せられた相手も、自分の果たすべき役割を十分に了解している。

壮大な悪ふざけ、二人で仕掛けるもうひとつの「百万長者計画」。この場合、狙いは金ではない。名誉、もっと莫大な文学の名誉。

ギャンブルの成功は、信頼のおける協力者の人選にかかっている。自分の死後も自分の悪戯に、自分のゲームに忠誠を尽くせるビジネスパートナー、真の共犯者は誰か。

「すべては欺瞞である」。この欺瞞しかない世界において、もっとも信頼のおける者とは、もっとも精密に利害の計算のできる者、おそらくカフカはそう理解していた。〈愛〉や〈友情〉といった言葉に欺かれない彼は、もっとも深く人間をつなぎとめておく欲望のありかをよく知っていた。

だから、フェリスであり、ブロートだった。

フェリスに送った大量の手紙は、いつか必ず、人々の目にふれることになるだろうと確信していた。書斎に残した大量のノートや紙切れは、きっとブロートが整理して、世に出してくれるだろうと確信していた。

〈親友〉の信頼を、〈恋人〉の信頼を、彼らはたしかに裏切らなかった。

ブロートは、ナチスがプラハに侵攻する前夜、命からがら亡命するときも、片手にはカフカの遺稿の詰まったトランクを握っていた。フェリスも、カフカと別れて富裕な銀行家と結婚し、スイスに移住し、さらにアメリカに渡ったあとも、手元にはカフカからの手紙の詰まった箱を置き続けた。

そして、彼らは、適切な時期に、適切な人間たちに、彼らの持っていた紙束を〈売った〉[*13]。

この愉快な罠に私たちはかかり続けていたといえるかもしれない。

あのクンデラもしっかり罠にかけられた。先に扱った彼の著書のタイトルは、その名も『裏切られた遺言』。タイトルが示すとおり、そこでは激しいブロート批判が展開されている。作家の「慎ましい人格に反して」、日記や手紙、「個人としての恥辱」をブロートは「見境なくすべて公刊した」。「私の眼にはブロートの不謹慎さには、どんな弁解の余地もないと見える」[*14]。こうクンデラは断言している。

が、思い出してみれば、彼は別の場所で、ブロートが検閲したといって怒っていた。〈性〉に関する日記の箇所をことごとく削除したと非難していた。〈性〉という人間同士のもっとも秘められた交流の実存を、開示したのがカフカの文学だと主張していた。

明らかに矛盾しているといえるだろう。滑稽なまでの、このあからさまな矛盾。

あまりにも露骨すぎて、だからもしかしたら罠にかけられたふりをして、じつはクンデラのほうが、新たに強化された、自分に有利な罠を仕掛けようとしているとすら思えてくる。

臆面のないふざけた矛盾の連鎖。

だが、だから、それが文学の矛盾である。

書きたいという欲望に駆られた人間が吐き出すように生み出した膨大な量の書き物を、読みたいという欲望に駆られた人間が、舐めるように隅から隅まで読み込んでいく。秘密だから見せたい。秘密だから知りたい。深く深く人と交わろうとする強欲な者たちの、果てしない欲望の〈交通〉。これが、おそらく文学である。

カフカは徹底してそれを見抜き、それを利用し、それであそんだ。

他人の欲望だけでなく、自分の欲望をもてあそび、そして世界をもてあそんだ。

あまりにも深く強烈な欲望は、一見したところ禁欲と同じである。

カフカが死の床で、校正刷に手を入れていた短編『断食芸人』の最後にこんな場面がある。

人知れず断食を続ける男の檻を、監督が見つけて、男に声をかける。「いったいいつやめるつもりか」。男はこう答える。「ずっと僕の断食をみんなに賞賛してもらいたかった」。監督が「賞賛しているとも」と返すと、断食芸人は今度はこういう。「賞賛なんかしちゃいけない」、なぜなら、「自分にはほかにやりようがなかっただけだから」[*15]。息絶える間際、断食芸人は「キスのように唇をとがらせ」監督の耳に

「ひとことも漏れないように」言葉を注いだ。

「僕は美味しいと思う食べ物を見つけられなかっただけなんだ。見つけていたら、こんな見せ物なんかしなかった。信じてほしい。あなたやみんなと同じように、腹いっぱい食べてたよ」これが最後の言葉だった。*16

自分にとって〈本当〉に美味しいものが何か、彼はあまりにもよく知りすぎていた。求めていた快感は、あまりにも深く、果てしがなかった。この世の欲望を知り尽くした男は、ありえない文学、死だけがもたらすことのできる恍惚の文学を夢想していた。

自分が死ぬ瞬間に流れていく無限の文学。

一世一代の賭けの判断は、間違っていなかった。

この瞬間、橋の上をまさに無限の交通が流れていた。

あとがきらしくないあとがき

本には騙したとは一言も書かれていない――。

『審判』のなかで、聖職者がヨーゼフ・Kを諌める言葉である。

君は書物に十分な敬意を払わず、話を作り替えている。

これも、Kの解釈に対する聖職者の台詞である。本書を書きながら、何度これらの言葉を思い出したことだろう。深読みしすぎているのではないか。〈本当〉のところを読もうとするあまり、ねじまげてしまってはいまいか。ずっと不安だった。


Kが解釈したのは、門の前で待つ男の話である。「法の入門書」に書かれているものとして、聖職者が大聖堂でKに語って聞かせた。

法の前で、一人の門番が立っている。そこに、田舎から一人の男がやってくる。男は門番に中に入れてくれと頼む。ところが、門番は、いまはだめだという。男は門番と交渉しながら、そこで待つ。いまわの際を迎えたとき、男は初めてこう尋ねる。「この長い年月、どうして私のほかに誰も、入れてくれといってこなかったのですか」。門番は答える。「ここではほかの誰も入ることはできなかった。なぜならこの入り口はお前だけに定められていたのだから。さあ、俺は行く、ここを閉めるぞ」。

この物語を聞き終えるや、ヨーゼフ・Kが発した問いが、「門番は、では男を騙したのですね」。そして、先の聖職者の言葉となる。


本文の冒頭で、ある日記の一節を引用した。婚約破棄後フェリスと初めて再会した日、カフカは、これまで彼女との間で一度も甘さを感じたことがなかったと振り返っていた。日記には、じつは、彼がその再会の場で、書きかけの小説を彼女に読み聞かせたことも書かれている。朗読が「門番の物語」の箇所にさしかかったとき、彼女は「より熱心に耳を傾け」「するどい観察」を見せた、ともある。

右で紹介した一種の劇中劇は、『法の前』というタイトルで知られるものである。カフカは生前、その短い物語を、未完に終わった『審判』から切り出して、タイトルを付けて、それだけで公表した。カフカが朗読したのは、（おそらくは書いたばかりの）『審判』のクライマックス場面、その『法の前』とそれをめぐる登場人物たちの議論の部分である。

どちらが〈本当〉に騙したのか。

フェリスはその議論に熱心に耳を傾け、それについて的確な洞察を語った。日記には、こうも書かれている。「僕にとって、この物語の意味が、初めて明らかになった。彼女もそれを正しく理解した」。

とすれば、彼らの〈恋〉の本質はやはりそこにあったのだろう。だから、〈いま〉書いている解釈は、きっと〈間違い〉ではない。不安を拭うため、何度も日記のこの箇所を思い返した。

しかし、どんなに〈証拠〉を積み上げようが、その正しさはあくまで〈きっと〉であって、けっして〈絶対〉にはなりえない。解釈が解釈であるかぎり、それが絶対に〈正しい〉ことはありえない。

聖職者は、彼の解釈に説得されてしまおうとするKに対して、こう語る。「意見をあまり尊重しすぎるものではない。書物は不変であって、意見はしばしばそれをめぐる絶望の表現にすぎない」。

本書を書き終えたいま、たしかに「絶望の表現」だと痛感する。

＊

カフカは〈本当〉は何を書いたのか。

そもそも、私の場合、解釈の基となるテクストが信じられかったことが出発点だった。

ブロートによって編集されたテクストには、恣意的な手が多く入っている。長年そう厳しく非難されていたことは、初めて読んだ頃から知っていた。ちょうど私が〈研究〉に取り組み始めた時期、その〈信頼のおけない〉テクストに替わるものとして、学者チームによって厳密に編集された全集の刊行が本格化していた。ようやく〈本当〉のカフカが読める。ところが、その喜びは、次第に不満に変わっていった。まだ編集の手が肝心なところを〈隠して〉しまっている。「批判版」と呼ばれる新しいテクストを読めば読むほど、読めないところが気になった。

不信は私だけのものではなく、「編集文献学」（Editionsphilologie）という学問領域を専門とするドイツの研究者の多くにも共有されていた。しばらくして、手書き原稿が写真で〈複製〉された新しい全集の刊行も始まった。その編集にあたる研究者は、これが〈正しい〉と声高に主張した。が、その写真版にも私は失望した。研究者が読むべきテクストとは、手書き原稿の写真のそれなのか。写真で出せば、〈正しい〉のか。また、じつは、たとえ写真で出そうが解決されない問題のほうが、私が一番解きたいことだった。

いつしか、カフカの遺稿の大半が保管されているオクスフォード大学にも、何度も足を運ぶようになった。結局、しかし私は、そこでも満足できなかった。手がかりとして私が知りたかった遺稿の〈事実〉は、ノートやルーズリーフが過去に〈資料〉として〈整理〉される過程で失われていた。

何を私は探していたのか、追い求めていた〈事実〉とは何なのか。それに関わる一端はいくつかの場所で書いてきたつもりだが、いずれもっとわかりやすく包括的に説明しなければ、と思っている。複雑になりすぎるので、ここでは割愛させていただきたい。

ようするにやっと〈発見〉できたのは、次のことだった。過去の〈事実〉は永遠に失われている――。それを認識したとき、厳粛で静謐な空気の張り詰めた大学図書館で、突然どうしようもなく笑いがこみ上げてきたのを覚えている。

田舎から出てきた男は、中に入りたいと門番と交渉し続けるうち、いつしか門番の研究者になっていた。何年もの観察の結果、ついに門番の毛皮の外套に蚤がいることを見つけた彼は、その蚤にまで助けてくれるよう懇願した。

男はそもそもなぜそこにやってきたのか。田舎から門の前に、なぜきてしまったのか。なぜ、それほど門の中に入りたかったのか。

門番が男を「騙した」というヨーゼフ・Kの主張の根拠は、小説でははっきりと言葉にされていないものの、おそらく次の点にある。

田舎出の男は、あまりにも浅はかに門番のいうことを信じた。俺は力があるが、しかしそれでも下っ端の門番にすぎない。中の広間から広間に行くごとに、どんどん強い門番がいる。三番目の門番を見るだけで、もう俺には耐えられない。門番のこの〈脅し〉を男は信じ、そして門番の外見に圧倒された。「毛皮の外套」と「大きな尖り鼻」と「長くて薄くて黒い韃靼風の髭」を見て、おとなしく待つ気になった。

いっぽう聖職者が、門番を擁護する理由は、ひとつには彼が無知だからである。門番が、三番目の門番を見ただけで耐えられないといったことは、まだ彼が中に入ったことがないことを意味する。そのうえ、彼はずっと門に背を向けて立っている。だから、彼は、男がいまわの際に目にすることができた「法の扉の間から確乎として射してきた一条の光」すら見たことがない。

聖職者はまた次のようにも語っている。力尽きて動けなくなった男は、目くばせで、門番を自分のもとに呼び寄せた。男と同じ低さにまで身をかがめた門番はいう。「欲の深いやつだな」。この台詞は、解釈者たちによって、「見下した」と見なされてはいるものの、「親しみをこめたある種の感嘆」とも受け取られているのだという。だから、門番の姿は、「君が思っているのとまったく違ってくる」。

ヨーゼフ・Kは、しかし納得せず、こう主張する。門番の思い違い、解釈の間違いが――悪意からにせよ単純さからにせよ――男に大きな損害を与えたのだから、少なくとも職務からは放逐されるべきだ。聖職者は反論する。門番は法に仕える者であり、であるなら法に属し、人間の判断を免れている。法によってその職務に任命されているのであり、「彼の品位を疑うことは、法を疑うことになる」。むろん、Kは説得されない。その意見に組すれば、門番のいうことを全部真実だと見なさなければならなくなる。しかしそれは不可能だということは、あなたが自分で詳しく根拠づけたではないか。

「違う」と聖職者はいった。「すべてを真実だと考えなくていい。必要だとさえ思えばいい」。

「哀しい意見です」とKはいった。「虚偽が世界秩序にされている」。

＊

正直にいってしまえば、たぶん少し疲れてしまっていた。

この一〇年ほど、表向きの仕事としては、私はカフカを離れていた。カフカで始めた学術研究用のテクストの〈共有〉をめぐる思考を、さらにもっと他の作家にまで、文学テクスト全般にまで敷衍させて展開させていた。とくに欧米の「編集文献学」の領域の議論に多くを学び、その〈編集〉の理論の日本への紹介に重きを置いた。グローバル化、デジタル化が進む現代の社会環境において、研究基盤となるテクストの〈流通〉の問題は、今後非常に重要な課題になると見なしたからである。日本ではその議論をどう導入し、展開していけばいいのか。

ようするに、門の中が見たくて、田舎から出てきた人間が、いつしか門番になっていた、ということかもしれない。門番かどうかはともかく、少なくともすでに〈法〉の側に立っているという自覚のもと、できるかぎりその職務に忠実であろうとした。自らの探求の危うさを痛感しながらも、にもかかわらず、いやだからこそ、後進にもその歩みが引き継げる道を整備しなければと考えた。

もちろん、そのかたわらで、カフカを読み続けた。ただし、笑いながら。

ここ数年で公的な仕事の成果として、二冊の訳書を出した。その制作の過程で、私は編集者を相手に、息抜きにカフカの話をし続けた。

カフカって、〈本当〉はこうかもしれない。〈本当〉はものすごく〈ふざけて〉いて、〈悪い〉男かもしれない。だとすれば、あの物語は〈本当〉はこう読めてしまう――。〈妄想〉を飽きずに口にしたのは、おもしろいと強い相づちを毎回うってもらえたからだと思う。

「今度はカフカの本を出しましょう」。辛抱強い聞き手がついにこの言葉を発するのを、まったく期待していなかったといったら嘘になる。

本書で示した解釈は、ほぼすべて書き下ろしである。

批判版に不満を抱きながらもそれを読み続けているうち、私が理解するカフカは人々のイメージするカフカと大きく異なってしまっていた。そのカフカらしくないカフカについて、私はこれまでまったくといっていいほど書き言葉にしてこなかった。こんな〈非常識〉なカフカを人々に伝えてしまっていいのか。打ち明けてしまえば、怖かった。

解釈が怖い、いや解釈を共有することが怖かった。なぜなら、ひとつの解釈にすぎないものが、人々に共有されるうち、いつの間にか定説になり、常識、誰もが疑わない知識になり、そして疑ってはならない〈事実〉の知識へと変貌してしまうことを知っていたから。

むろん自分の語ることに、それほどの影響力があるとうぬぼれていたわけではない。が、逆に、まったく無力だととぼけてしまうこともできなかった。私が背負っている肩書は、世間の目からは明らかに、〈法〉の側に立つ人間だという指標である。

どんなにささいな解釈でも、世界を形成するひとつの小さな要素となりうる。世界は、事実ではなく解釈で成り立っているのではないか、もしかしたら本当のことではなく必要なことで構成されているのではないか。自分がすでにこう考えてしまっている以上、新たな解釈を社会に送り出す〈罪〉は十分に意識していた。

と同時に、怖いからといって黙ってしまうことも〈罪〉だと思った。解釈の怖さは、解釈でもってしか伝えられない。そうも確信していた。

書くからには、自分なりに納得のいく、〈根拠〉のある言葉を伝えていかなければ、と考えた。できるかぎり多くの人々に伝えられるように、本書ではさまざまな点で、自分がなじんできた書き方、研究者コミュニティ向けの〈学術的〉書き方から若干逸脱して書いた。が、次の一線だけは、頑固に自分の従来の流儀にこだわった。それは、あくまでカフカが書いた言葉を読むこと。それもカフカが確かに書いたと〈信頼のおける〉言葉だけに基づいて、解釈を組み立てることである。この基本方針に従い、本書ではもっぱら批判版のテクストを使用した。

先に批判版のテクストについて何度か不満を言葉にしたが、しかし、それはあくまで〈編集〉の研究者という立場に立つと漏らしてしまう〈贅沢〉にすぎない。現状、その批判版以外に〈信頼のおける〉〈共有可能な〉カフカ・テクストはない。また、とくに日記や手紙については、批判版でしか読めない部分、公表されていないものが多数ある（不安に感じているかもしれない読者のために少し補足しておけば、本書で主に扱っている『判決』や『変身』は、カフカが生前出版したものであるため、私が重要視してきた遺稿編集の難問を免れている）。

つい九〇年前まで生きていたカフカについては、生前の彼を直接知る者たちの〈証言〉も数多くのこされている。カフカの人となりをめぐるリアリティのある思い出話には、本書で示したカフカ像を裏付けるものもあれば、覆すものもある。それらの証言を取り入れて、彼の生涯を詳細に（ときには虚実織り交ぜて）描いた人物伝や評伝も、（本文中で言及したブロートやヴァーゲンバッハのもの以降）いくつも出版されている。しかし、それらを〈根拠〉に考察を発展させることはほぼ完全に避けた。

繰り返すが、私が解釈したかったのは、カフカが書いたテクストである。カフカは何を書いたのか。カフカが書いたと確信できる言葉だけを読み、それらを相互に関連付けながら、彼のテクストを解いてみたかった。なぜカフカがそれを書いたのか、何を彼は伝えたかったのか、それだけを徹底的に考えてみたかった。

私なりにぎりぎりに引いた境界線のなかで、自分なりに真剣に、精一杯に〈正しく〉考えて、〈ふざけた〉解釈をできるだけ多くの人々に届けられるよう書いた。最後までおだてておだてて、〈夢〉から

〈妄想〉から覚めて現実を見ないよう、猿を木に昇らせ続けてくれた慶應義塾大学出版会の上村和馬さんに心から感謝している。

私がカフカに魅了されているのは、彼がどこまでも真剣だからである。どこまでも真剣だから、〈ふざけて〉いるからである。どんな深刻な問いも帰結も、けっして深刻なままでは放置しない。

虚偽が世界秩序にされる――。

哀しく憂鬱なこの〈結論〉も、それを口にしたK自身がすぐに打ち消している。

先に引用した箇所の直後に、次の文がある。「結論づけるかのようにそういったが、最終判断ではなかった」。そして、話の推論を見通すには、「彼はあまりに疲れすぎていた」。しかも、彼には不慣れな思考だったといい、こう続ける。「単純な話が不格好にゆがんでしまった。そんなものはふり捨ててしまいたかった」。

あまりに疲れすぎていて、単純な話をゆがめてしまった。だから、捨ててしまいたい――。

私も、本当は捨ててしまいたかった。

でも、もっと本当は、私もわかってほしかった。

註

本書での考察には、『批判版カフカ全集』を使用している。一九八二年から現在（二〇一四年）までに刊行されている各巻の書誌情報および以下で示す略号については、「本書で使用したカフカ・テクスト」を参照されたい。

本書では、一次文献からの引用については（既訳のあるものは参考にさせていただきながら）、著者自身が訳出し、二次文献からについては既訳を使わせていただいた（ただし、前後の文脈に応じて、訳語や表記を適宜あらためた部分もあることをおことわりする）。

また、カフカの作品の邦訳題名については、基本的に慣用に従った（『　』は通常書名を表すが、読みやすさを考慮し今回は作品名に付した）。

なお、本文の引用文中の（　）は原著者のもの、［　］は本書の著者による註記である。

プロローグ

＊1　ここで、フェリスと表記されている女性については、従来はフェリーツェと表記されるのが常であった。しかし、欧米の研究者の間では Felice は通常フェリスと発音されており、またビンダーによって「Felice とはフランス語の名前であり、イタリア語として発音すべきではない」という指摘もなされている。Binder, Hartmut: *Kafka-Handbuch. Band 1: Der Mensch und seine Zeit.* Stuttgart 1979: 418. なお、中澤はこの点を次の文献で指摘して、日本語においては一貫して「フェリス」の表記を使っている。中澤英雄『カフカ・ブーバー・シオニズム』（オンブック）2011: 364.

＊2　KKAT: 460

＊3　日記のノートに、小説が書かれているという状況について、少し解説を加えておきたい。厳密にいえばカフカ・テクストにおける「日記」あるいは「作品」といったカテゴリー分けは非常に難しい。日記用のノートと見なされてい

るものに小説が混じっているのと同様に、創作ノートと見なされているものにも日記風の断片が多く混じっている。従来のブロート編集の全集では、「日記ノート」として選ばれたノート上の断片群から、作品テクストと見なされたものを除外したのこりのものが『日記』の巻に収められていた。『批判版カフカ全集』では、ノート上の状況を忠実に再現するという方針によって、『判決』や『失踪者』などのテクストもノート上の順番のままに『日記』の巻に収められている（ただし、『失踪者』は『失踪者』（KKAV）というタイトルのついた別の巻に、また『判決』は『生前刊行作品集』（KKAD）にも重複して収められている。なお批判版におけるどのノートを「日記ノート」と見なして『日記』の巻に収めるかの選択に関しては、ブロート版での判断が踏襲されている）。またこの全集では、各巻が基本的に「本文」（Text）と「資料」（Apparat）の二冊組になっていて、その「資料」において文献資料の各種情報が提供されている（『日記』の巻については、「注釈」（**Kommentar**）の巻を加えた三冊組）。本文中のこの箇所や次の段落でのようなノート上のマテリアルな状況に関する記述は、主にこの全集各巻の「資料」の情報に基づくものである。『批判版カフカ全集』の編集方針や従来の版との違い等、カフカ・テクストの編集の問題に関しては、以下の拙著で詳しく論じている。明星聖子『新しいカフカ――編集が変えるテクスト』慶應義塾大学出版会、二〇〇二年。ただし、この拙著は一〇年以上前に刊行されたものであるため、最近の状況の検討や考察については、以下の拙論および「本書で使用したカフカ・テクスト」で紹介している拙論を参照されたい。明星「カフカ研究の憂鬱――高度複製技術時代の文学作品」『貴重書の挿絵とパラテクスト』松田隆美編、慶應義塾大学出版会、二〇一二年、一－二九頁。

＊4　KKAT: 461

＊5　KKAT: 464

＊6　KKAB(1900-1912): 225.『批判版カフカ全集』の『手紙』の巻から初めて引用するにあたり、旧全集との違いとして重要な点を一点述べておく。これまでカフカの手紙は、おおむね受信人別に編集されていたが、批判版では編年体で一括されて並べられている（なお、一九二〇年以降の手紙を収めた巻はまだ刊行されていない）。また『手紙』の各巻は、「本文」「資料」「注釈」が分冊ではなく、すべてひとつの巻に収められている。

＊7　KKAT: 430. 批判版と旧版の違いとして、もう一点本書の考察に関連する重要な点を指摘しておく。引用箇所でフェリス・バウアー（**Felice Bauer**）とフルネームで書かれている名前は、旧版では**F. B.**とイニシャルになっている。これは、かつてのブロート編集の『日記』では、さまざまな

配慮からいわゆる〈検閲〉が施されていたことを示す小さな例である。

＊8　KKAT: 431f.

＊9　KKAT: 432

＊10　KKAT: 723. この引用箇所および次の箇所の中のイニシャルFは、カフカ自身がそのイニシャルで書いたものである。

＊11　KKAT: 795. これと同じ内容のことは、同時期のブロートへの手紙でも書いている。KKAB(1914-1917): 173. なお註＊7で言及した〈検閲〉について、ここでも例を挙げれば、引用箇所中の「Fとはたんに」以下の部分は従来は公表されていなかった部分である。このように語句レベルの違いから、文章レベル、資料単位レベルの違いに至るまで、批判版と旧版のテクストの異同は多岐にわたり、かつ多数にのぼる。以下、それらすべての異同を挙げることは、あまりに煩瑣になりすぎるので割愛するが、近年その批判版という〈信頼のおける〉カフカ・テクストが出版されたことにより、本書のような考察が可能になったことはここで伝えておきたい。

＊12　KKAB(1900-1912): 188

＊13　KKAB(1913-1914): 90

＊14　初めて雑誌掲載された『判決』の冒頭頁の図版は、以下の文献に収められていて、それによって二人の名前が上下に並んでいる様子が確認できる。Pasley, Malcolm und Klaus Wagenbach: Datierung Sämtlicher Texte Franz Kafkas. In: *Kafka-Symposion.* Hrsg. Von Klaus Wagenbach und Malcolm Pasley. Munchen 1969 (1965), 43-66［マルコム・パスリー／クラウス・ヴァーゲンバッハ「カフカ全作品の成立時期」、ヴァーゲンバッハ／パスリー編『カフカ・シンポジウム』金森誠也訳、吉夏社、二〇〇五年］。

＊15　Ebd.

＊16　Ebd.

第1章　手紙と嘘

＊1　KKAT: 442

＊2　KKAB(1900-1912): 168f.

＊3　KKAB(1900-1912): 169

＊4　Ebd.

＊5　KKAB(1900-1912): 170

＊6　KKAB(1900-1912):171

＊7　Ebd.

＊8　Ebd.

＊9　KKAB(1900-1912): 348 なお、フリードリヒ・キットラーは、以下の著書のなかで、カフカの一通めの手紙がタイプライターで書かれていることに着目し、匿名的な機械と

〈恋〉の関係をメディア論的な観点から分析している。Kittler, Friedrich: *Grammphon Film Typewriter.* Berlin 1986: 322-330［フリードリヒ・キットラー『グラモフォン・フィルム・タイプライター』石光泰夫・石光輝子訳、筑摩書房、一九九九年］。

*10 KKAB(1900-1912): 171

*11 KKAB(1900-1912): 173f.

*12 KKAB(1900-1912): 174

*13 KKAB(1900-1912): 174f.

*14 KKAB(1900-1912): 175

*15 Ebd.

*16 この情報は批判版で提示されているヴァリアントから読み取れるが、先に挙げたキットラーの著書のなかで、この手紙のファクシミリが図版として提示されており、そこでその書き換えはより明瞭に確認できる。KKAB(1900-1912): 828 および Kittler 1986: 324f.

*17 KKAB(1900-1912): 176f.

*18 KKAD: 43

*19 Ebd.

*20 KKAD: 44

*21 KKAD: 45

*22 Wagnerová, Alena (Hrsg.): *"Ich hätte zu antworten tage- und nächtelang". Die Brife von Milena.* Mannheim 1996: 42. ここでの引用は、ミレナの書簡集に基づくが、このブロート宛ての彼女の手紙が、最初に公表されたのは、本文中でのちにふれるブロートによる伝記のなかでのことである。なお、右の文献からの抜粋を含むミレナの記事や手紙の邦訳書には次のものがある。ミレナ・イェセンスカー『ミレナ 記事と手紙――カフカから遠く離れて』松下たえ子編訳、みすず書房、二〇〇九年。

*23 Wagnerová 1996: 43

*24 KKAB(1918-1920): 263

*25 KKAB(1900-1912): 172

*26 KKAT: 461

*27 KKAB(1900-1912): 828. この名刺の裏面及び表面と台紙の写真は以下の写真集に収められている。Wegenbach, Klaus: *Franz Kafka. Bilder aus seinem Leben.* Berlin 2008, 177f.

*28 KKAB(1900-1912): 154

*29 KKAB(1900-1912): 508

*30 KKAT: 1045

*31 KKAT: 1055

*32 KKAB(1900-1912): 109

*33 KKAB(1900-1912): 454

*34 KKAB(1900-1912): 609

*35 KKAD: 402

*36 KKAD: 403

＊37　KKAD: 406
＊38　KKAD: 407f.
＊39　KKAD: 408
＊40　KKAD: 412
＊41　KKAB(1900-1912): 185
＊42　Ebd.
＊43　KKAB(1900-1912): 181
＊44　KKAB(1900-1912): 186
＊45　Ebd.
＊46　Wagnerová 1996: 42
＊47　KKAB(1900-1912): 198
＊48　KKAB(1900-1912): 218
＊49　Canetti, Elias: *Der andere Prozeß. Kafkas Briefe an Felice.* München 1969: 15［エリアス・カネッティ『もうひとつの審判』小松太郎・竹内豊治訳、法政大学出版局、一九七一年。引用は、小松・竹内訳より］。
＊50　Canetti 1969: 8
＊51　KKAB(1900-1912): 195
＊52　Ebd.
＊53　KKAB(1900-1912): 197
＊54　KKAB(1900-1912): 194
＊55　KKAB(1900-1912): 196
＊56　KKAB(1900-1912): 215
＊57　KKAB(1900-1912): 239
＊58　KKAB(1900-1912): 213
＊59　KKAB(1900-1912): 215
＊60　KKAB(1900-1912): 237
＊61　KKAB(1900-1912): 240
＊62　KKAB(1900-1912): 241
＊63　Ebd.
＊64　KKAB(1900-1912): 222
＊65　KKAB(1900-1912): 225
＊66　KKAB(1900-1912): 227
＊67　Ebd.
＊68　KKAB(1900-1912): 227f.
＊69　KKAB(1900-1912): 228
＊70　KKAB(1900-1912): 229
＊71　Ebd.
＊72　KKAB(1900-1912): 229f.
＊73　KKAB(1900-1912): 230f. 手紙では、親称の du は文中であっても、大文字で Du と書くのが慣例である。
＊74　KKAB(1900-1912): 241
＊75　KKAB(1900-1912): 242
＊76　KKAB(1900-1912): 228f.
＊77　KKAB(1900-1912): 243
＊78　KKAB(1900-1912): 246

*79 KKAB(1900-1912): 246f.
*80 KKAB(1900-1912): 247
*81 KKAB(1900-1912): 249
*82 KKAB(1900-1912): 253
*83 KKAB(1900-1912): 554
*84 KKAB(1900-1912): 253

第2章 〈弱い〉父とビジネス好きの息子

*1 KKAD: 51f.
*2 Sokel, Walter H.: Perspectives and Truth in "The Judgment". In: *The Problem of "The Judgment". Eleven Approaches to Kafka's Story.* Ed. by Angel Flores. New York 1977,193-237: 198［ヴァルター・ゾーケル『カフカ論集』武田智孝訳、同学社、一九八七年。引用は武田訳より］。
*3 KKANS II: 151
*4 KKANS II: 152
*5 KKANS II: 160f.
*6 KKANS II: 168
*7 KKANS II: 163
*8 KKANS II: 164
*9 KKANS II: 165
*10 Ebd.
*11 KKANS II: 158
*12 KKAT: 39
*13 ブロートに宛てた一九〇八年一一月一二日の手紙、一九〇九年四月一一日の手紙を参照。KKAB(1900-1912): 90. および、KKAB(1900-1912):100. また、当時文通していた女性ヘートヴィヒ・ヴァイラーに宛てた一九〇九年四月一〇日の手紙にも父と母と祖父が病気であることが書かれている。KKAB(1900-1912): 99
*14 KKAT: 39
*15 KKANS II: 169
*16 KKAT: 40
*17 KKAT: 309f.
*18 KKAT: 83
*19 KKAT: 83f.
*20 KKAT: 86
*21 KKAT: 87
*22 KKAT: 91f.
*23 KKAT: 92
*24 KKAT: 271
*25 Ebd.
*26 ロシアの友人については、ゾーケルのいうようにカフカの芸術家的側面と見る見方もあれば、当時カフカが親しく

していた俳優レーヴィがモデルだという見解もよくいわれている。ただし、カフカ自身は一九一三年二月一二日の日記で、「外国にいる友人のことを書いているとき、何度もシュトイアーのことを思った」と記している。KKAT: 492. シュトイアーとは、カフカより二歳年長で同じ学校に通っていた友人オットー・シュトイアーであるが、彼についてはそれ以上の情報はまったく伝えられていない。

*27 KKAB(1900-1912): 275
*28 KKAB(1913-1914): 30
*29 KKAB(1913-1914): 55
*30 KKAB(1913-1914): 49f.
*31 KKAB(1913-1914): 56
*32 KKAB(1913-1914): 56-58
*33 KKAB(1913-1914): 58
*34 KKAB(1913-1914): 77
*35 Ebd.
*36 Brod, Max: *Über Franz Kafka.* Frankfurt a.M. 1966 (1937): 29 [マックス・ブロート『フランツ・カフカ』辻瑆・林部圭一・坂本明美他訳、みすず書房、一九七二年。引用は辻・林部・坂本他訳より]。
*37 Brod 1966: 83
*38 Brod 1966: 81
*39 KKAB(1900-1912): 178f.
*40 Ebd.
*41 Brod 1966: 85
*42 Brod 1966: 86
*43 Ebd.
*44 KKAB(1900-1912): 178
*45 KKAT: 293
*46 批判版の『手紙』の巻では、登記関係の書類も収録されている。KKAB(1900-1912):147-151
*47 KKAT: 421
*48 KKAT: 422
*49 KKAT: 701
*50 Ebd.
*51 KKAT: 710
*52 Brod und Kafka: Unser Millionenplan "Billig". In: *Eine Freundschaft. Reiseaufzeichnungen.* Hrsg. unter Mitarbeit von Hannelore Todlauer von Pasley. Frankfurt a.M. 1987, 189-192: 189
*53 Brod und Kafka 1987: 190
*54 Brod 1966: 106f.
*55 Brod 1966: 186
*56 Brod 1966: 42
*57 Brod 1966: 103f.
*58 Wagenbach, Klaus: *Franz Kafka. Biographie seiner Jugend.* Bern

1958: 156［クラウス・ヴァーゲンバッハ『若き日のカフカ』中野孝次・高辻知義訳、筑摩書房、一九九五年。引用は中野・高辻訳より］。

*59 Wagenbach 1958: 157

*60 Wagenbach 1958: 183

*61 Ebd. および Wagnerová 1996: 40f.

*62 Wagenbach 1958: 184 および Wagnerová 1996: 43

*63 Wagnerová 1996: 41

*64 Ebd.

*65 Wagnerová 1996: 41f.

*66 Brod 1966: 198-201

*67 Brod 1966: 199

*68 Brod 1966: 200

*69 KKANS I: 18

*70 KKANS I: 13f.

*71 KKANS I: 40

*72 KKANS I: 30

*73 KKANS I: 31

*74 KKANS I: 33f.

*75 KKANS I: 34

*76 Northy, Anthony: *Kafkas Mischpoche.* Berlin 1988.［アンソニー・ノーシー『カフカ家の人々』石丸昭二訳、法政大学出版局、一九九二年］。

*77 KKAB(1900-1912): 48f.

*78 Northy 1988: 86

*79 Northy 1988: 83. 引用は石丸訳より。

*80 Northy 1988: 84

*81 KKAAS. 批判版での『公文書集』の刊行は二〇〇四年だが、一九八四年に次の文献で最初に大方のものが公表されていた。Kafka, Franz: *Amtliche Schriften.* Mit einem Essay von Klaus Hermsdorf. Berlin 1984.

*82 KKANS II: 171f.

*83 KKANS II: 175

*84 KKANS II: 193

*85 KKANS II: 175

*86 KKAD: 21f.

*87 KKAD: 23

*88 KKAD: 24

*89 Ebd.

*90 Anderson, Mark: *Kafka's Clothes. Ornament and Aestheticism in the Habsburg Fin de Siécle.* Oxford 2002(1992): 28［マーク・アンダーソン『カフカの衣装』三谷研爾・武林多寿子、高科書店、一九九七年。引用は三谷・武林訳より］。

*91 Ebd.

*92 Ebd.

*93 Zweig, Stefan: *Die Welt von Gestern. Erinnerungen eines*

Europäers. Frankfurt a.M. 2010 (1944): 25［シュテファン・ツヴァイク『昨日の世界』原田義人訳、みすず書房、一九九九年。引用は原田訳より］。

＊94 Anderson 2002: 65

＊95 Anderson 2002: 29

＊96 KKANS I: 54

＊97 KKANS I: 102

＊98 このテーマでの分析については、例えば以下の文献がある。平野嘉彦『プラハの世紀末――カフカと言葉のアルチザンたち』岩波書店、一九九三年。

＊99 KKANS I: 89

＊100 KKAB(1900-1912): 165f.

＊101 KKAT: 427

＊102 Ebd.

＊103 KKAD: 14

＊104 Ebd.

＊105 KKAD: 15

＊106 KAKD: 16

＊107 KKAD: 17

＊108 Ebd.

＊109 KKANS I: 72

第3章　結婚と詐欺

＊1 Kundera, Milan: *Les tesaments trahis.* Paris 1993: 61［ミラン・クンデラ『裏切られた遺言』西永良成訳、集英社、一九九四年。引用は西永訳より］。

＊2 Kundera 1993: 58

＊3 Ibid.

＊4 クンデラのブロート批判およびカフカ学批判に対する批判は、以下の文献ですでに詳しくおこなわれている。そこで指摘されているクンデラの誤りは、遺稿編集に関する点以外はここでのものとは少し異なり、カフカ受容史をめぐる理解についてが主である。中澤英雄「通俗的伝説の再論――ミラン・クンデラのカフカ／ブロート論について」『外国語科研究紀要』第四三巻・第一号（東京大学教養学部外国語科）一九九六年、一－三九頁。

＊5 Kundera 1993: 58

＊6 Kundera 1993: 59

＊7 KKAV: 42f.

＊8 Kundera 1993: 60

＊9 Ibid.

＊10 Kundera 1993: 62

＊11 Kundera 1993: 63

＊12 KKANS II: 37

＊13 KKANS II: 200
＊14 KKAB(1913-1914): 40
＊15 KKANS II: 201
＊16 KKANS II: 202
＊17 KKANS II: 203
＊18 KKANS II: 204
＊19 KKANS II: 205
＊20 Wagenbach: *Franz Kafka in Selbstzeugnissen und Bilddokumenten.* Hamburg 1964: 120［クラウス・ヴァーゲンバハ『フランツ・カフカ』塚越敏訳、理想社、一九六七年］。
＊21 KKANS II: 207
＊22 KKANS II: 210
＊23 KKAD: 47
＊24 Ebd.
＊25 KKAD: 47f.
＊26 KKAD: 48
＊27 Ebd.
＊28 KKAD: 49
＊29 KKAT: 213
＊30 KKAT: 90
＊31 KKAT: 237
＊32 KKAD: 20f.
＊33 KKAB(1913-1914): 33
＊34 Ebd.
＊35 KKAB(1913-1914): 38
＊36 KKAB(1913-1914): 39
＊37 KKAT: 128
＊38 KKAT: 438
＊39 Ebd.
＊40 KKAT: 298
＊41 Ebd.
＊42 KKAT: 434
＊43 KKAT: 435
＊44 KKANS II: 213
＊45 KKAB(1913-1914): 201f.
＊46 KKAT: 226. 雑誌に掲載された『大騒音』のテクストは以下を参照。KKAD: 441f.
＊47 KKAB(1900-1912): 173
＊48 KKAD: 115
＊49 KKAP: 7
＊50 Beißner, Friedrich: *Der Erzähler Franz Kafka.* Stuttgart 1952: 27［フリードリヒ・バイスナー『物語作者フランツ・カフカ』粉川哲夫訳編、せりか書房、一九七六年。引用は粉川訳より］。
＊51 Beißner: *Kafka der Dichter.* Stuttgart 1958: 25［バイスナー「詩人カフカ」加藤忠男訳『カフカ論集』城山良彦・川村

二郎編、国文社、一九七五年。引用は加藤訳より」。

＊52　KKAT: 546

＊53　Beißner 1952: 42

＊54　当時この点に気づいていたのは、カフカひとりではない、ということは文学史的な観点から補っておくべきだろう。二〇世紀初頭のモダニズム文学の活動は、一九世紀に隆盛したリアリズム小説の〈安定〉した世界への〈反発〉を明らかにその動機としている（クリスティも、のちに語り手が読者を欺く作品を試みている）。カフカにおいては、登場人物のみならず、語り手もうさんくさいという点は、例えば以下の文献でも鋭く指摘されている。粉川哲夫『カフカと情報社会』未來社、一九九〇年。カフカの小説における〈語り〉を、探偵小説の問題領域と結びつけて考えるべきというそこでの粉川の主張は、本書の考察に大きな示唆を与えている。

＊55　KKAD: 46

＊56　KKAD: 51

＊57　KKAD: 52

＊58　Ebd.

＊59　KKAD: 53

＊60　KKAD: 54

＊61　Müller, Michael: *Franz Kafka. Das Urteil. Erläuterungen und Dokumente.* Stuttgart 1995: 11. ミュラーは、本書でのようなガポン神父との関連は指摘していないものの、先述のフェリスへの手紙で言及されていた「戦争を書こうと思っていた」という最初の構想と事件との影響関係は示唆している。

＊62　主人公のゲオルク・ベンデマンという名前について、カフカ自身は一九一三年二月一一日の日記で、ゲオルク（Georg）とフランツ（Franz）は字数が同じで、ベンデマン（Bendemann）のBendeはカフカ（Kafka）と同じ箇所で母音が繰り返されていると述べている。KKAT: 492. 先のミュラーの解説書では、ゲオルクという名前は、二歳で亡くなったカフカの弟の名前と同じだという指摘がなされている。また、『変身』のグレーゴル（Gregor）という名前はゲオルクのアナグラムである。

＊63　KKAD: 55

＊64　KKAD: 56

＊65　KKAD: 57

＊66　KKAD: 60

＊67　KKAD: 60f.

＊68　KKAD: 61

＊69　Sokel 1977: 235

＊70　Sokel 1977: 234

＊71　Sokel 1977: 235

＊72　KKAD: 61

＊73　KKANS II: 113

＊74 KKANS II: 130. 資料篇の以下の頁で、鉛筆で引いた斜めの線で削除の印が入れられていると説明されている。KKANS II: App. 49.
＊75 KKAB(1900-1912): 159
＊76 KKAB(1900-1912): 159f.
＊77 カフカがまねた署名は以下で見ることができる。KKAB(1900-1912): 514
＊78 KKAB(1900-1912): 160
＊79 Ebd.
＊80 KKANS II: 125
＊81 Kraft, Werner: *Franz Kafka. Durchdringung und Geheimnis.* Frankfurt a.M. 1968: 78［ヴェルナー・クラフト『フランツ・カフカ――透察と神秘』田ノ岡弘子訳、紀伊國屋書店、一九七一年］。
＊82 KKAT: 757
＊83 さらに、本書第1章で見たフェリスへの手紙（一九一二年一一月一一日）では、この物語は「私のなかの善の観念」を明瞭に伝えるものだとも書かれていた。
＊84 KKAV: 7
＊85 KKADApp.: 129
＊86 Ebd. および KKAD: 65
＊87 カールの年齢を、書き始めたときの設定の一七歳から引き下げることを思いついたのは、公表を決断したときではないだろう。執筆してしばらくしてすでに、二歳引き下げて一五歳に設定し直していたようである。なぜなら、第五章に次のようにカールが自分の年齢を告げる箇所があるからである。「来月で一六歳になります」。KKAV: 175. つまり、カフカは、一度はカールの罪を大きく減じさせて、より子供らしい無邪気さを前面に出すかたちで書こうとしていた。おそらくはその点が、註＊83で言及した「善の観念」という言葉と結びつくように思われる。
＊88 KKAV: 14
＊89 KKAV: 15
＊90 KKAV: 28
＊91 Ebd.
＊92 KKAV: 11
＊93 KKAV: 14
＊94 KKAV: 34
＊95 KKAV: 53
＊96 KKAV: 34
＊97 ノーシーによれば、カフカには、実際に一四歳で料理女に「誘惑されて」父親になった従兄がいたようである。その従兄の名前はローベルト・カフカ（Robert Kafka）であり（本文中一六八頁で言及した弁護士のローベルト・カフカ博士とは別人物という説もあれば、同一人物という説もある）、彼の名と姓のはじめの二文字を入れ替えて、カー

ル・ロスマン（Karl Roßmann）という名前が生み出されたとノーシーは、推測している。Northy 1988: 47. たしかにその可能性もあるだろうが、当時カフカが一緒に会社を経営していた義弟の名前が、カール・ヘルマン（Karl Herrmann）である点も留意してもいいように思う。

*98 KKAV: 206

*99 Wagenbach 1958: 238

*100 KKAT: 582

*101 KKAT: 586

*102 KKAT: 588

*103 KKAB(1913-1914): 208

*104 KKAB(1913-1914): 209

*105 KKAB(1913-1914): 211

*106 KKAB(1913-1914): 211f.

*107 KKAB(1913-1914): 214

*108 KKAB(1913-1914): 228

*109 KKAB(1913-1914): 229

*110 KKAB(1913-1914): 246

*111 Ebd.

*112 KKAB(1913-1914): 229

*113 KKAB(1913-1914): 270

*114 KKAB(1913-1914): 271

*115 KKAB(1913-1914): 311

*116 KKAB(1913-1914): 311f.

*117 KKAD: 115f.

*118 この関連が着目され始めたのは、一九七〇年に英語で発表された以下の文献がそれを指摘して以来だと見受けられる。Angress, R. K.: Kafka and Sacher-Masoch: a note on The Metamorphosis. In: *Modern Language Notes* 85 (1970), 745-746. ただし、関連自体の最初の指摘は、そこでも言及されているように、すでに一九六四年に、ゾーケルが次の文献でおこなっている（ただし、ゾーケルはそれを「純粋に偶然だ」と否定しているが）。Sokel: *Franz Kafka. Tragik und Ironie. Zur Struktur seiner Kunst.* München 1964: 94.

*119 Anderson 1992: 137

*120 Anderson 1992: 142

*121 Anderson 1992: 143

*122 Sacher-Masoch, Leopold von: *Venus im Pelz.* Frankfurt a. M. 2013 (1870): 17［L・ザッヘル＝マゾッホ『毛皮を着たヴィーナス』種村季弘訳、河出書房、一九八三年。引用は種村訳より］。

*123 Sacher-Masoch 2013: 161

*124 Ebd.

*125 KKAD: 154

*126 KKAD: 124

*127 KKAD: 124f.

＊128 KKAB(1900-1912): 76
＊129 KKAB(1900-1912): 192
＊130 KKAT: 299
＊131 KKAT: 125
＊132 KKAD: 128f.
＊133 KKAD: 118.
＊134 KKAD: 194
＊135 KKAD: 198
＊136 KKAD: 200

エピローグ

＊1 KKAB(1913-1914): 166
＊2 以下の文献で、一一人の息子と一一の作品の関連づけが試みられて以来、相互の組み合わせをめぐる議論が繰り返されている。Pasley: Drei literarische Mystifikationen Kafkas. In: *Kafka-Symposion*. Hrsg. von Wagenbach et. al., 17-42［マルコム・パスリー「カフカにおける三つの文学的神秘化」、ヴァーゲンバッハ他編『カフカ・シンポジウム』金森訳］。
＊3 Ebd.「狩人グラッフス」と「オドラデク」の関連については、拙著でも批判版のテクストをもとにした新たな展開の解釈をおこなっている。明星『新しいカフカ』九三－一三八頁。
＊4 KKAT: 491
＊5 『判決』を書くことでカフカが獲得した方法とは、「着想と叙述」を「合体」させるものだという理解を、ペィスリーは以下の文献で示している。さらに彼は、その書き方によってカフカは「地下」の「源泉」をそのまま掬い上げることができるようになったと大事な点も指摘しているのだが、それが〈意味〉するところにまでは踏み込んでいない。Pasley: Das Schreibakt und das Geschriebene. Zur Frage der Entstehung von Kafkas Texten. In: *Franz Kafka. Themen und Probleme*. Hrsg. von Claude David. Göttingen 1980, 25.［マルコム・パスリィ「書くという行為と書かれたもの――カフカのテクスト成立の問題によせて」、クロード・ダヴィッド編『カフカ＝コロキウム』円子修平・須永恒雄・田ノ岡弘子・岡部仁訳、法政大学出版局、一九八四年］。
＊6 KKAB(1913-1914): 166
＊7 KKAT: 461
＊8 KKAT: 463
＊9 KKAB(1900-1912): 298
＊10 Brod und Kafka: *Eine Freundschaft. Briefwechsel*. Hrsg. von Malcolm Pasley. Frankfurt a.M. 1989: 365. カフカの遺した「ペン書き」と「鉛筆書き」の二種類のメモをめぐる考察は以下の拙著でかなり詳しくおこなっている。明星『新しいカ

フカ』第一章および第八章。

＊11　Brod: Kafkas Nachlaß. In: *Die Weltbühne* 29 (17.7.1924), 106-109: 106

＊12　Brod 1924: 108

＊13　カフカの遺稿がどのように現代まで伝承されてきたかの歴史は、かなり複雑である。ブロートの手元にあった遺稿（彼に所有権があったものおよび遺族から預かっていたと認識していたもの）の伝承史は、拙著ですでに略述している。明星『新しいカフカ』八〇－九二頁。それらの大半は、オクスフォード大学等の公的機関に寄託されているものの、フェリスが所有していた手紙の現物は、依然個人所有であり、その所有者が誰かは現在もトップシークレットである。

＊14　Kundera 1993: 315

＊15　KKAD: 348

＊16　KKAD: 349

[謝辞]

本書でカフカ・テクストを訳出するにあたり、数多あるすぐれた既訳を大いに参考にさせていただいた。すべての列挙は難しいものの、以下の書名だけでも挙げさせていただきたい。『決定版カフカ全集』（新潮社）、『カフカ小説全集』（白水社）、『カフカ・セレクション』（筑摩書房）、『カフカ自撰小品集』（高科書店）。学恩に、心より感謝申し上げる。

本書での考察には、科学研究費補助金基盤研究（A）（二〇一一－二〇一五年度、課題番号二三二四二〇一六）ならびに挑戦的萌芽研究（二〇一二－二〇一四年度、課題番号二四六五二〇六九）の助成を受けた研究成果の一部が含まれている。ここに記して厚く謝意を表したい。

本書で使用したカフカ・テクスト

本書での考察には、『批判版カフカ全集』（Kritische Kafka-Ausgabe）を使用している。『批判版カフカ全集』とは、一九八二年から刊行が続いている学術研究用の全集である。二〇一四年現在までの刊行状況も参考までにあわせてお伝えするために、既刊のすべての巻の書誌情報を以下に年代順に列挙する。なお、本文中のこの全集からの引用および参照箇所については、略号と頁数を用いて註に記す。

Kafka, Franz: *Das Schloß*. Hrsg. von Malcolm Pasley. Bd. I: Text. New York/Frankfurt a. M, 1982 (Schriften Tagebücher Briefe, Kritische Ausgabe)

——*Das Schloß*. Hrsg. von Malcolm Pasley. Bd. II: Apparat. New York/Frankfurt a. M, 1982 (Schriften Tagebücher Briefe, Kritische Ausgabe)

——*Der Verschollene*. Hrsg. von Jost Schillemeit. Bd. I: Text. New York/Frankfurt a. M, 1983 (Schriften Tagebücher Briefe, Kritische Ausgabe) = KKAV

——*Der Verschollene*. Hrsg. von Jost Schillemeit. Bd. II: Apparat. New York/Frankfurt a. M, 1983 (Schriften Tagebücher Briefe. Kritische Ausgabe)

——*Der Proceß*. Hrsg. von Malcolm Pasley. Bd. I: Text. New York/Frankfurt a. M. 1990 (Schriften Tagebücher Briefe, Kritische Ausgabe) = KKAP

——*Der Proceß*. Hrsg. von Malcolm Pasley. Bd. II: Apparat. New York/Frankfurt a. M. 1990 (Schriften Tagebücher Briefe, Kritische Ausgabe)

——*Tagebücher*. Hrsg. von Hans-Gerd Koch, Michael Müller und Malcolm Pasley. Bd. I: Text. New York/Frankfurt a. M. 1990 (Schriften

Tagebücher Briefe, Kritische Ausgabe) = KKAT

—— *Tagebücher.* Hrsg. von Hans-Gerd Koch, Michael Müller und Malcolm Pasley. Bd. II: Apparat. New York/Frankfurt a. M. 1990 (Schriften Tagebücher Briefe, Kritische Ausgabe)

—— *Tagebücher.* Hrsg. von Hans-Gerd Koch, Michael Müller und Malcolm Pasley. Bd. III: Kommentar. New York/Frankfurt a. M. 1990 (Schriften Tagebücher Briefe, Kritische Ausgabe)

—— *Nachgelassene Schriften und Fragmente* II. Hrsg. von Jost Schillemeit. Bd. I: Text. New York/Frankfurt a.M. 1992 (Schriften Tagebücher Briefe. Kritische Ausgabe) = KKANS II

—— *Nachgelassene Schriften und Fragmente* II. Hrsg. von Jost Schillemeit. Bd. II: Apparat. New York/Frankfurt a.M. 1992 (Schriften Tagebücher Briefe. Kritische Ausgabe) = KKANS II App.

—— *Nachgelassene Schriften und Fragmente* I. Hrsg. von Malcolm Pasley. Bd. I: Text. New York/Frankfurt a.M. 1993 (Schriften Tagebücher Briefe. Kritische Ausgabe) = KKANS I

—— *Nachgelassene Schriften und Fragmente* I. Hrsg. von Malcolm Pasley. Bd. II: Apparat. New York/Frankfurt a.M. 1993 (Schriften Tagebücher Briefe. Kritische Ausgabe)

—— *Drucke zu Lebzeiten.* Hrsg. von Wolf Kittler, Hans-Gerd Koch und Gerhard Neumann. Bd. I: Text. New York/Frankfurt a.M. 1994 (Schriften Tagebücher Briefe. Kritische Ausgabe) = KKAD

—— *Drucke zu Lebzeiten.* Hrsg. von Wolf Kittler, Hans-Gerd Koch und Gerhard Neumann. Bd. II: Apparat. New York/Frankfurt a.M. 1994 (Schriften Tagebücher Briefe, Kritische Ausgabe) = KKAD App.

—— *Briefe 1900-1912.* Hrsg. von Hans-Gerd Koch. New York/Frankfurt a.M. 1999 (Schriften Tagebücher Briefe. Kritische Ausgabe) = KKAB(1900-1912)

—— *Briefe 1913-März 1914.* Hrsg. von Hans-Gerd Koch. New York/Frankfurt a.M. 1999 (Schriften Tagebücher Briefe. Kritische Ausgabe) = KKAB(1913-1914)

—— *Amtliche Schriften.* Hrsg. von Klaus Hermsdorf und Benno Wagner. Frankfurt a.M. 2004 (Schriften Tagebücher Briefe. Kritische Ausgabe)

= KKAAS

——*Briefe April 1914-März 1917*. Hrsg. von Hans-Gerd Koch. New York/Frankfurt a.M. 2005 (Schriften Tagebücher Briefe. Kritische Ausgabe)

——*Briefe 1918-1920*. Hrsg. von Hans-Gerd Koch. New York/Frankfurt a.M. 2013 (Schriften Tagebücher Briefe. Kritische Ausgabe)

= KKAB(1918-1920)

* 本文中でのカフカの実人生の〈事実〉に関する記述は、主に（逐一註記はしていないものの）この学術版の全集の『日記』および『手紙』の各巻の註釈や解説、また以下の文献に基づいている。

Hermes, Roger, Waltraud John, Hans-Gerd Koch und Anita Widera: *Franz Kafka. Eine Chronik*. Berlin 1999.

* 『批判版カフカ全集』の『手紙』については、昨年（二〇一三年）ようやく「一九一八年から一九二〇年」の巻が出版されたが、一九二〇年以降のものを収めた巻はまだ出されていない。編集開始から約四〇年を経ているこの全集の完結には、あと数年を要する見込みである。

* この学術研究用の全集の日本語訳はまだ正確な意味でいえば存在していない（批判版をもとに制作された普及版の一部を翻訳したものはある）。このあたりの事情については、以下の拙論ですでに検討している。関心のある方はそちらを参考にしていただきたい。

明星聖子「境界線の探求——カフカの編集と翻訳をめぐって」、『文学』第一三巻・第四号、二〇一二年、一一二－一二六頁。

著者紹介
明星聖子（みょうじょう きよこ）
東京大学文学部独語独文学科卒業後、同大学院に進学。ミュンヘン大学に学んだのち、東京大学大学院人文社会系研究科博士課程修了。博士号（文学）を取得。現在、埼玉大学教養学部教授。
著書に『新しいカフカ――「編集」が変えるテクスト』（慶應義塾大学出版会、2002年、日本独文学会賞受賞）。訳書に、ルー・バーナード他編『人文学と電子編集――デジタル・アーカイヴの理論と実践』（共訳、2011年）、ピーター・シリングスバーグ著『グーテンベルクからグーグルへ――文学テキストのデジタル化と編集文献学』（共訳、2009年）（いずれも慶應義塾大学出版会）、リッチー・ロバートソン著『カフカ（一冊でわかる）』（岩波書店、2008年）などがある。

カフカらしくないカフカ

2014年6月30日　初版第1刷発行

著　者――――明星聖子
発行者――――坂上　弘
発行所――――慶應義塾大学出版会株式会社
〒108-8346　東京都港区三田2-19-30
TEL〔編集部〕03-3451-0931
〔営業部〕03-3451-3584〈ご注文〉
〔 〃 〕03-3451-6926
FAX〔営業部〕03-3451-3122
振替00190-8-155497
http://www.keio-up.co.jp/
装　丁――――阿部卓也
印刷・製本――中央精版印刷株式会社
カバー印刷――株式会社太平印刷社

Printed in Japan ISBN 978-4-7664-2150-7